历史文化背景下的唐代文学创作研究

◎张 丽 王雪梅 著

中国水利水电出版社
www.waterpub.com.cn
·北京·

内 容 提 要

本书是站在一定的历史文化背景中来研究唐代文学的创作的，在撰写的过程中，本书注重将文学创作与唐代历史与社会的发展结合起来，因而具有较强的客观性。

本书主要内容包括绪论、武德至贞观时期的文学创作、永徽至神龙时期的文学创作、开元天宝时期的文学创作、大历时期的文学创作、贞元至大中时期的文学创作、咸通以后的文学创作。

本书内容丰富、结构合理、条理清晰，可供从事古代文学文化研究的学者参考使用。

图书在版编目（CIP）数据

历史文化背景下的唐代文学创作研究 / 张丽，王雪梅著. -- 北京 : 中国水利水电出版社，2017.3（2022.9重印）
ISBN 978-7-5170-5163-3

Ⅰ. ①历… Ⅱ. ①张… ②王… Ⅲ. ①中国文学—古典文学研究—唐代 Ⅳ. ①I206.42

中国版本图书馆CIP数据核字(2017)第027101号

书　名	历史文化背景下的唐代文学创作研究 LISHI WENHUA BEIJING XIA DE TANGDAI WENXUE CHUANGZUO YANJIU
作　者	张　丽　王雪梅　著
出版发行	中国水利水电出版社 （北京市海淀区玉渊潭南路1号D座 100038） 网址：www.waterpub.com.cn E-mail：sales@waterpub.com.cn 电话：(010)68367658（营销中心）
经　售	北京科水图书销售中心（零售） 电话：(010)88383994、63202643、68545874 全国各地新华书店和相关出版物销售网点
排　版	北京亚吉飞数码科技有限公司
印　刷	天津光之彩印刷有限公司
规　格	170mm×240mm　16开本　17.25印张　224千字
版　次	2017年5月第1版　2022年9月第2次印刷
印　数	2001—3001册
定　价	52.00元

前言 Preface

唐代是我国历史上最为辉煌灿烂的鼎盛时期，唐民族的自豪感空前提高，尤其是盛唐，更是一个令人向往、值得骄傲的辉煌时代。唐代盛世雄风不仅体现在彪炳千古的盛世景象上，更体现在唐代的文学上。雄强的社会激发了唐代文人士子对功业理想和自由人生的追求，激发了他们的生命精神和浪漫情怀，他们满怀憧憬，积极进取，渴望实现自己的人生价值。在这样的时代氛围感召下，唐代文人的创作热情得到了空前的大爆发、大释放，创作了许多优秀作品。因此，要深入研究唐代文学的创作及其发展，将文学放在具体的历史文化背景下进行分析是十分必要的。

纵观唐代文学的发展可以看出，唐代文学的发展表现在诗歌、散文、小说、词等的全面发展中。其中，诗歌发展最早，成就也最高。唐代诗人以刚健的风骨、玲珑的兴象、铿锵的韵律全面而深入地反映了唐代的社会生活，生动体现了威加海内的大唐王朝恢廓雄伟的气象，也铸就了我国古代文学的一代之盛。当诗歌发展到它的高峰时，散文开始了它的文体文风改革。就文体文风改革的规模和影响来说，此前还没有任何一个时期可以与它相比。伴随着诗歌与散文的发展，唐代独特的小说形式——唐传奇也开始走向繁荣，为我国古典小说的发展做出了突出贡献。当散文、小说、诗歌相继进入低潮时，诗的另一种体式——词，又登上文坛，焕发光彩。有唐一代，几乎找不到一个文学沉寂的时期，由此可见唐代文学之恢宏。而从现存的有关唐代文学的著作情况来看，很大一部分作品或者是将唐代文学放在整个古代文学的发展中来进行研究，或者虽然将其单独予以研究，但没有考虑文学发展的背景，因此，为了深入研究唐代文学，作者结合文学发展的历史文化背景，撰写了《历史文化背景下的唐代文学创作研究》一书。

本书共七章，第一章为绪论，对唐代文学发展的总体历史文化背景进行了分析，包括富足强盛的国力精神与开明宽松的政治方略、三教合一的文化背景、开放的文化环境与诗国高潮的形成、以儒家仁政民本为基础的中华民族文化大一统。第二章至第七章以唐代文学发展的历史阶段为序，对其文学创作进行了分析，分别为武德至贞观时期的文学创作、永徽至神龙时期的文学创作、开元天宝时期的文学创作、大历时期的文学创作、贞元至大中时期的文学创作、咸通以后的文学创作。全书叙述脉络清楚，逻辑严谨，内容翔实，语言简明扼要，相信本书的出版能够为广大的唐代文学爱好者更为深入地了解唐代文学提供一条良好的途径。

本书由大连艺术学院张丽、王雪梅撰写完成，并由二人共同统稿，具体分工如下。

第一章，第二章，第三章，第四章第一节至第四节：张丽；

第四章第五节，第五章，第六章，第七章：王雪梅。

本书在撰写的过程中参考了很多专家学者的研究成果，也受到诸多同行的帮助，在此表示深深的谢意。由于作者水平有限，书中难免存在不足之处，恳请广大读者批评指正，以便本书日后的修改与完善。

作　者

2016 年 11 月

目录 Contents

第一章　绪　论

唐代是中国古代封建社会最为繁盛的时期，它在许多方面的开明措施都有利于文学的发展。其国力之昌盛、制度之完备、思想之开放、文化之繁荣，在整个中国古代发展史上都堪称典范。对此，学者李彬曾说："唐代是中国历史上一个承前启后的制高点，从这一制高点上'瞻前顾后'，最容易把握五千年文明的来龙去脉。特别是，面临充满机遇与挑战、交织希望与危机的新纪元，面临乃至身处精神分崩离析、灵魂无家可归的后现代，唐代文明的遗产愈发显得珍贵。"[1]

---

[1] 李彬.唐代文明与新闻传播.北京：新华出版社，1999：3.

第一节　富足强盛的国力精神与开明宽松的政治方略

唐代是博大包容的时代，这一时期的文化盛大恢宏、兼容并蓄、百花齐放，而其文化的发展则是以富足强盛的国力和开明宽松的政治环境为基础的。甚至可以说，富足强盛的国力和开明的文化方针是促进盛唐文化迅速发展并攀上顶峰的重要因素。

一、富足强盛的国力精神

正如恩格斯在《致海·施塔尔根堡的信》中所言："政治、法律、哲学、宗教、文学、艺术等的发展是以经济发展为基础的。但是，它们又都互相影响并影响到经济基础。"❶唐代文化的繁荣也是建立在一定的国力基础上的。

根据《贞观政要·务农》记载，唐太宗即位后，"凡事皆须务本。国以人为本，人以衣食为本"❷。唐初在发展生产的同时切合实际国情，在经济方面进行了大胆而有实效的改革，促进了国力的迅速发展。《贞观政要·政体》说唐之治世："商旅野次，无复盗贼，囹圄常空，马牛布野，外户不闭。"❸唐太宗以后，唐高宗、武则天均十分重视国力的发展，从而为唐代的崛起奠定了良好的基础。终于，至玄宗开元年间，唐代的经济发展达到巅峰状态，元结在《问进士第三》中就说："开元天宝之中，耕者益力，四海之内，高山绝壑，耒耜亦满，人家粮储，皆及数岁，太仓委积，陈腐不可

❶ [德]马克思、恩格斯著，中央编译局译．马克思恩格斯书信选集(第四卷)．北京：人民出版社，1962：517.

❷ (唐)吴兢．贞观政要(卷八)．上海：上海古籍出版社，1978：237.

❸ (唐)吴兢．贞观政要(卷一)．上海：上海古籍出版社，1978：24.

校量。”❶

唐代国力的强盛一方面表现为唐代的疆域得到了较大开拓，据《新唐书·地理志》记载：“举唐之盛时，开元、天宝之际，东至安东，西至安西，南至日南，北至单于府，盖南北如汉之盛，东不及而西过之。”❷唐之疆域及势力所达之处的确极为广阔，其国势之强盛、国威之远扬无与伦比。另一方面也表现为唐代社会经济的繁荣。沈既济在《词科论》中全面地记述了开元一朝的繁盛：“以至开元天宝之中，上承高祖太宗之遗烈，下继四圣理平之化，贤人在朝，良将在边，家给户足，人无苦窳，四夷来同，海内晏然。虽有宏猷上略无所措，奇谋雄武无所奋，百余年间，生育长养，不知金鼓之声，烽燧之光，以至于老。故太平君子唯门调户选，征文射策，以取禄位。”❸杜佑在《通典·食货七》中也谈到开元天宝年间的盛世情况：“东至宋、汴（商丘、开封），西至岐州（宝鸡），夹路列店肆待客，酒馔丰溢，每店皆有驴赁客乘，倏忽数十里，谓之驿驴。南诣荆、襄（江陵、襄樊），北至太原、范阳（北京），西至蜀川、凉府（武威），皆有店肆，以供商旅。远适数千里，不持寸刃。”❹

可以说，唐朝国威强盛，经济繁荣，在中国封建时代是空前的，在当时的世界上也是仅有的。在这个基础上，承袭六朝并突破六朝的唐文化，博大清新，辉煌灿烂，蔚成中国封建文化的高峰，也是当时世界文化的高峰。❺ 葛兆光更是诗意地概括说：

---

❶ （清）董诰等. 全唐文（清嘉庆扬州官刻本）. 北京：中华书局，1983：3680.

❷ （北宋）宋祁等. 新唐书·地理志（第 4 册）. 北京：中华书局，1975：960.

❸ 周绍良. 全唐文新编（第 3 部第 1 册）. 长春：吉林文史出版社，2000：5565.

❹ （唐）杜佑撰，王文锦等校点. 通典（卷七）. 北京：中华书局，1992：152.

❺ 范文澜. 中国通史简编（第二编第二册）. 北京：人民出版社，1978：761.

> 初、盛唐是中国古代从未有过的一个风流、浪漫与自信的时代，从贞观四年(630)三月“诸蕃君长诣阙，请太宗为‘天可汗’”起，中国长达几个世纪的分裂、战争、民族危机、社会混乱给人们带来的彷徨、失望、颓废心理便真正的烟消云散了。四夷臣服、物阜民安、政治开明的盛世现实，引起文化心理氛围的变化，人们仿佛从憋闷的小黑屋里走了出来，猛然看见大千世界的阳光明媚，草木葱茏，不免手舞足蹈，又不免有些眼花缭乱，对于人生充满了自信、坦然和兴奋，也许还稍稍有些迷狂……的确，整个大唐帝国都洋溢着一团欢乐、热情、浪漫的气氛……它使整个社会心理变得开朗、闳放起来，使整个社会文化变得繁荣、热闹起来。

唐代国力的强盛、社会的安定为文学发展提供了雄厚的物质条件，尤其为唐诗的兴盛发展提供了良好的社会环境。可以说，李白高涨的浪漫主义精神，即盛唐时代精神的产物，其《将进酒》《天马歌》等诗歌皆为盛唐时代精神之表现。唐代经济的繁荣为文学的繁荣提供了必要的物质基础：如果没有开元盛世，杜甫就不可能写出“稻米流脂粟米白，公私仓廪俱丰实”的壮丽诗篇。国力强盛，使知识分子意气风发，强烈地追求“济苍生”“安社稷”的理想，热情地向往建功立业的不凡生活。大唐盛世在中国乃至世界文明史上的显赫地位都是公认的，那种“一览众山小”的壮伟胸襟与“长风几万里”的雄阔气度，更是令后世之人高山仰止、心驰神往。

二、开明宽松的政治方略

文学的发展与国家的政治方针密切相关，这种关系不仅表现为文学的题材、内容总与政治有着千丝万缕的联系，作家在现实政治生活中也总持有自己的政治态度，同时还表现在政治家的开明、政治环境的宽松与否决定着文学的发展和繁荣状况。唐代社会总体上政治较为清明，特别是贞观时期，政体具有很大的包容性、开放性，能够容纳社会不同阶层的代表，接受不同的政治意见，这种开明宽松的政治环境为唐文学的繁荣提供了必要的保证。

以唐太宗李世民的统治为例，他即位初期，大唐王朝刚刚经历了以臣犯上、武力夺权的封建地主阶级斗争，此时，国家最需要的是和平安定，通过玄武门之变手刃兄弟、逼父退位走上皇位的李世民面对唐王朝严重内耗、自己即位稍显不光彩的情况，不得不采取一切措施励精图治，以显示自己是一位明君，戴得起头上的王冠。于是他在位 23 年，广开言路、虚心纳谏，而这一开明作风几乎影响了整个唐代。在这种开明作风下，唐王朝的政治环境一直相当宽松。例如，戏剧《醉打金枝》中有这样一段话：

> 郭暧尝与升平公主琴瑟不调，暧骂公主："倚乃父为天子耶？我父嫌天子不作。"质词别有所呼，不言父。公主恚啼，奔车奏之。上曰："汝不知，他父实嫌天子不作。使不嫌，社稷岂汝家有也？"因泣下，但命公主还。尚父拘暧，自诣朝堂待罪。上召而慰之曰："谚云：'不痴不聋，不作阿家阿翁。'小儿女子闺帏之言，大臣安用听？"锡赉以遣之。尚父杖暧数十而已。

在中国古代历史上，皇权重如山，君让臣死，臣不得不死。而此故事中，作为驸马的郭暧竟敢骂公主，而且敢说"我父嫌天子不作"的诳语，实属千古未有。而皇帝劝慰郭子仪，"不痴不聋，不作阿家阿翁"之语更是随便轻松，皇帝与臣下之间的森严等级荡然无存，反而如同民间最普通的老百姓亲家之间的谈话。这种宽松的环境反映在文学领域，就是唐代几乎没有任何文禁，根据已有的记载，唐代很难找出有文字狱的资料，南宋人洪迈《容斋续笔》卷二"唐诗无讳避"条说："唐人歌诗，其于先世及当时事，直辞咏寄，略无避隐。”[1]人们可以比较自由地发表自己的见解，谈自己的看法，甚至直接向皇帝提意见，批评皇帝，很少因言获罪。在当时诗坛上，诗人们“海阔凭鱼跃，天高任鸟飞”，写诗很少顾虑，诗歌的内容和形式都听凭诗人任意调度。唐代很多诗人在自由创作的天地里，写诗撰文无所顾忌，常常把当时的最高统治者作为批评抨击的对象，如白居易《长恨歌》对玄宗贪恋女色、荒淫误国就进行了深刻批判。这些诗人所作诗歌可谓“大逆不道”，这在别的任何朝代都不可能存在，而唐代诗人却能幸免文祸，足以说明政治环境的开明宽松。

正是在这种宽松的环境和气氛中，才涌现出了以魏征为代表的很多正直敢言之士。可以说，以唐太宗为代表的唐代帝王如同给文人、诗人打了一针兴奋剂，使他们可以自由、大胆地进行创作。对于文学的繁荣来说，这种开明的政治和宽松的环境甚至比经济的发达、物质的富足和社会的安定更加重要。

正因为如此，作为文学的最主要形式，诗歌与政治在反映与被反映、渗透与相互渗透的关系中不断融合，共同发展。诗人一直被称为社会的良心，有社会良知的诗人都是铁肩担道义，与国民共忧患，唐人以诗性精神融合政治意识，为天地立心，为国家立言。唐诗之所以能成为中国古典诗歌的黄金时代，能够出现一大批著名诗人以及大量的优秀诗篇，与开明、宽松的政治环境密切相关。可以说，没有这种开明政治和宽松的政治环境，就不可能有今天我们所见到的繁荣的唐诗，就不可能有李白、杜甫这样超一流的大诗人。

第二节　三教合一的文化背景

唐统治者在思想文化上持开放宽容的态度，其基本策略是三

[1] 许逸民.容斋随笔全书类编译注(下).长春:时代文艺出版社,1993:186.

教（即儒学、道教、佛教）并立，一视华夷，显示出兼容并包的辽阔胸襟。具体来看，唐高祖李渊在武德七年（624）下诏兴学，声言“三教虽异，归善一揆”；武德八年（625）正式宣布三教地位，以道第一，儒第二，佛第三，之后帝王也都基本上继承了三教并举的统治方略。唐代三教思想在不同领域各起着重要的作用，如在政权运作以及人才选拔和使用方面，儒家思想占统治地位，士人建功立业均秉持着儒家积极入世的进取精神；而佛道思想则在人生信仰、生活情趣、修身养性等方面产生着重要影响。唐代三教哲学对唐代文学尤其对唐诗有着重要的指导意义，一方面唐代儒释道家思想并存，真正打破了思想大一统的局面；另一方面，以唐诗为代表的唐文学之所以大放异彩，与其儒、道、佛多元并举的学术思想格局密切相关，甚至可以说唐代三教哲学思想为当时的文学发展提供了重要的思想宝库。

一、儒学的复兴

汉武帝罢黜百家、独尊儒术为儒学后来的正统地位奠定了良好的基础，使其在汉代一尊而独霸天下。但到了魏晋南北朝之际，时局动乱，朝代更替频繁，受玄学与佛学的冲击，儒学不断式微，陷落于低潮，已丧失了其垄断地位，失去了昔日的光彩。魏晋南北朝时期，儒释道三教开始并存发展，直至隋唐，此种三教鼎立的格局未有变化。但是，隋唐思想文化中一个令人瞩目的重要特点就是儒教再度走在佛、道二教的前列，成为时代的思想主体。

唐王朝建立之初，统治者就有意识地认真总结历史上各朝特别是隋兴亡的历史教训，高祖、太宗雅好儒术，并深刻认识到儒家思想对于统治国家的重要性，乃是“盛衰是系，兴亡攸在”❶，并发出“有国有家者，可不慎欤”❷的慨叹！《新唐书·儒学传》说：“故

❶ （唐）魏徵等．隋书（卷七十五）．北京：中华书局，1973：1707.

❷ 同上.

曰武创业，文守成，百世不易之道也。若乃举天下一之于仁义，莫若儒。儒待其人，乃能光明厥功，宰相大臣是已。至专诵习传授、无它大事业者，则次为《儒学篇》。”[1]于是，统治者大力提倡儒学，把尊儒崇经、推行仁义之道作为基本国策，采取了一系列复兴儒学的有效措施，从而有利于社会安定、政通人和的良好社会氛围的形成。例如，唐太宗先从“尊孔”开始，立孔子庙堂为国学，尊孔子为“先圣”，颜子为“先师”。而后又增扩教育规模，在国学中增筑学舍四百余间，国子、太学、四门、广文亦增置生员，又置书学、算学博士，广召学生。此外，他还亲身示范，学习儒学，唐太宗曾数次临幸国学，令祭酒、司业、博士讲经书，并对他们大加赏赐。唐太宗的崇儒政策取得的良好社会效果，使儒学一时间显得颇为兴旺，“四方儒生负书而至者，盖以千数。俄而吐蕃及高昌、高丽、新罗等诸夷酋长，亦遣子弟请入于学。于是国学之内，鼓箧升讲筵者，几至万人，儒学之兴，古昔未有也”[2]。又如唐玄宗李隆基，他也是在儒家济世经邦思想的指引下励精图治，在任用贤能、改革吏治、发展经济、提倡文教、对外军事等方面都取得了巨大成绩，使得开元年间社会安定，政治清明，经济空前繁荣，唐朝进入鼎盛时期，开创了中国历史上强盛繁荣、流芳百世的“开元盛世”。

唐代帝王对于儒学的尊崇不仅仅是在初盛唐，“安史之乱”以后，不少帝王开始深刻反思，更加重视利用儒学思想指导自己的行政实践。唐德宗李适和唐文宗李昂就是这方面典型的代表。唐德宗李适少年时期曾亲历“安史之乱”的战火摧残，饱尝了战乱之痛，动荡的生活使唐德宗深知安定的可贵，所以在登基以后，他以儒家思想为指导，推行了一系列的改革措施，如在位期间多行善政，减租、减税、大赦、赈恤灾民、宣慰百姓、裁撤冗官、旌表功臣等，这些都与儒家仁爱、德政之旨相契合。唐文宗李昂诏令刻成著名的开成石经：《易》《书》《诗》《仪礼》《周礼》《礼记》《左传》《公

---

[1] (北宋)宋祁等.新唐书(卷一九八).北京：中华书局，1975：5637.

[2] (唐)吴兢.贞观政要(卷七).上海：上海古籍出版社，1978：216.

羊传》《谷梁传》《论语》《孝经》《尔雅》，进一步促进了儒家典籍文字、经义的统一，并使之成为唐代科举考试取士的官定标准。

在唐代统治者的大力倡导下，儒学渐渐开始复兴，现今我们仍可以在唐代文史中的一些关键词中寻见儒学复兴的迹象。例如盛唐气象、风骨兴寄、诗赋取士、诗史精神、歌诗合为事而作、谏诤意识等，这些都指向刚健有为、向社会负责以及对天下大道关怀的时代精神，都典型地代表着唐代儒学的生命精神。唐代统治者大都视儒学为治国安邦的基本国策，文人士大夫在各方面都表现出鲜明的大唐盛世特征，他们在治平天下的实践中充分挖掘“人的因素”，重视自由品质与人性高扬，体现出积极入世、敢担大任、勇于探索的儒学生命精神。

二、道教的昌盛

道教是中国固有的一种宗教，在唐代以前，道教活动一般多在民间，是一种影响力较小的“草根文化”，其势力与影响还不如外来的佛教。但到了唐代，这种状况发生了根本性的变化。道教曾以其图谶等特有的方式为大唐王朝立下汗马功劳，唐朝立国之后，道教被尊奉为国教，而且李唐帝王自认为是道教之祖老子李聃的后代，恭奉老子为本族祖先，将道教奉为“本朝家教”，后来道教又被列为科举考试的内容，政府设立“崇玄学”和“道举”。统治者如此狂热崇道，推波助澜，这无疑大大地提升了道教的地位，道教骤然而兴。唐代道教派别纷呈，教义臻善，政府管理制度也十分健全，这都为道教的发展奠定了良好的基础。终唐一代，在近三百年间的历史中，道教虽偶受打击，但总体上始终都处于社会主流地位。唐代道教思想深邃，具有鲜明的政治入世特征，更加关注人的生命，强调逍遥超脱，那些自然、豁达、飘逸的人生观、价值观等在中国思想史上留下了不可磨灭的印迹，对当时社会文化产生了多层面的深刻影响，对当时的文人士大夫产生了极大的吸引力，指导他们从生命困境中超脱出来，实现心灵的自由任性。

唐代道教的发展也对唐代的文学产生了重要影响，具体来看，唐代道教区别于他朝道教的一个显著特点就是得到统治者的大力扶植和崇奉，与政治联系密切，某种意义上说，可谓是一种入世的宗教。唐代道教一改往代隐逸山林、不重世事的特性，而体现出积极入世、高调活跃、欲有所作为的形象特征，这种特征直接导致了唐代文士钟情“终南捷径”的道隐情怀。当时不少著名隐士实为“道隐”，如卢藏用，他早年隐居终南山，以道隐为敲门砖，达到登朝为官的目的，同时期的司马承祯就指出他此等做法“乃仕宦之捷径耳”，后来遂有“终南捷径”之成语用来指易于入仕。这种“道隐”情怀对文人士大夫影响深远，一方面他们对道教中的长生成仙理论十分迷恋，而另一方面道教的政治性（入世性）又可以使他们不脱离社会，继续追求仕功，实现建功立业的理想，这样一来他们就可“欲隐则隐，欲仕则仕”，十分自由适宜。唐代士人崇尚仕功，社会盛行干谒之风，一旦干谒成功他们就走上仕途大显身手；即使未果，他们也不沮丧气馁，快意山林，怡然自乐。正因如此，我们才会理解李白“仰天大笑出门去，吾辈岂是蓬蒿人”“人生在世不称意，明朝散发弄扁舟”的豪情。

一般情况下，封建统治者扶植道教多出于政治目的，而唐代道教与政治的联系比任何朝代都要密切，其原因主要有以下几方面。

首先，唐代统治者尊奉老子为先祖，自立国就一直下达“尊祖”的诏令，如李渊把老子作为李唐王室的祖先加以祭祀，并颁布《先老后释诏》，排道教于三教之首席：“老教孔教，此土先宗，释教后兴，宜崇客礼，令老先、孔次、末后释。”此诏明确规定道教的地位在佛教之前，开创了唐代尊奉道教为皇家宗教的崇道渊薮。李世民秉承李渊的“尊祖之风”，颁布《道士女冠在僧尼之上诏》，规定道士、女冠在僧尼之上，此诏将道教排在佛教之前，进一步巩固了道教的政治地位，促进了道教的迅速发展。唐高宗李治即位后，继续奉行崇道的政策，乾封元年，他为老君修庙建祠堂，而且还为老君封尊号，此外他还将老子《道德经》列入明经科举考试的内容。唐玄宗登基后，更是把神化老子的崇道之举推进到高峰，他不仅时常颁布不拘常格选拔道教人才的诏令，还开创道举选拔官吏，而且亲自为《道德经》作注，颁示天下，令学者习之。唐玄宗时一系列尊老重道制度的颁布，使道教地位空前提高，在这种情况下，道教在唐朝全社会得到了迅速的发展。“安史之乱”后，虽然道教有所衰落，但是很多皇帝仍然奉行崇道政策，将尊崇道教及崇奉“大圣祖”玄元皇帝作为维持李唐王朝的精神支柱与福祉所在。例如，唐文宗诏文表明了他尊祖崇道的态度，可以看出他祈求“大圣祖”保佑国泰民安的虔诚心情。

其次，道教徒在李唐王朝建国过程中做出了巨大贡献，他们利用图谶作宗教式的政治预言，预告王朝更替、人物兴衰。李渊集团在隋唐易代之际充分利用道教谶纬，追溯老子为祖宗，以此来证明自己的政权是顺应天命；而道士们则看到隋运破败，国灭不可避免，他们也在寻找确定新的王朝缔造者，一些有远见的道人预测到李渊父子必成大业，于是积极制造有利于李氏集团的各种道教谶纬符命，以此支持李唐代隋，如此便形成了道教谶纬与政治的全面合流，谶纬成了一种特殊的政治风向标。由于道教教徒在李唐王朝建立中的突出作用，唐代统治者对道教十分重视，唐代茅山宗的政治影响冠于道教诸派之首，茅山道几代宗师均受朝廷重用，与皇室往来甚密。茅山道第十代宗师王远知、第十一代宗师潘师正、第十二代宗师司马承祯、第十三代宗师李含光及著名道教学者吴筠等都备受唐朝历代帝王的礼敬。

最后，李唐皇室攀附老子李聃为先祖，自称是老子之“圣裔”，一方面是出于老子在历史上、社会上的广泛影响，以此借老子声望提高唐皇室的社会地位和家族的声望，进而提高唐朝统治者的身份；另一方面也是出于道教中无为而治的治国方略的考虑。道教经历了在南北朝至隋的几百年的动荡战乱，社会元气大伤。统一之后，唐王朝选择“与民休息”“无为而治”的道家思想为治国方略，以之弥补儒家思想的不足，有助于社会恢复元气。因此，在唐代统治者的统治过程中，奉行老子无为而治的思想是国家至关重要的治国方针。

三、佛教的兴盛

唐代时期，佛教在汉地传播方面取得了诸多成就，如在佛经汉译上，帝王钦定译场，诏集天下英才，译经组织日趋完备，译经内容更加系统，特别在翻译方法与质量上更加完善，并出现了众多名目各殊而性质亦有不同的佛典注疏；在佛教义学上，经过中国高僧的体验与发挥，创立了适应时代需要的、具有中国汉地风格和特点的佛教各个宗派，佛教完成了它的汉化进程；在民间传播及信仰上，信教群众已经非常普及，民间佛教组织发展，法会、斋会兴盛，净土信仰（包括弥勒净土和弥陀净土两种）成为民间信仰的重要内容。

佛教在唐代对于整个思想、文化包括对文学的深远影响，现代的研究者们往往是估计不足的。揭示这种影响，就会看到，当时的广大文人与佛教有着千丝万缕的联系。

首先，从政治上看，自从释道安倡弘法必依王者之论，佛教僧侣更自觉地借“人王之力”以扩张自己的势力。唐王朝统治者又采取了儒、佛、道三教并重的思想统治政策，从而使皇族地主、世俗地主和僧侣地主结成了更为牢固的（当然也是充满矛盾的）联盟。佛教僧侣的代表人物不仅作为宗教领袖受到礼重，他们还掌握着一定的政治权势，直接参与政治斗争。早在唐太宗打天下围攻王世充时，就曾得到少林寺和尚的援助（《告柏谷坞少林寺上座书》），他即位后即颁发《佛遗教经》，说“如来灭后，以末代浇浮，付嘱国王、大臣，护持佛法”。武则天拟篡唐称帝，沙门怀义、法明等撰《大云经疏》，盛言受命主事，结果“释教开革命之阶”等。

其次，从经济上看，唐代僧侣地主通过赏赐、施舍、买卖等形式，大量兼并土地。“国家大寺，如似长安西明、慈恩等寺，除□分地处，别有敕赐田庄，所有供给，并是国家供养。”许多寺院都有土地千百顷。和尚圆观竟得到“空门猗顿”的绰号。睿宗时，左拾遗辛替否上疏，说“十分天下之财，而佛有七八”。晚唐时，“自淮而右，户三丁男，必一男剔发”，也就是说，寺院夺取了占总劳动力三分之一的劳动人手。佛教具有如此巨大的经济势力，必然要影响到文化、文学。唐代寺院供养了一大批学问僧；一些义学大师是宗教学者；灵澈、皎然、道标、贯休等诗僧是披着袈裟的诗人；一些翻经大师多是精通华梵、学有素养的文化人，还有像一行那样的科学家。当时的寺院，还为知识分子提供了习业、寄居的场所。参与科举考试的举子，“自六月以后，落第者不出京，谓之‘过夏’，多借静坊庙院及闲宅居住，作新文章，谓之‘夏课’”。文人们在经济上依靠佛教，必然受到其影响或制约。明显的例子是柳宗元，他贬官永州寄住在龙兴寺，结交天仓僧人重巽，得到他的资助，这对滋长其佛教意识是起了作用的。

最后，从思想意识上看，唐王朝的三教合一政策，促进了佛教与儒、道的融合，佛教徒为了扩大自己的思想阵地，也极力依照中国传统伦理、政治观念改造其教义，这都有助于佛教思想在文人中的扩张。另外，唐代统治阶级的内部矛盾，特别是天宝以后政治的黑暗和腐败，促使许多人包括知识分子到宗教中去寻求精神解脱，王维所谓“一生几许伤心事，不向空门何处销”（《叹白头》），代表了相当一部分失意文人的思想倾向；白居易所谓“外服儒风，内修梵行”，也成为文人中的一种潮流；研习释典，结交僧徒，也就成为文人日常的功课。

第三节　开放的文化环境与诗国高潮的形成

一、开放的文化环境

唐代处于我国封建文化发展的高峰，在当时世界的文化总体格局中，它处于遥遥领先的地位，也是一座令人心向往之、难以望其项背的文化高峰。

在当时的世界舞台上，欧洲正处在基督教会统治下的“黑暗时代”，社会经济和文化受到巨大的破坏和摧残，基督教会人士成了唯一的受教育阶层，古代的思想文化只是以残缺不全的形式保存在基督教的精神活动之中。“中世纪只知道一种意识形态，即宗教和神学。”与西方文化在这个时代的低迷衰落相对照，唐代文化则正日照中天，灿烂辉煌。韦尔斯曾指出：“在唐初诸帝时代，中国的温文有礼、文化腾达和威力远被，同西方世界的腐败、混乱和分裂对照得那样鲜明，……中国确实在一个长时期内保持了领先的地位。”❶

由于国力的强盛、文化的发达，唐代的都城所在地——长安也成为当时世界的文化中心所在。同时，由于社会生产力发展水平的提高，交通工具的改进，各地区、各民族之间的交往不断扩大，文化之间的传播和相互影响也远远超过前代。而唐代文化的辉煌，也与当时全面的对外文化开放态势密切相关。一方面，唐代是借由海外交通的发达和文化交流的繁盛，广泛吸收世界文明的优秀成果，为自己的发展提供丰富的滋养和刺激动力；另一方面也将中华民族的伟大文化创造广泛传播于各国，向世界展示自己的流光溢彩。

具体来看，唐代对外交通发达，对外关系活跃，对外贸易繁荣，促进中外文化交流大规模地发展，呈现出空前的全面文化开放的态势。唐代文化以其健全的传播和接受机制，以全面开放的广阔胸襟和兼容世界文明的恢宏气度，如“长鲸吸百川”，广泛吸收外域文化，从其他文化系统中采撷英华，先后融入了中亚游牧文化、波斯文化、阿拉伯文化、印度文化乃至欧洲文化，使当时的帝都长安成为中外文化汇聚的中心，使盛唐文化成为一种世界性的文化，或如西方学者说的是“世界大同主义”。海纳百川，有容

---

❶ [英]韦尔斯著，吴文藻等译. 世界史纲——生物和人类的简明史. 北京：人民出版社，1982：629.

乃大。大规模的文化输入，使中华文化系统处于一种“坐集千古之智”“人耕我获”的佳境，使整个机体保持着旺盛的生命力，因而是唐代文化生机勃勃、灿烂辉煌的条件之一。坦诚而主动地进行文化交流，广泛地吸收外来文化，正是对自己的民族和文化有着强烈的自信心的表现。正如鲁迅所说的那样，汉唐时代的中国人有一种“放开度量，大胆地、无畏地，将新文化尽量地吸收”的气魄。“那时我们的祖先对于自己的文化抱有极坚强的把握，决不轻易动摇他们的自信心，同时对于别系文化抱有极恢廓的胸襟与极精严的抉择，决不轻易地崇拜或轻易地唾弃。”

在广泛兼容世界文明的同时，唐代文化也大踏步地走向世界。与前代相比，唐代文化在海外传播的范围更加广泛，不仅在东亚地区产生了重大影响，建立起以中国为中心的东亚文化秩序，形成了中华文化圈，而且还广泛传播于东南亚地区、中亚和西亚地区，并进而传到欧洲和非洲，在那些地方都产生了不同程度的影响。在文化传播的内容上，唐代已超出物质文化和技术文化传播阶段，除了中国的物质文明成果和先进的科学技术知识外，中国的法律体系、政治制度、思想观念、宗教艺术等都大量外传。特别是作为中华文化载体的典籍也流播于海外，成为异族学习、吸收中华文化的一个重要媒体。唐代的全面对外开放，使中华文化全面走向世界，光被四表，辐射远方。

二、诗国高潮的形成

中国古典诗歌从《诗经》《楚辞》滥觞之后，历经秦汉魏晋南北朝及隋代的回环往复、百川争流，到唐代终于汇成了大河巨浪，气象万千，迎来了全面繁荣，展现出无限风光。唐诗内容广博，数量丰富，特色鲜明，名家辈出，佳作如云，故鲁迅先生曾经发出过中国古代的“好诗”在唐代已经“作完”的感叹。

唐诗本身经历了近三百年的演进与发展，其中各个阶段均有佳作、大家出现，因此，从宋代严羽以来，唐诗就一直是被赞美的对象，明代诗论家谢榛在《四溟诗话》中就赞叹说：

> 熟读初唐、盛唐诸家所作，有雄浑如大海奔涛，秀拔如孤峰峭壁，壮丽如层楼迭阁，古雅如瑶瑟朱弦，老健如朔漠横雕，清逸如九皋鸣鹤，明净如乱山积雪，高远如长空片云，芳润如露蕙春兰，奇绝如鲸波蜃气，此见诸家所养之不同也。

谢榛是明代"后七子"的重要人物，他们以复古为旗号，推崇汉魏、盛唐之诗，故其对初、盛唐诗歌的丰富多样、精美绝伦叹为观止。实际上，如果抛弃重初盛唐、轻中晚唐的门户之见和审美偏好，可以说初、盛、中、晚唐诗各具特色，皆具风采。明代诗论家陆时雍《诗镜总论》充分肯定了中唐诗歌大变盛唐气象而独标风采，云：

> 中唐诗近收敛，境敛而实，语敛而精。势大将收，物华反素，盛唐铺张已极，无可复加，中唐所以一反而之敛也……中唐反盛之风，攒意而取精，选言而取胜，所谓绮绣非珍，冰纨是贵，其致迥然异矣。

就连历来被人所轻视的晚唐诗，清代诗论家叶燮在《原诗·外篇》中就有这么一段精彩的议论：

> 论者谓晚唐之诗，其音衰飒。然衰飒之论，晚唐不辞；若以衰飒为贬，晚唐不受也。夫天有四时，四时有春秋。春气滋生，秋气肃杀。滋生则敷荣，肃杀则衰飒，气之候不同，非气有优劣也。使气有优劣，春与秋亦有优劣乎？故衰飒之气，秋气也；衰飒以为声，商声也。俱天地之出于自然者，不可以为贬也。又盛唐之诗，春花也。桃李之秾华，牡丹芍药之妍艳，其品华美贵重，略无寒瘦俭薄之态，固足美也。晚唐之诗，秋花也。江上之芙蓉，篱边之丛菊，极幽艳晚香之韵，可不为美乎？

叶燮之论堪称卓见，他为我们描述了晚唐诗美之独特形态，说明了晚唐诗之独立价值。

以上所论还仅是唐诗时代风格差异所造成的如同人间四季风景各不相同之美，由此也可见唐代诗坛如百花齐放，万紫千红，各呈异彩，美不胜收；唐诗发展如三峡风光，山重水复，移步换形，引人入胜。故明人胡应麟《诗薮》外编卷三云：

> 甚矣，诗之盛于唐也！其体，则三、四、五言，六、七、杂言，乐府、歌行、近体、绝句，靡弗备矣。其格，则高卑、远近、浓淡、浅深、巨细、精粗、巧拙、强弱，靡弗具矣。其调，则飘逸、浑雄、沉深、博大、绮丽、幽闲、新奇、猥琐，靡弗诣矣。其人，则帝王、将相、朝士、布衣、童子、妇人、缁流、羽客，靡弗预矣。

唐诗的这种群星璀璨、百花齐放的丰富性不仅是数量丰富，同时也是个性化之充分展开，而唐代政治的开明、国力的强盛、思想的活跃、生活的富足以及诗艺的崇尚为诗人们提供了广阔的生活与心灵空间，良好的社会外部条件通过诗人心灵个性的大力张扬和创造才能的充分施展，最终酿造了唐诗不可重现的、具有鲜明个性特征的诗国高潮。

第四节　以儒家仁政民本为基础的中华民族文化大一统

唐初以儒家仁政、民本治国的政治理念，“民唯国本，众而亲仁”，“无隔华夷，爱之如一”，赢得中华民族文化大一统，取得我国封建时期治国的历史辉煌。李世民胸怀宏伟，卓识不凡，早在贞观登位之日，就与僚属云：“王者视四海如一家，封域之内，皆朕赤子，朕一一推心置其腹中”，后来还从情理加以论析，“夷狄亦人，其情与中夏不殊。人主患德泽不加，不必猜忌异类。盖德泽洽，则四夷可使如一家；猜忌多，则骨肉不免为仇敌”。正是由于其仁政为唐代以后的统治者奠定了良好的“华夷一家，诚信如一”的思想，才开辟出我国历史上大一统的中华民族共同体，缔造出享誉中外的大唐盛世。

在唐太宗之前，武德九年（626），唐高祖李渊就曾说道：“我之为君，以诚信待物，欲使官人百姓，并无矫伪之心。”又说：“为国之基，必资于德礼，君之所保，惟在于诚信。诚信立，则下无二心，德礼形，则远人斯格。德礼诚信，国之大纲。在于君臣父子，不可斯而废之也。”唐太宗李世民即位后，把“视之如一”“众而亲仁”作为民族政策的指导准则：

> 自古帝王虽平定中夏，不能服戎狄。朕才不逮古人而成功过之，自不谕其故……朕所以能及此者……自古皆贵中华，贱夷狄，朕独爱之如一，故其部落皆依朕为父母，并以此诏令边境四方，日月贞明，煦照著于万物。

唐太宗君臣以仁政民本推进中华民族文化大一统，最重要的是遵循我国儒家在处理社会群体、人际关系、民族相处中“华夷一家，诚信如一”的思想。唐太宗对各族“爱之如一”“诚信待之”的政策收效很大，各族人民自觉、自愿地“诣阙请天下一家，上为天可汗”，甚至在唐太宗去世后，有“四夷之人，入仕于朝及来朝贡者凡数百人，闻丧皆恸哭，剪发、剺面、割耳、流血、洒地。那史那杜尔、契必何力请杀身殉葬”。少数民族首领竟以“杀身殉葬”表示对太宗无比尊敬和瞻仰，可见唐大一统政策和唐太宗个人品格影响之深。武后、玄宗君臣继承民本仁政，并坚定地从政策上贯彻落实对周边各族“视之如一”“诚信待之”。

在唐代统治者的大一统思想引导下，唐朝继南北朝“五胡”之后，民族大融合有了历史性大发展，新附少数民族除突厥、铁勒、契丹、奚，还有吐谷浑、党项、沙陀、昭胡九姓、林邑、曹国、牌牒、吐蕃等。至于政治、文化融合则更其深入。在“华夷共主，天下一统”的号召下，唐朝李氏统治者自认“蕃人血统，酷爱蕃风夷俗，广嫁皇女于番酋子弟”，还以政治“上统广宇，下行可汗事”，实行文化融合，并辅之一统制度、政策予以落实，各族人民自由进入华夏中原，久处内地，不断感染熏陶，儒家文化几乎成为他们的主流文化。民族上层，世代与汉人通婚，最终融于一统中华的汉族为主共同体之中。例如，随太宗征战，“屡获殊功”的人唐功臣西突厥王子那史那杜尔累迁右武卫大将军，检校丰州都督，“其子史仁表尚太宗女普安公主，定居长安”，其子孙还和“京洛汉人通婚”，民族一家，亲如兄弟，布列朝廷。

此外，唐代以文治方针政策，统治者执行民本仁政，欢迎、容纳世界各国学者、文士来华传播交流，世界各国各族文化，在大唐舞台展开全面大融合，开辟了“四夷来同，怀恋万国”的文明帝国。

第二章　武德至贞观时期的文学创作

618年，隋代的统治被推翻，大唐王朝建立，开创了中国历史上前所未有的辉煌与繁荣。自唐高祖李渊统治起，至唐太宗李世民统治止，唐代的政治、经济、军事、文化等各个方面都得到了迅猛发展，并逐渐出现了盛世局面。在本章内容中，将着重对这一时期的文学创作情况进行详细阐述。

第一节　悲歌玄武门与贞观之治

在唐高祖统治期间，发生了一件影响唐王朝日后命运的重大事件，即玄武门之变。而通过这次事件，李世民得以继承王位，并因在位期间勤于政务、广泛纳谏而得到了朝臣与百姓的拥戴。与此同时，他通过采取一系列有效的施政纲领，使唐朝出现了“贞观之治”的盛世局面。

一、玄武门之变

在唐代建国的战争中，李世民跟随父亲李渊南征北讨，军功显赫，威望极高。但是，李世民只是李渊与窦氏的次子，按照当时立长不立幼的宫廷礼法和继承制度，他是不可能继承皇位的，于是其兄李建成被李渊立为东宫太子。对此，作为次子的李世民选择了接受，而且他仍在为李唐王朝的大一统披荆斩棘，戎马奔波，并最终帮助李渊统一了全国。

李世民在战争期间，伴随着其获得的卓著功绩，他的威望也不断增加，并越来越受李渊的重视。期间，他的权力不断扩大，还被封为秦王，位居宰相之职，并且掌管着大量的军队。所有的这一切，都使其兄长李建成感到自己的地位受到了严重威胁。于是，李建成为了对自己的皇位继承权进行有效维护，开始大力网罗人马，扩充自己的势力，便将其弟齐王李元吉（与李世民、李建成同母）拉入自己的阵营，合谋对付李世民。而李元吉之所以会选择依附李建成，也是源于自己想要夺取皇位继承权的欲望。他对李建成和李世民的实力状况进行了周密分析，认为跟随李世民完全没有可能实现自己谋取帝位的野心，而投靠李建成并除掉了李世民，自己便可能再除掉李建成继而获得皇位。可以说，兄弟三人都有着争夺皇位的野心。

李建成在得到李元吉的支持后，在争夺皇位的力量方面明显比李世民要强。与此同时，他为了讨得李渊的好感，又积极争取后宫的支持。由于此时窦氏已去世，于是他积极讨好备受李渊宠爱的张婕妤和尹德妃，让她们在李渊面前说自己的好话，同时诋毁李世民。恰好张婕妤和尹德妃都曾被李世民得罪过，于是她们选择了帮助李建成，并使得后宫的势力自然倒向了李建成一边。最终，在李建成和众嫔妃的挑拨下，李渊对李世民越来越疏远和淡漠，对李建成、李元吉则越来越宠爱。此外，朝中大臣们的势力也都倾向于李建成。于是，李建成接受当时作为其谋事的魏徵的意见，加紧了对李世民的陷害。渐渐地，李建成与李世民的争权活动越来越明朗化。

李建成与李元吉曾多次加害李世民，但都未能得逞。在武德九年(626)，他们又得到了一个加害李世民的好机会。当时，突厥进犯中原，李建成又使诡计，向唐高祖建议让李元吉领兵御敌，唐高祖应允。应该说，李元吉为元帅领兵御敌很正常，关键是李建成和李元吉想要借此机会除掉李世民。于是，李元吉提出要调拨秦王府的主要战将参战，包括尉迟敬德、秦叔宝、程咬金等，企图利用出兵作战的机会消灭这些秦王府的将军，并借此剥夺李世民的兵权，然后再借机杀掉李世民。不想，李建成和李元吉的计划被李世民得知，他将这一消息告知了长孙无忌，而长孙无忌立即与房玄龄密商大计，力主采取军事手段，铲除太子及其党羽。面对这一主张，李世民是有所顾忌的，他必须仔细思考，否则下场是人所共知的。他认为："骨肉相残，古今大恶。吾诚知祸在朝夕，欲俟其发，然后以义讨之，不亦可乎！"也就是说，李世民希望采取后发制人的办法解决冲突，以便将骨肉相残的责任推向李建成和李元吉。这也说明，李世民一直都存在夺权心理，而且深刻考虑了夺权后长远的合法性问题。但是，其下属都认为后发制人过于危险，于是态度坚决地请求李世民先发制人。最终，在下属的劝说下，他决定先发制人。

李世民在采取军事行动前，先是在 6 月 3 日那天进宫向李渊揭发李建成、李元吉与张婕妤、尹德妃的暧昧关系，接着向李渊诉说了李建成、李元吉对自己的加害行为。李渊听后大惊，即刻表示第二天上朝处理此事。不想，他们的谈话被张婕妤探听到，她立刻派人报告李建成。而李建成在得知这一消息后，随即找李元吉商量对策。李元吉提出要尽快布置兵马，同时称病不上朝。应该说，这个建议很重要，如果李建成同意，玄武门之变可能就不会发生。因为在李建成与李元吉商量的时候，李世民统率的伏兵已经到位，尉迟敬德、程咬金、秦叔宝、张士贵等亲王府的名将都已经进入伏击位置，而且李世民采取的这一行动是无法解除的。如果李建成不进宫，李世民是无法解释自己的军事行动的。但是，李建成过于自负，认为自己的准备十分充足，而且玄武门布置的又是自己的守卫军队(实际上守将常何已被李世民暗中收买)，可以放心地从此地进宫。

玄武门是长安宫城的北门，也是进入内宫的必经之地。这里有坚固的工事和雄厚的兵力，宫廷卫军总部也设在此地。由此可知，想要控制整个皇宫或者说是控制京师，首先要控制玄武门。在6月4日清晨，玄武门看起来和平常一样，但实际上是危机四伏。当李建成到达临湖殿时，突感情况异常，想要立刻调转马头，但已经来不及了。李世民出现了，他纵马向前，大声喊住了李建成，并乘机抽箭射中李建成的喉咙。而李元吉在看到这一幕后，本想逃跑，不想李世民的伏兵出现了，他们全副武装，杀气腾腾。最终，李元吉被尉迟敬德一箭射死，而且他的人头和李建成的人头一起被尉迟敬德割了下来。之后，李世民和他的军队迅速进入玄武门。不久，东宫、齐王府的人也赶至玄武门，开始攻打玄武门。此时，李世民因伏兵人数相对少很多，抵抗起来十分吃力。再加上东宫的人扬言攻打秦王府，局势对李世民来说变得十分不利。

就在玄武门的战争基本结束时，尉迟敬德在李世民的指示下去“保卫”皇上李渊。此时，李渊正和宰相们一起在宫内湖中泛舟，见尉迟敬德全副武装、满身鲜血前来，大惊失色，但仍故作镇静。尉迟敬德向唐高祖奏道:“秦王因为太子、齐王作乱,举兵诛之,恐怕惊动陛下,特意遣臣宿卫。”李渊虽然心痛,但事已至此,只能接受眼前的一切。之后,他下令内外诸军都受秦王指挥,这意味着兵权到了李世民手中。与此同时,他下令东宫卫士放弃抵抗。在得到这一命令后,尉迟敬德提着李建成和李元吉的人头登上城楼,让东宫、齐王府的人知道首领已死,继续作战没有意义。最终,李建成、李元吉的军队溃散,他们的儿子也被李世民全部斩首,并一律从皇家谱牒中剔除。

玄武门之变后三天,李世民被正式册封为太子,并着手对一切国家政务进行处理。两个月后,李世民正式登基,即为唐太宗。

玄武门之变是唐代历史上极其重要的一个事件,而且对新建的李唐王朝的巩固与发展起到了十分重要的作用。不可否认,李世民是玄武门之变的最终胜利者。同时,玄武门之变促使李世民用光明的手段来治理天下,用更大的成绩从正面证明自己,继而促使“贞观之治”局面的出现。也就是说,玄武门之变是“贞观之治”得以产生的一个重要条件。

当然,玄武门之变在对唐代的发展产生重要积极影响的同时,也对唐代政治产生了消极的影响。其中最为重要的消极影响便是太子地位不稳定,皇位继承权的争夺十分激烈。在其影响下,朝廷内出现了朝臣结党和宦官分派的现象,从而大大影响了唐代政治的稳定,并导致唐王朝最终走向覆灭。

二、贞观之治

唐太宗李世民在刚刚即位时,由于长期战争的破坏和自然灾害的影响,国家经济萧条、民户凋敝。面对这一境况,他励精图治,积极采取有效的措施,将国事处理得井井有条。这既充分显现出一位卓越的国家领导人应有的才能,也推动唐王朝的政治、经济、军事、文化等各个方面都得到了迅猛发展。

唐太宗在位期间,在积极吸取隋亡教训的基础上,对统治政策进行了大力调整，并大举启用有才之人，从而促使唐王朝出现了“贞观之治”的盛世局面。

唐太宗非常重视人才，这一点不仅使李氏家族的政权从根本上得到了巩固，而且为国家笼络了一大批可用之才，使国家的政治、经济等各个方面得以迅速恢复和发展。唐太宗在即位后，凭借自己宽阔的胸怀、过人的气魄和胆识，依据“内举不避亲，外举不避仇”的标准，知人善任，选择、提拔和破格任用了各类人才为李唐王朝服务，其中有些人才如魏徵、王珪等曾在李建成和李元吉的府下。这些人才在得到皇帝的赏识后，大都能发挥自己的智慧，对唐初经济、政治等各方面的发展起到了积极的作用。因此，贞观之治的出现，应该是唐太宗与各类人才共同作用的结果。

唐太宗在知人善任的同时，还采取一系列措施对政治制度进行了改革与完善。具体来说，唐太宗在承袭隋制的基础上，对中央和地方的行政机构进行了改革。其中，在中央实行尚书、中书、门下三省制，而这既能有效避免皇帝独断和权臣专权，又能保证各项政策法令的有效执行，还能对李氏家族的统治进行巩固；在地方注重选拔才能和德行俱佳的人担任地方官，以真正为百姓服务。通过对吏制的改革，唐王朝的吏制清廉，朝政清明，国事顺利，百姓安居乐业，并最终促使“贞观之治”的出现。

唐太宗在即位后，还大力提倡戒奢崇简，以节省开支。他禁止大修土木、提倡薄葬等。对于官员们的奢侈行为，唐太宗也严格禁止。因此，贞观初年，逐渐形成了一种崇尚节俭的风气。这种节俭风气的盛行，在减轻国家和人民的负担、促进社会经济的恢复和发展方面起到了十分积极的作用。与此同时，唐太宗积极推行轻徭薄赋、与民休养生息的政策，从而使农民得以逐步恢复生产，小农经济也得以复苏。而农民的生产在恢复后，衣食问题就能得到解决，进而推动唐王朝的社会经济逐步走上复苏之路。此外，唐太宗为了进一步促进农业生产、发展农业经济，还采取了一些有效措施。其中，较为重要的举措有四个。一是释放宫女，这既能节约政府的费用、减轻百姓的负担，也能促进人口的繁衍，还能顺从人的情性。这也表明，唐太宗对民情人伦是十分重视的。二是积极避免战争，并赎回外流至突厥等塞外的人口，这使得唐代的农业人口大大增加。三是鼓励结婚生育，以促进人口的繁衍。四是大力倡导兴修水利，以增强农业生产抵抗自然灾害的能力。在这些措施的积极实行下，在贞观初年，粮食得到了大丰收，社会经济也很快得到了恢复，人民开始了安居乐业的生活。而到了贞观中期，社会发展迅速达到了昌盛阶段，出现了牛马遍野、丰衣足食、夜不闭户、路不拾遗的太平景象，即“贞观之治”。

第二节　文馆整合与诗文的六朝遗风

唐太宗在即位后，注重以弘文馆为平台进行政治和文化整合。由于弘文馆学士几乎都是当时最重要的政治家兼文人，因而他们所采取的文化举措有着文学风向标的作用，对当世文学的发展产生了极其重要的影响。而纵观当时弘文馆学士的文学创作，有着十分鲜明的六朝遗风。

一、文馆整合

唐高祖统治期间，已经开始重视进行文馆整合，最为重要的标志便是创办了修文馆，后改为弘文馆。但是，这一时期由于国家战事尚未平息，文化建设还处于起步阶段，统治者是无暇顾及文化典籍的整理工作的，也很少能够集中精力研究典章礼仪等事宜。因此，弘文馆在刚刚创办时并没有对朝廷偃武修文发挥多少实质性的作用，直到李世民即位后，弘文馆才开始在朝廷政治、文化建设方面发挥出巨大的作用。

李世民在即位后，文德政治被正式确立为国家的政治形态。由于礼乐文化是文德政治的基础，而“礼乐”总是与“诗书”具有内涵和功能的相关性，礼乐文化必须以文学和艺术为基础和支撑。

因此，文德政治“必须要文学的全面配合，文学不仅是其资源和根据，还是其途径和体现，同时也是其内容和目的，甚至在相当程度上就是政治本身”[1]。在这样的政治模式下，文化的面貌实际上表征了时代的文明程度和政治风貌。而为了对唐代文明进行迅速提升，并创建出一种能反映贞观盛世文明的主流文化形态，就需要对当时的各种文化和文学现象进行重构。在重构文化和文学时，必然会涉及对文化和文学精英的整合。为此，唐太宗开始重视对弘文馆的功能进行调整、对弘文馆的才学精英进行充实，并最终将它推向了朝廷政治的前沿。

经过唐太宗整顿的弘文馆，从人员构成来看，弘文馆中聚集了来自不同地域、不同政治集团，具有不同代表性的文化精英群体，包括虞世南、褚亮、姚思廉、欧阳询、蔡允恭、萧德言等。他们与唐太宗一起，在内殿讲论文史、商量政务。一般而言，弘文馆的人员被称为学士，而学士必须是德高名望者。因此，唐太宗统治期间，许多文人把获得学士的称号作为一种莫大的荣耀。同时，弘文馆学士也逐渐成为唐太宗身边的政治顾问兼文学侍从。而从政治功能上看，弘文馆具有双重功能：一是具有国家政治文化机构的名义，发挥着政治智囊的作用；二是实际地承担着一些具体的教育职责，为唐太宗“文治天下”政策的实行起到了极其重要的作用。

弘文馆在经过整顿后，其实际地位和实际功能也发生了重大改变。首先，弘文馆学士可以参与礼乐制度的制定和重要典籍的修撰。文德政治以礼乐教化为核心内容，制礼作乐在当时是一项非常重要的政治任务。在礼乐制度的制定上，弘文馆人员可以参议，而贞观初弘文馆学士则是具体地承担重修重任。据《唐会要》卷三十七“五礼篇目”记，太宗令房玄龄、魏徵总负责，召集文人，详考前代旧礼，重修礼制，经过几年的努力，修成著名的《贞观礼》。其次，弘文馆学士开始对其他朝廷机构的职权进行分割。

[1] 陈飞.唐代文学概念的确立与实现.文学遗产，2005(1).

比如，修史是唐太宗在总结既往、贻鉴将来的指导思想下开展的一项重要的政治工作，并为此专门设立了史馆。依照唐代的制度规定，史馆中没有固定的人员，若是遇到修撰的事情，需要让其他官员来充当史官。在唐太宗时期，但凡修史，多用弘文馆学士。弘文馆学士褚遂良、许敬宗几乎参与了贞观一朝所有的修史活动，并延及唐高宗时期。由此可以知道，在唐太宗时期，弘文馆有着极其重要的政治影响。

由于整顿后的弘文馆整合了不同的学士集团，而这些学士又来自不同的地域，因而从某种程度上来说，弘文馆在唐太宗时期是汇聚了各种异质文化的重要场所。也就是说，弘文馆起到了对唐初文化进行整合的重要作用，并积极推动了新文化的发展，具体来说表现在以下几个方面。

首先，弘文馆对唐初文化的整合，促进了南北文化之间的交流与融合。唐太宗时期，在文德政治这一政治形态的影响下，政治力量介入文化整合，即对文化整合的方向进行规定，同时推动着南北文化交融步伐的进一步加快。自六朝以来，南北文化一直都有所交流与交融，而交流与交融的方式主要是文人迁徙。应该说，这种南北文化交流与交融的方式是十分被动的。而在唐代时，创建的弘文馆本身是一个政治—文化机构，身兼朝臣和文人双重身份的弘文馆学士从某种角度来说就是唐太宗的文化代表，因此其政治力量不可避免地影响着南北文化整合，并使南北文化整合变成了一种有目的的、方向性明确的文化建设活动。同时，这一时期的文化交融呈现出极其鲜明的政治功利性，且在一定程度上忽视了文化自身发展的规律。但是，这样的文化交融是自觉的、理性的，明显不同于之前的文化交流，并且为整个唐代的文化建设起到了奠基作用。

其次，弘文馆对唐初文化的整合，使得唐初文明得以大大提升。弘文馆学士的主体是东南（包括江左和山东）文人，而自魏晋以来，江左逐渐成为文化发达地区，江左文化也随之成为一种强势文化。从文化交流的角度看，主流文化要想引领文化潮流必须吸收优势文化，而东南强势文化也必须借助东南文人进入高层政治集团才能深刻地影响主流文化。李唐王朝发迹于关陇，其定鼎初期仍推行关中本位政策，此时能吸纳东南文人进入“决策辅佐层”确实体现了唐太宗非同凡响的政治眼光。❶ 而在唐太宗统治时期，东南强势文化确实已经成了唐初文化整合过程中的重要力量，最为鲜明的一个表现是在弘文馆的学士中有接近60%的人来自东南，只有31%的人来自关中地区。此外，东南强势文化在推动唐初文化整合的同时，也使得唐初文明得以大大提升。

最后，弘文馆对唐初文化的整合，推动了唐代初年的文化基础建设和普及工作。在唐代初年，进行文化基础建设和文化普及的一个重要措施便是编撰各种类书。《艺文类聚》是唐初朝廷组织编撰的一部大型类书。《全唐文》卷一四六有欧阳询《〈艺文类聚〉序》，其文后署“太子率更令、弘文馆学士、渤海男欧阳询序”。又《旧唐书》卷一百八十九《儒学上 · 欧阳询传》记：(欧阳询)“贞观初，官至太子率更令、弘文馆学士，封渤海县男。”由此可以知道，在《艺文类聚》的编撰及其文化推广普及方面，弘文馆学士发挥了极其重要的作用。此外，大型类书《文思博要》以及《古文章巧言语》等的编撰，也是弘文馆学士“奉敕”所为。这就说明，在唐太宗时期，普及文学的主要力量和机构便是弘文馆学士和弘文馆。

由于文化与文学是紧密联系的，因此弘文馆对唐初文化的整合也必然会影响对唐初文学的整合以及唐初文学的发展。实际上，以弘文馆为平台展开的文学整合就是基于政治框架内的文学重构，是政治导向规定文学发展方向的一种具体实践，属于政治与文学关系的一种具体表现形式。具体来说，弘文馆对唐初文学整合的影响主要表现在以下两个方面。

首先，弘文馆对唐初文学的整合，使得各方文学力量相互碰撞，并促进了南北文学思想的碰撞。在其影响下，融合南北文学

❶ 梁尔涛.初唐弘文馆与文学.郑州:郑州大学出版社,2014:44.

之长、文质并重的文学观成为唐初文学思想的重要组成部分。通观唐代初年的文学现实状况可以发现，弥漫朝野的“陈隋遗风”是统治面对的最大文学现实。从“审音知政”的儒家政教观出发，纵然东南文化是强势文化，贞观君臣也不会全盘接受它，其“淫放”与“浮靡”是必须反拨的。关陇文化特别是河汾儒学里关注现实和政治的思想深刻地影响着唐初君臣，也决定了他们不可能像前朝君臣那样只注重文字游戏。再加上弘文馆学士多为优秀的、有宽广的文化视阈的政治家兼文人，积极提倡“兼取众长”的唐代文学。于是，在弘文馆学士的提倡下，唐太宗确立了将江左“清音”与河朔“气质”相结合的文学理想。这一文学理想，既是“洞悉了文学发展的历史趋势”之后的一种卓有远见的主张，也是服务于现实文学整合的一项重要举措。在唐代初年，著名文人的前辈基本上来自梁陈宫廷学士集团和北齐文林馆学士集团这两大文学集团。其中，梁陈宫廷文学重视丽词俊音，偏重于“诗的声辞之美”，而且以辞采浓艳、篇制精巧为尚；而北齐文林馆学士集团的文学创作，注重气质和风骨，以质朴、刚健、硬朗为尚。在此基础上，魏徵提出了合其两长的思想，即将不同的文学风格进行整合，平衡各方文学力量，以形成统一的文学观念，继而建立稳定的文学结构框架。从实质上来说，合其两长的文学思想就是兼容众长、各去其短的文学观念的具体化。而这一文学思想在唐初得以确定，很大程度上得益于弘文馆学士。

其次，弘文馆对唐初文学的整合，使得唐初的诗艺得到了迅速发展。弘文馆学士来自不同的地域，并积极参与宫廷、文馆文学活动。而在进行文学活动时，弘文馆学士对诗歌的形式建设高度注意。再加上唐太宗本身喜欢文学，经常在听朝之余召集一些学士“高谈典籍，杂以文咏”，文臣学士之间也经常举行一些宴集唱酬活动。所有的这些都使得学士们有众多的机会切磋诗艺，并大大促进了他们诗艺的提高。奉诏应制和拈字赋得之类的诗歌对形式有着严格的要求，而宫廷应制和宴集唱酬虽然形式上是一种政事之余的风雅活动，但实际上却暗含着诗艺竞争的潜在动机，也助长了诗艺钻研的风气，从而无形中催生着近体诗的新果。因此可以说，弘文馆对唐初文学的整合，大大促进了唐初诗歌的发展。但是，以宫廷和文馆为中心的文学活动明显具有一种封闭自足性，这种封闭自足性必然会导致创作主体的视野日趋狭隘、情思日渐枯竭以及诗风日益趋同。而这又会使弘文馆以外的文人创作也囿于这种创作风气之中，从而导致唐初的文学创作难以取得重要实绩。

二、诗文的六朝遗风

在唐代初年，文学艺术成就尚不算繁荣，但却为盛唐文化艺术的繁荣打好了基础，开拓了道路。这一时期的文学创作基本上沿袭了六朝的华艳风习。

唐初的统治者以及文人大都生活在六朝以来尚文的社会风气之下，因而在文学创作中深受六朝文学的影响，即有着极其浓重的华艳色彩。

就诗歌创作而言，早在六朝时期，宫廷既是统治核心也是文学活动的核心与文学风气演变的主要动力之源。而在唐代初年，由于唐太宗本身喜欢诗歌创作，并积极号召文学学士进行诗歌创作，于是在朝廷内外政事之余兴起了一股浓厚的诗歌创作风尚，并逐渐形成了一个诗歌流派，即宫廷诗派。

宫廷诗派的领袖人物是唐太宗李世民，而这个诗派的主要人员是由两部分构成的：一部分是虞世南等从陈、隋宫廷中过来的旧文人；另一部分是长孙无忌、魏徵、李百药等参加过隋末唐初南征北战的宫廷重臣。他们本来并不注重文学创作，只是为了投唐太宗所好才不惜附庸风雅，舞文弄墨，吟诗作赋。因此，他们的诗歌创作多是朝政之余君臣唱和，或是大臣之间聚宴赋诗。比如，唐太宗的《春日玄武门宴群臣》：

韶光开令序，淑气动芳年。驻辇华林侧，高宴柏梁前。

紫庭文珮满，丹墀衮绂连。九夷簉瑶席，五狄列琼筵。

娱宾歌湛露，广乐奏钧天。清尊浮绿醑，雅曲韵朱弦。

粤余君万国，还惭抚八埏。庶几保贞固，虚己厉求贤。

这是唐太宗在玄武门宴群臣时所作的一首诗。诗中有着华贵的环境、绚丽的颜色和古雅的乐曲，无一不表现着一种宫廷宏丽之美。而在诗歌的结尾，唐太宗表达了自己虚心地纳谏求贤以保江山永固的思想。

宫廷诗派的诗歌创作从内容上看，题材较为狭窄，不出宫池苑囿。比如，唐太宗的《采芙蓉》：

结伴戏方塘，携手上雕航。
船移分细浪，风散动浮香。
游莺无定曲，惊凫有乱行。
莲稀钏声断，水广棹歌长。
栖乌还密树，泛流归建章。

诗中所描写的芙蓉花开、风送荷香、船分细浪、惊凫乍飞、柳莺轻鸣这种优美的南国风景，南朝民歌中曾进行了反复吟咏，且深受齐梁文人的喜爱。而唐太宗所作的这首诗，只不过是沿用了六朝传统的、柔媚无骨诗歌题材，完全显示不出他的豪情和气魄。而且，诗中的色彩华艳，视野狭小，格调不高。

不过，宫廷诗毕竟不是六朝时的宫体诗。创作宫廷诗的时代已不是六朝那样动乱的时代，创作宫廷诗的文人也不再是齐梁时期生活于声色犬马、歌间宴前的门阀士族，他们清醒、理性，冲出了宫闱，有所作为，敢于创造，用实际行动演奏了一曲恢宏雄壮的乐章。[1] 他们的诗歌创作，虽然从艺术趣味上来说还较为明显地受到宫体诗柔靡诗风的影响，但是他们在诗歌创作中所表现的内容却是昂扬向上的，并洋溢着奋发有为的阳刚之气，体现出全新的积极进取、昂扬奋发的时代精神。比如许敬宗的《奉和元日应制》诗：

天正开初节，日观上重轮。百灵滋景祚，万玉庆惟新。

待旦敷玄造，韬旒御紫宸。武帐临光宅，文卫象钩陈。

广庭扬九奏，大帛丽三辰。发生同化育，播物体陶钧。

霜空澄晓气，霞景莹芳春。德辉覃率土，相贺奉还淳。

从诗歌的题目可以明显看出，这是一首应制之作。在诗歌的前半部分，诗人描写了一元复始的生机与活力、帝王宫殿里迎春的宏大场景；在诗歌的后半部分，诗人着重对帝德进行了歌咏，紧扣颂歌王政的主旨。此外，整首诗写得气象阔大、意象富丽、用词考究，是一首不可多得的佳作。

纵观初唐的宫廷诗创作，可以发现色情诗的数量是比较少的。这是因为，唐初的统治者和政治家对于前代骄奢淫逸而败亡的教训非常警惕，因而十分排斥梁陈宫体诗的淫艳诗风。当然，这并不意味着初唐时期没有艳丽的诗歌，只不过这一时期诗歌的艳丽不再同于南朝的浮艳，且显示出典重与雍容华贵之气，体现了唐王朝向上的气魄和上升的国势。比如，许敬宗的《奉和仪鸾殿早秋应制》：

睿想追嘉豫，临轩御早秋。

---

[1] 吴怀东.唐诗流派通论.北京：新华出版社，2004：60.

斜晖丽粉壁，清吹肃朱楼。
高殿凝阴满，雕窗艳曲流。
小臣参广宴，大造谅难酬。

在这首诗中，诗人使用了许多艳丽的意象，如斜晖、清吹、雕窗、艳曲等。但是，诗中所表达的思想并没有停留在对景色的玩赏方面，而是导向对盛世和明主的颂扬，表现唐王朝的勃勃生机。

又如唐太宗的《正日临朝》：

条风开献节，灰律动初阳。
百蛮奉遐赆，万国朝未央。
虽无舜禹迹，幸欣天地康。
车轨同八表，书文混四方。
赫奕俨冠盖，纷纶盛服章。
羽旄飞驰道，钟鼓震岩廊。
组练辉霞色，霜戟耀朝光。
晨宵怀至理，终愧抚遐荒。

在这首诗中，诗人对大唐天地人和的盛世景象进行了热情赞美，而且全诗写得雍容华贵、典雅富丽。

此外，宫廷诗歌在显露出帝国气象的同时，还表现出昂扬的情思。唐太宗的《帝京篇》《于北平作》等诗作，都体现出他视野的开阔和胸襟的博大，并显示出一种踌躇满志的自信和抱负。除唐太宗外，很多宫廷诗人都在诗作中表现了自己昂扬的情思，如魏徵。以其《述怀》一诗来说：

中原初逐鹿，投笔事戎轩。
纵横计不就，慷慨志犹存。
仗策谒天子，驱马出关门。
请缨系南粤，凭轼下东藩。
郁纡陟高岫，出没望平原。
古木鸣寒鸟，空山啼夜猿。

既伤千里目，还惊九逝魂。
岂不惮艰险，深怀国士恩。
季布无二诺，侯嬴重一言。
人生感意气，功名谁复论。

魏徵出身贫寒之家，但他自小便有大志。在隋代末年，他加入了起义队伍，为窦建德所用，后成为河北地区起义军领袖李密的幕僚。在唐代建立后，由于李密降唐，他成为太子李建成的部下，并积极为李建成出谋划策。在玄武门之变后，魏徵被李世民纳为部下，并委以重任，使他有机会实现自己的抱负。这首诗作于魏徵被李世民委以重任，东出函谷关之时。诗中，他先是对自己的生平进行了回顾，接着表达了自己深受器重、知恩图报的使命感。全诗的意境是苍凉的，但诗人所表达的情感却是壮怀激烈、雄浑刚健的，毫无消极之感。

又如李百药的《秋晚登古城》：

日落征途远，怅然临古城。
颓墉寒雀集，荒堞晚乌惊。
萧森灌木上，迢递孤烟生。
霞景焕余照，露气澄晚清。
秋风转摇落，此志安可平。

在这首诗中，诗人描写了很多荒凉的意象，如秋日、黄昏、古城、寒雀等，并由此表现了古今兴亡之理。但是，诗人在表现这一道理时，并没有显得颓废，而是从天人之际的高度对其进行品味，并提醒自己和世人要以更加自觉的积极态度对自己的人生进行把握和创造。

就文章创作而言，这一时期的文章创作仍然沿袭南朝的骈体形式，但在此基础上也有一定的创新。而对这一时期文章的创作做出重要贡献的是王绩。

王绩(589—644)，字无功，号东皋子，绛州龙门(今山西河津)

人，幼时即聪颖敏慧，七八岁即能读《春秋左氏传》，十五岁时西游长安，谒见大臣杨素，当众谈时务、文章，旁若无人，见解精新，举座皆惊，世人誉之为“神仙童子”。他少时即有远大志向，且锐意进取，对个人的前途充满了憧憬和希望。但是，他的一生仕途坎坷，最终弃官而归隐家乡。之后，他结庐河渚，放意琴酒，驱牛躬耕于陇亩，以阮籍、嵇康自况，以度余年。

王绩的文章中，既有骈文也有散文。他的《答刺史杜之松书》是一篇骈文，表现了他服膺老庄的人生意趣：

> 下走意疏体放，性有由焉。兼弃俗遗名，为日已久。渊明对酒，非复礼义能拘；叔夜携琴，唯以烟霞自适。登山临水，邈矣忘归；谈虚语玄，忽焉终夜。僻居南渚，时来北山。兄弟以俗外相期，乡间以狂生见待。歌去来之作，不觉情亲。咏招隐之诗，惟忧句尽。帷天席地，友月交风。新年则柏叶为樽，仲秋则菊花盈把。罗含宅内，自有幽兰数丛。孙绰庭前，空对长松一树。高吟朗啸，契榼携壶。直与同志者为群，不知老之将至。
>
> 欲令复整理簪履，修束精神，揖让邦君之门、低昂刺史之坐，远谈糟粕、近弃醇醪，必不能矣。

王绩的一生都十分倾慕老庄，崇尚放达，师法魏晋嵇、阮、陶等的作风，虽不免流于颓放，但其中一股傲气，一种狂态，一番潇洒，自然形成一种独特的韵致。而这篇文章，可以说是王绩思想情趣的自然表露。

王绩的散文，也流露出放达简淡的生活态度。比如，在《五斗先生传》一文中，他学习陶渊明的《五柳先生传》，表达了自己避世自养的意愿：

> 有五斗先生者，以酒德游于人间。有以酒请者，无贵贱皆往，往必醉，醉则不择地斯寝矣，醒则复起饮也。常一饮五斗，因以为号焉。先生绝思虑，寡言语，不知天

下之有仁义厚薄也。忽焉而去,倏然而来。其动也天,其静也地,故万物不能萦心焉。尝言曰:“天下大抵可见矣。生何足养,而嵇康著论;途何为穷,而阮籍恸哭。故昏昏默默,圣人之所居也。”遂行其志,不知所如。

在这篇散文中,王绩从道家全身养生的观点出发,提出应通过饮酒来达到“万物不能萦心”“昏昏默默”的境界。另外,文章写得清新、坦率,并表现出率性自然、恬然自适的气度。

总的来说,唐代初年的文学创作深受六朝遗风的影响,但在此基础上又有一定的创新,从而呈现出新的面貌。

第三节　宫廷诗风变革的先声——王绩、王梵志

在对唐初诗歌创作的宫廷诗风变革进行探讨时,人们首先提到的往往是“初唐四杰”与陈子昂。但实际上,在他们之前,还有两位重要的诗人以其别具一格的诗风卓然屹立于初唐诗坛,并在一定程度上对初唐的宫廷诗风变革做出了重要贡献。这两位重要的诗人便是王绩和王梵志。

一、王绩的诗歌创作

在初唐时期,王绩不仅是重要的文章创作大家,而且是对初唐诗风转变做出重要贡献的一位诗人。他的诗歌创作相比宫廷诗派的诗歌创作来说,真正脱尽了六朝诗的绮丽雕琢诗风,并充满着质朴自然的情趣和刚健的诗风。这可以说为当时盛行绮艳柔靡的宫廷诗风,内容多空虚无聊,以应制、奉和、唱酬之作泛滥成灾,形成千人一面、千篇一律的雷同化、模式化、概念化创作风气的诗坛吹进了一股清新质朴的清风,在一定程度上动摇了宫廷诗风的主流地位,同时为唐诗的健康发展做出了重要贡献。

王绩的一生,深受老庄思想的影响,而这也影响到他的诗歌

创作,具体来说表现在以下几个方面。

首先,在老庄思想的影响下,他的诗歌创作仿效陶渊明的诗作,多描绘山水田园的诗情画意,表现自己隐居生活的乐趣。比如《咏巫山》一诗:

电影江前落,雷声峡外长。
霁云无处所,台馆晓苍苍。

在这首诗中,诗人先写巫山高耸入云,映在江水中的倒影,险峻如闪电的影子般鬼斧神工;再写三峡涛声澎湃犹似隆隆雷声响彻天际,给人以惊心动魄的感受。在烟云缭绕之中的巫山神女峰,使人联想起巫山神女朝起为云、暮归为雨与情人相会的美丽传说,神女虽游踪不定,但她居住的台馆却在云雾中的山峰上时隐时现。通过此诗,也可以看出诗人隐居生活的悠闲自在与旷达闲逸的情怀。

王绩身处宁静的田园生活之中,获得的是身心的放松、情感的愉悦、景色的陶醉和生活的舒适,而这又使得他的诗作呈现出欢乐的情调。以《春晚园林》一诗来说:

卷书藏箧笥,移榻就园林。
老妻能劝酒,少子解弹琴。
落花随处下,春鸟自须吟。
兀然成一醉,谁知怀抱深。

诗人栖身园林之中,不仅有花香鸟语相伴,而且能够跟随自己的性情进行读书、创作诗歌、吟酒弹琴。另外,全诗的基调是欢快的,给人以积极乐观之感。

王绩的山水田园诗,还注重对山乡民俗风情、人物、场景、心理等进行深刻描摹,从而使诗作呈现出浓郁的生活气息。比如,《围棋》栩栩如生地描绘了下棋者在紧张博弈中的神情形态举止;《过乡学》生动描绘出乡村私塾的简陋与淳朴的重教好学之风等。

其次,在老庄思想的影响下,他的诗歌创作注重抒写自己纵情自适的人生态度，表现出老庄顺适自然的思想，并使诗歌回到言志抒情的传统道路上来。缺乏对个人的思想情致表达可以说是宫廷诗最大的缺点，而王绩长时间生活在乡村山野，未受到宫廷诗的影响和污染，因而他在进行诗歌创作时能够对自我与个性进行张扬，即抒情言志。具体来说，他的诗歌多表现其对现实的不满，对世俗的批判，反映其对自己“才高位下”的不平和愤慨。比如，《古意六首》其一：

幽人在何所，紫岩有仙躅。
月下横宝琴，此外将安欲。
材抽峄山干，徽点昆丘玉。
漆抱蛟龙唇，丝缠凤凰足。
前弹广陵罢，后以明光续。
百金买一声，千金传一曲。
世无钟子期，谁知心所属。

在这首诗中，诗人表现了其有才华不为人所赏、难得重用，世无知音、知己的悲慨。同时，这也在侧面说明了诗人为什么选择归隐山林、歌颂隐逸之乐。

又如《山中叙志》：

物外知何事，山中无所有。
风鸣静夜琴，月照芳樽酒。
直置百年内，谁论千载后。
张奉娉贤妻，老莱藉嘉耦。
孟光傥未嫁，梁鸿正须妇。

这首诗可以说深刻体现了诗人不受羁绊的独特个人性情。同时，这是一首征婚诗，可以称得上是诗史上最独特的，也是绝无仅有的创举。而诗人的征婚要求，概括来说就是重人的品德而不在相貌，具体来说就是要抛弃世俗的门当户对和习见的郎才女貌的传统，追求志同道合、情趣高雅、情意相投、夫妻恩爱，相互尊重体贴，相互关心照顾，能够同甘共苦、相濡以沫，过一种平淡无奇的隐逸生活，不为金钱、官位等世俗繁华和物质生活所累的人生伴侣。

再次，王绩的诗歌表现出一种质朴率真、平淡自然的独特诗风，这与宫廷诗的绮艳柔靡、雕琢藻饰诗风是截然不同的。王绩的很多诗作都体现了这一特色，这里以《在京思故园见乡人问》一诗为例进行具体说明：

旅泊多年岁，老去不知回。
忽逢门前客，道发故乡来。
敛眉俱握手，破涕共衔杯。
殷勤访朋旧，屈曲问童孩。
衰宗多弟侄，若个赏池台。
旧园今在否，新树也应栽？
柳行疏密布，茅斋宽窄裁？
经移何处竹，别种几株梅？
渠当无绝水，石计总生苔！
院果谁先熟，林花那后开？
羁心只欲问，为报不须猜。
行当驱下泽，去剪故园莱。

在这首诗中，诗人向乡人询问家乡的变化和花草树木的种植、移栽、开花、结果等情况，由此可以看出其深刻的思乡之情。而且，诗中描写的乡村田野的生活与民俗风情也给人一种清新、质朴之感。此外，诗中的语言十分淳朴，而且通俗、浅显、自然、直如口语。

最后，王绩的诗歌创作，在一定程度上推动了五言律诗的形成。王绩在进行诗歌创作时，十分重视和讲求诗歌的声律之美，而且对仗工稳、句式整饬、音调协律、押韵规范，已经可以说是标准的格律诗了。以其《野望》一诗来说：

东皋薄暮望，徒倚欲何依。
树树皆秋色，山山唯落晖。
牧人驱犊返，猎马带禽归。
相顾无相识，长歌怀采薇。

这是一首表现诗人的隐士情怀的诗作，既反映出诗人隐居生活的悠闲自在，也表达了诗人旷达闲逸的情怀。此外，诗中的对偶、音律都合乎律诗规范，且已具盛唐诗的气象和神韵。因此，这首诗被沈德潜认为是五律诗成熟和形成的标志之作。

总的来说，王绩的诗歌创作独辟蹊径，开拓出一片属于自己的诗歌天地。他的诗歌创作，不仅使初唐诗歌创作的题材得到了大大丰富，而且着意对自己的个人性情进行抒写和表现，形成了完全不同于宫廷诗风的质朴率真、平淡自然的独特诗风，从而在一定程度上对宫廷诗风进行了扭转。

二、王梵志的诗歌创作

在初唐时期，王梵志也是一位十分特殊的诗人。他的诗作具有一定的民间色彩，十分通俗。

王梵志，卫州黎阳（今河南浚县）人。他的生卒年和生平都不详，但通过文献记载可以肯定的一点是，他的文学创作活动主要在初唐时期。

王梵志的诗作，《全唐诗》中并没有收录，而是主要见于多种敦煌写本和诗话、笔记之中。对他的诗作进行分析，可以发现其诗作具有明显不同于宫廷诗风的特色。

王梵志的诗作注重对初唐时期农民的痛苦和怨愤进行真实的反映，并揭露出贫富悬殊的种种事实。比如，《贫穷田舍汉》中描写的情景，“贫穷田舍汉，庵子极孤凄。两穷前生种，今世作夫妻。……黄昏到家里，无米复无柴。男女空饿肚，状似一食斋。……舍漏儿啼哭，重重逢苦灾。如此硬穷汉，村村一两枚”，对初唐时期人们的生活状况进行了真实的描述，而这在宫廷诗人的作品中是找不到的。由此也可以看出，诗人对人民的境遇充满了同情。

王梵志的诗作，从语言方面来看，“不守经典，皆陈俗语”。也就是说，他的诗歌创作不避浅俗用语，甚至有时文白交杂。而这样的诗歌语言，却使得他的诗作表达出一种意想不到的境界。比如，仅仅通过“造作庄田犹未已，堂上哭声身已死。哭人尽是分钱人，口哭原来心里喜”几句口语，他就将人情的浇薄、虚伪表现得淋漓尽致；仅仅通过“富儿少男女，穷汉生一群。身上无衣挂，长头草里蹲。到大耶没忽，直似饱糠牲。长大充兵仆，未解起家门。积代不得富，号曰穷汉村”几句诗，就将穷汉的悲剧生动地展现了出来。

总的来说，王梵志的诗作有着十分明显的通俗性质，还有点“我手写我口”的味道。这不仅起到了扭转唐初宫廷诗风的作用，而且大大影响了唐代中期新乐府诗歌创作和晚乐府诗歌的创作。当然，王梵志的这一诗歌创作特色也使得他的诗作难免粗糙浅陋，但这并不影响其在我国古代诗史上的地位。

第三章　永徽至神龙时期的文学创作

永徽至神龙时期，随着宫廷斗争的激烈以及进士科的施行，虽然应酬唱和的宫体诗依然在延续，但一批出身寒庶却以文才著称的文人士子的崛起为文学从上层统治者走向中下层阶级奠定了基础，也推动了唐代文学的进一步发展。与此同时，政治上的多变带来了文人命运的多变，文学的感情基调也随之发生了变化，如以“初唐四杰”为代表的出身下层的诗人将一种抑郁不平之气带到了诗歌创作中。

第一节 守成之君唐高宗与一代女皇武则天

贞观二十三年(649)唐太宗去世,九皇子李治继位,也就是唐高宗,他继位后很好地延续了贞观时期的政策,推动了社会的持续繁荣。唐高宗在位期间,虽然统治阶层政治斗争颇多,但是内政、外交都在稳步前进,可以说他是一位"守成之君"。高宗后期,皇后武则天趁高宗身体不适插手政务,逐步掌握政权。高宗去世后,武则天先后废中宗、睿宗二帝,自立为帝,号武曌,为中国古代史上唯一的一位女皇帝。

一、守成之君唐高宗

唐高宗李治是唐朝第三位皇帝,对于他的皇帝生涯来说,"子承父业"可以称之为不幸。因为在历史的长河中,当人们提及唐高宗时,往往首先看到的是他父亲唐太宗"贞观之治"的夺目光环。不仅如此,在他身后又是中国历史上唯一的女皇帝武则天。在这两位英主之间,唐高宗的处境未免有些尴尬。然而,李治又是幸运的,他继承了唐太宗的辉煌基业,平稳地做了三十五年的皇帝。在唐朝所有皇帝中,除了唐玄宗以外,他是在位时间最长的一位。

最初,高宗李治并非是太宗选中的首位继承人。唐太宗共有十四个儿子,其中,长子李承乾、四子李泰、排行第九的李治都是长孙皇后所生。按照皇位继承制度,嫡长子具有特殊的优越地位,加上李承乾从小就聪明伶俐,因此唐太宗刚即位时,便将李承乾立为太子。李承乾初被立为太子时积极上进,颇识大体,得到了唐太宗及满朝大臣的好评。但后来他的生活渐渐荒唐颓废起来,再加上魏王李泰等的争位,李世民遂立性情宽厚的李治为太子,认为他必定会在继位后保全手足兄弟。但实际上,唐高宗李治登基后，在其他的宗室成员企图谋反的过程中，他也大开杀戒。唐高宗虽有“仁孝”口碑，在外人看来怯弱可欺，但是，他在处置危及皇位稳固与涉及皇帝权威的事件上，从没有表现出缩手缩脚的样子。他先利用高阳公主等人谋反的案子大范围株连宗室子弟，打击异己势力巩固自己的帝位，而后严格遵照唐太宗遗训，继续推行贞观政治：贯彻均田令，社会经济进一步繁荣发展；贯彻以诗赋取士，增加进士科人选，扩大统治基础；长孙无忌亲自组织编写《唐律疏义》，并颁行全国，进一步完善了贞观法制。因此，在唐高宗执政期间，虽没有惊天动地的功绩，也没有表现出特殊的治国才能，但由于他继承了唐太宗的治国路线，本人也比较谨慎，所以政局基本稳定，经济仍保持持续繁荣的势头，人口也在不断增加。

此外，唐高宗继承了贞观时期的疏阔的法律，在贞观律的基础上形成永徽律，并编撰了著名的《唐律疏议》，这是中国现存最古老、最完整的封建刑事法典，同时，它也是中国古代法典的楷模和中华法系的代表作，在世界法制史上具有很高的地位与价值。

由于唐高宗在继位后近贤臣而远小人，特别是恢复执行唐太宗晚年曾一度中断了的休养生息政策，终结了长期对高句丽的战争，顺民情，得民心。因此，到永徽三年(652)全国人口已从贞观时期的不满 300 万户到 380 万户。永徽五年(654)，粮食大面积丰收；国家疆域在拓展，疆土面积达到最大；增强国力，改善了民族关系。

由于国力持续强盛，在唐高宗统治时期，也进行了一些对外战争。战争扩大了疆域版图，维护了国家的统一，加强了对边疆地区的控制，促进了中外的经济交往与文化交流。其中，对西域的苦心经营尤其值得一提。贞观四年(630)后的大约五十年中(630—682)，东突厥国臣属于唐。唐朝利用投降的突厥军队作为先锋，在西域建立了自己的统治地位，正式开始了对西域的经营。在伊吾(今哈密)、鄯善等国臣服于唐朝之后，唐朝又于贞观十四年(640)消灭了高昌国，建立了西州和安西都护府。接着，又陆续剿灭了焉耆、龟兹、疏勒、于阗等二十几个西域小国，确立了以安西四镇为核心的西域统治体系。安西四镇在当时是指龟兹(今新疆库车)、疏勒(今新疆喀什)、于阗(今新疆和田西南)、焉耆(今新疆焉耆西南),安西都护府则坐落在龟兹镇。至唐高宗显庆二年(657),唐大将苏定方等大破西突厥,即沙钵罗奔石国(今乌兹别克斯坦塔什干一带),西突厥亡。唐将整个西域纳入自己的掌控之下,在中亚碎叶川以东至昆陵都护府,以西至蒙池都护府,都隶属于安西都护府。原臣服于西突厥的昭武九姓等中亚诸国也纷纷归附唐朝,唐朝的直接统治已经延伸到帕米尔地区。唐的版图在唐高宗时达到最大。

唐高宗时期,对于西域的管理并非只是简单的屯垦戍边,而是对其开发与统治。一方面,在这一时期唐代在西域建立了十分完善的军政管理机构,以都护府为最高行政机关,下辖军事和行政两大管理系统,官有定员,职有专人。另一方面,唐高宗又结合西域的综合地形和具体条件,既推行屯田制,又在东疆地区引进内地的均田制和租庸调制,对招募的屯民实行租佃制和分成制;军事上推行兵农合一的府兵制,使驻军部队担负起屯垦戍边的双重职责。此外,唐高宗对各民族的权益十分尊重,任命其本民族的首领管理其内部事务,各少数民族不必向中央政府缴赋税。这些政策使以安西四镇为中心的西域地区繁荣兴旺起来。

伴随着唐王朝的兴旺,吐蕃也逐渐兴旺起来,并对安西四镇垂涎三尺。咸亨元年(670),吐蕃对安西都护府发动战争,此后唐朝与吐蕃的争夺使安西四镇数度易手。武周长寿元年(692),唐武威军总管王孝杰与武卫大将军阿史那忠节联兵攻破吐蕃,使安西四镇的争夺战暂时告一段落。从唐高宗到武则天时期的六十二年间,唐朝在西域与吐蕃进行了连续不断的拉锯战,终于将唐太宗时期打下的基业保住了。

总之,唐高宗时期军事上取得的胜利及文化上的强盛,被周边一些小国称之为“文化大国”,在他们心目中,李唐王朝拥有着显赫的地位。唐朝一展大国雄风,使边境稳定,统治政权也得到了很好的巩固。

二、一代女皇武则天

武则天原本是唐太宗李世民的妃嫔，封为才人。唐太宗卧病期间，太子李治常伴左右，而武则天也随侍唐太宗，渐渐与李治产生感情。唐太宗李世民去世后，武则天作为未生育妃嫔被送入感业寺出家。一年后，已为皇帝的唐高宗李治到感业寺进香，再次遇到武则天，两人旧情复燃。当时，后宫的王皇后与萧淑妃为争宠而钩心斗角，在王皇后的操纵下，武则天重返宫廷。此后，武则天经过一系列后宫斗争，成为后宫之主。

显庆元年（656），唐高宗的头痛病开始加重。由于武则天早已显露出处理朝政的能力，已经成为唐高宗的得力助手，因此，唐高宗便把政务更多地交由武则天来处理。当时武则天精力充沛，又因心性明敏，智谋达变，涉猎文史，处事深合唐高宗心意，因此被推到执政皇后这一历史上绝无仅有的位置上。这样武则天逐步走出了后宫的圈子，开始插手国家政事。慢慢地，武则天的权力欲开始膨胀起来。起初，武则天处理事情还请示唐高宗，与唐高宗商议，后来就逐渐地自作主张，俨然成了大权在握的君王。到了上元元年（674）八月，唐高宗称天帝，武则天称天后，此时，大小事务武则天都处理得有条不紊，她的政治权力牢固地确立了。群臣朝拜和中外表章奏议，均把唐高宗与武则天称为“二圣”。

武则天掌权后，一方面对旧有的朝廷势力一步步进行瓦解，长孙无忌、柳奭、褚遂良、韩媛等先后被杀或病死；另一方面利用各种手段扩大自己对官僚阶层的影响，不断培植和更新拥戴自己的官僚地位，从而奠定了她的称帝基础。

随着掌握的权力越来越大，武则天称帝的野心也越来越大。武则天为了实现做皇帝的梦想，不惜采取各种手段来扫除她前途上的一切障碍。不管这种障碍是来自于朝中百官、异姓家族，还是来自于自己的亲骨肉。唐高宗时期频繁地更换太子，年轻太子一个接一个地英年早逝，便是武则天不择手段登上皇位的有力证明。起初,唐高宗李治立庶子燕王李忠为太子,武则天入主后宫之后,怂恿李治废了李忠,改立自己的长子李弘为太子。不久,发现李弘背叛了她,李弘死后,让李治另立她的次子李贤为太子。接着,又感到李贤不能按她的旨意行事,于是又借故将李贤贬为平民,并立自己三子李显为太子,还将李显两个月的儿子重照定为皇太孙。两年后,李治病死,李显继位,即唐中宗。但56天后,武则天又把李显废为庐陵王,幽禁于深宫,其子重照则被活活杖杀。同时,立自己的四子李旦为皇帝,但却不让他过问朝政,举国大事,皆由武则天自己决断。武则天的独断专行,引起了李唐宗室和忠于李唐王朝的大臣的强烈不满。

光宅元年(684)扬州司马徐敬业起兵,打起倒武旗号,很快便聚集起十多万人。事发后,武则天任命李孝逸为扬州大总管,令他率领30万人马前去镇压,很快平息了反叛,徐敬业也为部将所杀。天授元年(690),武则天废掉了唐睿宗李旦,改唐为周,自称圣神皇帝,以十一月为岁首,改元天授,建立了大周王朝,史称"武周政权"。

武则天继位后,大力排除异己,将李唐王室的宗室子弟诛杀殆尽,此后她更加快了前进的步伐。她一方面不惜大兴冤狱,任用酷吏,把当政的绊脚石一个个搬掉;一方面又放手招官,以官赏为诱饵,吸引更多的人为己所用,为自己的武周政权呐喊助威。武则天恩威并施,气势夺人,一派"顺我者昌,逆我者亡"的作风。一时间,朝廷内外唯唯诺诺,俯首帖耳。

与此同时,武则天继位后也励精图治,躬亲庶政,尽量做到"政由己出,明察善断"。为了使各项政令有益于时,武则天十分注意了解民情。顺应民情,因势利导,是武则天的一贯思想。早在参预朝政之前,她就认识到上下蒙蔽的坏处。临朝称制期间,在所修《臣轨》一书中,规定臣下应体察民情,做君主的手足耳目。改朝换代之后,她"忧劳天下百姓,恐不得所",更加注意了解民情。除继续利用铜匭等手段外,还常常派遣使节"察吏人善恶,观风俗得失",甚至亲自过问民间"细事"。尤其是对于有关巩固政权及国计民生的事，她都要广泛听取大臣意见，经过反复考虑，使做出的决定尽量符合实际，然后“布政于有司”。

另外，武则天十分器重有经邦济国之才的贤良。她让贤才居要职，任宰相，掌中枢，协助她治理大局天下。这主要表现在以下几个方面。

第一，求贤若渴。武则天深知自己深居皇宫，虽宵衣旰食，终不能独理天下，遍览神州。只有依靠众多的“时贤”，才能共康天下。以为“济时之道，求贤是务”，“上之临下，道莫贵于求贤”。因而特别注意人才的擢拔。早在即位前，她就多次颁发《求贤制》，大力搜求有才学之士。登基后，在这方面做得更加突出。

第二，进一步发展科举制，注意通过常举和制举选拔人才。科举是当时选拔人才的重要途径之一。武则天令贡举人停习无补于世的《道德经》，学习所撰《臣轨》一书，更新了考试内容。唐制，士人经科举考试合格后，须经吏部铨选方可任官。“武太后又以吏部选人多不实，乃命试日自糊其名，暗考以定等第。糊名自此始也。”经过一段实践，在她看来，糊名考判，“非委任之方”，罢而不用。“大开举尔之科，广陈训迪之典”，“大搜遗逸，四方之士应制者向万人”。天授二年以后，每年通过科举入仕的人数，都有增加的趋势。

第三，经常要求臣下自荐并推荐人才。天授二年十月，“制官人者咸令自举”。此外，确有才能，愿意仕进者平时亦可投匦自荐。鉴于许多名士不愿自荐的情况，武则天对特别强调推荐，把荐举人才作为官僚的一项任务，“屡迴旌帛，频遣搜扬”。

当然，武则天是要求推荐真贤的，“务取得贤之实，无贻滥吹之讥”。对于“非举其士”的人，予以贬责；对于“荐若不虚”的人，则予以褒奖。范履冰尝举犯逆者，因而被杀。狄仁杰荐其子光嗣为地官员外郎，很称职，武则天高兴地夸奖说：“举善不避仇亲，卿是继祁奚矣。”在这种情况下，人以荐贤为忠，有才者多被荐于中央。

武周政权是在唐王朝的基础上建立起来的。在武周的外围和周边地区，存在着新罗、日本、印度、波斯、吐蕃、突厥、回纥、契丹等许多国家和少数民族政权。这些国家和民族，曾经与唐王朝发生过密切的联系，必然也要与武周政权发生各种关系。武则天对这些国际关系和民族关系是极为重视的。有关国际关系和民族关系的事，大都亲自予以处理。不仅如此，而且以抚慰和怀柔的准则，对承认武周地位、向往中原文化的国家和少数民族政权，皆予以支持、保护和优待。

但怀柔政策有时也会存在一些问题，尤其是有些少数民族贵族受传统的影响较深、不以安居为意，常欲掳掠纵欲。因而，他们入侵内地，烧杀掠抢的事件也多次发生，这不仅严重扰乱了内地人民的正常生活，妨害了社会经济的发展，而且削弱了国防力量，影响了帝国的安全。因此，武则天在实行怀柔政策的同时，对少数民族贵族的入侵深恶痛绝，坚决反击。为了巩固边防，武则天除实施怀柔政策外，还采取了许多措施，具体包括以下几方面的内容。

第一，收复安西四镇。“安西四镇”是唐王朝设在西域的四个军事要镇，统辖天山以南的广大地区，对于畅通“丝绸之路”和巩固西北边防具有重要意义。高宗以后，由于突厥的再起和吐蕃的强大，安西四镇陷于吐蕃，朝廷几次废置，西域局势动荡。武则天临朝之时，安西四镇仍为吐蕃所有。当时高宗新崩，国有大故，不能西征。武则天称帝后，任命王孝杰为武威军总管，唐休璟和左武卫大将军阿史那忠节为副总管，率军直退西域。长寿元年(692)十月，经过激烈的战斗，终于驱逐了吐蕃入侵者，“克复龟兹、于阗、疏勒、碎叶四镇而还”。

第二，派兵驻守边疆。“边疆”本是与“内地”相对而言的。没有“边疆”，也就无所谓内地。但是一些著名的大臣，往往看不到这一点，而认为“边疆”是无补于国家的不毛之地。王孝杰收复安西四镇后，右史崔融上书建议武则天派兵驻守边疆，武则天接受崔融的建议，保留安西四镇，“用汉兵三万人以镇之”。

第三，建立第二道边防线。为了防止边疆少数民族侵扰内地，造成边疆危机，武则天注意在与少数民族政权接近的地区设置第二道边防线。武则天虽然刻意设置第二防线，但仍不能完全消弭某些少数民族的侵扰，吐蕃、突厥、契丹等少数民族仍常常入侵。对于这些侵扰者，武则天毫不留情，坚决打击。

武则天在发展经济、巩固边防的同时，还采取了一些振兴文化的措施。早在参预朝政时期，她就大集诸儒，著书立说。改朝换代以后，更加注意振兴文化。由于以周代唐引起了社会意识形态的一系列重大变化；由于广开仕途，取人以才，养成了读书学艺的风气；加之武则天对文化的重视，武周时期的文化呈现出一派绚丽多姿、繁荣兴旺的景象。

第二节　宫廷诗风的复兴

一、宫廷诗风复兴的历史背景

贞观后期，朝廷各派势力围绕着立太子而展开了尖锐激烈的争斗。虽然早在唐太宗即位后不久就册封长孙皇后所生之子承乾为太子，但后来由于太子言行不谨，大伤体统，引起朝廷内外一片物议。在贞观那一理性占主导风气的时代，这样的人能否继承太宗伟业既是太宗也是大臣们思考的问题。贞观十年，随着太子位置的不稳定，其他皇子难免也产生非分之想，齐王李祐即是其一。斗争结果，承乾被废，李泰被逐出京城，齐王李祐被杀，而生性懦弱的李治被立为太子。之后，其他皇子对皇位仍有所觊觎，但由于长孙无忌等一班老臣的坚决支持，李治的统治逐渐稳定，并顺利称帝。然而李治的斗争还未平息，新的立太子之争又产生了。在这场复杂的斗争中，武则天由乱中加入，由开始仅仅想保住在后宫的位置发展到觊觎皇位。这场宫廷斗争刀光剑影，错综复杂，既是智慧的较量，也是阴险、奸诈、歹毒的全面展示，许多朝廷重臣因此被杀。从649年到664年上官仪被杀，武后终于巩固了自己垂帘听政的地位，这场宫廷斗争方才暂告一段落。

宫廷斗争的频发与政权稳定的不易，使得初唐的统治者在考虑文学时，常常从政权得失的视角入手，着眼于文学是否有益于政教，因此反对浮华的文风。但他们并没有把问题绝对化，当他们以一个文艺内行的眼光看文学时，并没有完全否定文学的艺术特征，也没有完全否定文采藻饰。因此，宫廷诗风又逐渐复兴。

二、永徽至神龙时期宫廷诗的创作特点

与贞观时期的宫廷诗坛所不同的是，永徽至神龙时期诗坛的领袖人物不再是最高统治者本人，也许政治斗争的复杂形势使他们无暇顾及文化活动；从高宗本人来说，体弱多病，又长期陷入政治斗争，尽管他也爱好艺术，但所作诗歌不多，不过他个人的兴趣（主要是注重文学艺术）对诗风还是产生了影响。于是，在这样一个充满血雨腥风的年代，诗坛上却流行着一种追求藻丽典饰、歌颂安闲和平的诗歌风气。政治斗争的血雨腥风在他们的诗歌中根本没有得到反映。尽管朝臣在政治立场上各不相同，四分五裂，但是，他们在政治斗争之余依然吟诗作赋，他们的诗歌爱好仍然不谋而合，既与此前的贞观时期不同，也与后来的诗派不同，具有比较明显的时代色彩，他们的诗歌活动可以被看做是一个诗歌流派。

这一时期的宫廷诗具有鲜明个性，“初唐四杰”之一的杨炯在《王勃集序》中就说：“尝以龙朔初载，文场变体，争构纤微，竞为雕刻。糅之金玉龙凤，乱之朱紫青黄。影带以徇其功，假对以称其美。”藻丽与求对概括了这股诗风的特点。南朝文学评论家刘勰曾经批评东晋玄言诗云：“世极迍邅，而辞意夷泰”（《文心雕龙·时序》），借此亦足以概括此一时期诗歌的特点。不过，这时诗歌的平和夷泰一定程度上倒是以大唐的国威为基础的，尽管这时的宫廷斗争极端尖锐，但经过贞观之治，大唐的国威已经完全

确立起来了。

永徽至神龙时期的宫廷诗的写作类似于宫廷赛诗会,通常是以速度或质量作为评判标准。《唐诗纪事》中有不少关于当时宫廷诗写作情况的记载:

> 御制序云:陶潜盈把,既浮九醒之欢;毕卓持螯,须尽一生之兴。人题四韵,同赋五言,其最后成,罚之引满。……是宴也,韦安石、苏瑰诗先成。于经野、卢怀慎最后成,罚酒。

这是中宗为一次宫廷赛诗会写的序。这里有三点应特别引起我们的注意:首先,以写作速度的快慢判定胜负优劣,速度慢的要罚一定数量的酒。其次,写作方式一般是由皇帝或宴会主持人出题,然后把不同的韵脚分给各位诗人。最后,在这种场合下,通常要由一位地位高或威望高的人写一篇序文,描绘场景,列举与会诗人名单及评判结果。有时也以作品质量,主要是艺术质量作为评判标准:

> 中宗正月晦日幸昆明池赋诗,群臣应制百余篇。帐殿前结彩楼,命昭容选一首为新翻御制曲。从臣悉集其下,须臾纸落如飞,各认其名而怀之。既进,唯沈、宋二诗不下。又移时,一纸飞坠,竞取而观,乃沈诗也。及闻其评曰:"二诗工力悉敌,沈诗落句云:'微臣雕朽质,羞睹豫章材。'盖词气已竭。宋诗云:'不愁明月尽,自有夜珠来。'犹陟健举。"沈乃伏,不敢复争。

竞赛的裁判一般是由皇帝本人或由皇帝指定的某个有威望的诗人担任。昭容即上官婉儿,她是太宗朝著名宫廷诗人上官仪的孙女,是一位有才华的诗人,深得武后信任。从沈佺期、宋之问二诗本身来看,这里所说的"二诗工力悉敌",可能是指这两首诗声律和谐,中间对句精巧。从上官昭容的评语还可以看出,尾联是十分重要的。沈诗尾联太露,不够含蓄,所以说"词气已竭"。

而宋诗尾联巧妙曲折，韵味深长，词气轩昂，所以说“犹陟健举”，故宋诗胜沈诗一筹。由此可见，初唐时期对宫廷诗的要求是快速、精致、工巧。

从结构特点上来看，这一时期的宫廷诗在结构上大多采用三部式。开头部分，通常是由两句介绍背景的诗句组成，介绍天子驾幸的地点、情景。中间是可以延伸的部分，一般由描写景物或颂扬帝王德政的对偶句组成。结尾部分则是由两句概括性的诗句组成，或表达某种愿望、情感，或叙述活动的结束，或点出作品的主旨等。例如，沈佺期的《兴庆池侍宴应制》：

碧水澄潭映远空，紫云香驾御微风。
汉家城阙疑天上，秦地山川似镜中。
向浦回舟萍已绿，分林蔽殿槿初红。
古来徒奏横汾曲，今日宸游圣藻雄。

这首七言诗就采用了三部式的结构。开头部分写圣驾的光临，把皇帝看作驾云御风的仙人，这是当时最流行的表现手法。中间部分描写当时的场景：三、四两句写水中的倒影，气象壮丽；五、六两句刻画具体的景物，细致入微。结尾部分用汉武帝的典故，对中宗的诗作了高雅的评价，归于赞美。虽然三部式的结构并非首先在初唐宫廷诗中出现，但是这种结构在前代诗歌作品中只是个别现象，而在初唐宫廷诗中才被普遍采用，并成为一种固定的程式。在宫廷诗的创作过程中，常常是以创作的速度作为评判优劣的标准。而要做到快速创作，最有效的办法莫过于采用三部式的结构了。采用这种结构可以使即席赋诗变得十分便捷，使那些平庸的诗人不会因诗思迟钝而感到难堪。当然，一旦这种结构程式化了，就会抑制诗人的创新精神，使作品的结构变得呆板、单调，缺乏生气。

从语言色彩上来看，这一时期的宫廷诗继承了贞观宫廷诗十分讲究辞藻的华美的特点，同时更追求诗歌中的巧思妙语。李峤《奉和初春幸太平公主南庄应制》的第三联就是一个巧思妙语的典型例子："还将石溜调琴曲，更取峰霞入酒杯。"在这里天子被看成饮甘泉、食云霞的仙人，设想他一边听着有石上流水声应和的琴曲声，一边喝着杯中有云霞倒影的美酒。诗人的想象十分新奇，对偶也很工巧。

三、永徽至神龙时期宫廷诗的代表诗人

从代表诗人上来看，这一时期宫廷诗的创作主体仍然是宫廷文人，其中最著名的人物有许敬宗、董思恭等。他们与贞观诗人有很大的不同，没有参加过建唐的战争，对梁、陈以及隋代政治的腐败也没有深刻的总结和认识，因而对浮艳诗风自然也不警惕。对贞观诗人而言，诗歌活动是他们人生的"余事"，而这一诗派的主体倒是标准的宫廷文人，以文为业，以文事主。他们的人生态度具有某种程度的依附性，缺少昂扬进取的胸襟和抱负；以文事人使得他们无法在诗歌中表现、抒发个人真实的人生体验。他们继承了贞观宫廷诗的藻丽之风而又加以放大，为了方便写诗时查找辞藻典故，继续编写大型类书，许敬宗于龙朔元年(661)领衔"采摘古今文章巧言语，以类相从"，编纂了《瑶山玉彩》五百卷。次年编成《芳林要览》三百卷，元兢从中选出《古今诗人秀句》二卷。不过，他们讲究并积极探索诗歌艺术，对六朝以来丰富的诗歌经验进行自觉的总结和归纳，对于近体诗的成熟、定型做出了很大贡献。

许敬宗(592—672)活跃的时间正是武后全力以赴巩固个人地位、控制高宗时期。武后为了达成个人政治目的，在乾封(666—667)后以修撰为名引文学儒臣径由北门入禁中，"共撰《列女传》《臣轨》《百僚新戒》《乐书》，凡千余卷"，显然是为其夺权造势。同时，这些文学儒臣被密令参议朝政，处理百司表奏，以分宰相之权，时称这个受武后倚重的政治团体为"北门学士"(《旧唐书·刘祎之传》)，其中著名者如元万顷、刘祎之、苗神客、胡楚宾等。按照当时风气，文学活动是一个官员最基本的文化素质，因

此，这个群体也进行了诗歌创作活动，他们写了不少应制诗。他们显然不是单纯的文士、诗人，而亲身参与了当时复杂的权力斗争，可是，他们在议政之暇赋诗唱和，而格调却依旧是宫体诗。

许敬宗看到了武后夺权、上升的趋势，就颇识时务地靠上了这棵大树，趋炎附势。他不惜诬陷、扳倒了长孙无忌，又落井下石，造成上官仪被杀。而在上官仪被杀之后，他实际上成为宫廷文学活动的主导人物。在诗歌创作上，许敬宗迎合时代风气，作诗专究词采之美，如其《奉和过慈恩寺应制》：

凤阙邻金地，龙旂拂宝台。
云楣将叶并，风牖送花来。
月宫清晚桂，虹梁绚早梅。
梵境留宸瞩，掞发丽天才。

慈恩寺本是时为太子的李治于 648 年为追念生母长孙皇后所建，后捐施为庙。李治即位为高宗后，专为造访，作有《谒大慈恩寺》。高宗诗纯是堆砌词藻以写物，“日宫开万仞，月殿耸千寻。花盖飞团影，幡虹曳曲阴。绮霞遥笼帐，丛珠细网林。寥廓烟云表，超然物外心”。许敬宗这首诗即是和作。从内容来看，丝毫看不出诗人个性，无非夸张渲染、遣词华美、属对精工而已。

第三节　贞观遗风的继承与消解

一、贞观遗风继承与消解的过程分析

唐太宗平定天下后，把兴隆文治确定为国家的发展方向，组织文馆学士重新修订了儒家经典，革新了礼制和姓族制度，编撰了若干大型文化典籍，同时通过各种形式的人才奖拔活动，特别是科举制度的实行，极大地刺激了国家人才队伍的发展，在相对短的时间内，使国家的文化基础有了很大的发展，为高宗朝打下

了很好的文学人才与资源基础。

唐高宗即位后，继承了唐太宗的做法，因而《资治通鉴》卷一百九十九记载道："永徽之政，百姓安阜，有贞观遗风。"高宗即位之初，宰臣皆为贞观老臣，长孙无忌和褚遂良受太宗遗命辅政，高季辅、于志宁等亦为太宗当年的鞍马旧人，故永徽年间(650—655)政事多承贞观旧制，并形成了高宗朝弘文馆学士集团。

具体来看，在即位初期，高宗朝的弘文馆学士虽然有过较大调整，但主要是补充新鲜血液，学士集团的核心成员仍是贞观旧臣，如褚遂良、许敬宗等，而新补充的学士也大多数是前朝儒臣，以及高宗为太子时的部分东宫学士。高宗在对弘文馆学士的使用方面也效法太宗，常与弘文馆学士讨论政事，如《旧唐书》卷七十三《令狐德棻传》记："时高宗初嗣位，留心政道。常召宰臣及弘文馆学士于中华殿而问曰：'何者为王道、霸道？又孰为先后？'"所以此时弘文馆在朝廷政治、文化生活中发挥的作用仍与贞观一朝基本相同。或者说，重视以弘文馆作为平台，开展政治、文化建设，这一贞观遗风在永徽之政中得到了很好的延续。

永徽、显庆年间，唐高宗以弘文馆为平台进行政治文化整合，以文学之名，行政治之实。唐高宗一方面从家族出身、门第科举、政治集团、年龄知识结构等方面选取弘文馆学士，另一方面以弘文馆为平台进行整合，使之共同为新朝的政治、文化建设服务。例如，唐高宗即位后，一方面任用贞观时期的顾胤、刘胤之、贾公彦等有才干的儒臣，使其参与修撰多部重要典籍；另一方面又在老臣凋零后，选取新的儒臣进驻弘文馆。同时，唐高宗还将一些出身并不高贵，以科举起家，富有文学高才的学士选入弘文馆，从而培植了自己的政治力量。而唐高宗以上的诸多做法与唐太宗以弘文馆来发挥政治作用是相同的，因此属于对贞观遗风的继承。

高宗朝麟德、乾封以后，由于帝后政治斗争的加剧，贞观遗风逐渐被侵蚀、消解，这主要表现为弘文馆政治、文化职能日渐弱化，以及弘文馆学士力量被分化与瓦解。这一现象肇源于永徽六年武曌被立为皇后,明显发生则要到麟德元年(664)帝后“二圣”并立后。众所周知,永徽年间,反对武曌当皇后的政治势力主要有两股:贞观老臣集团与王皇后势力集团,这其中又以贞观老臣力量最为强大。武曌当上皇后之后,这两类人不可避免地都成为清除的对象,贞观旧臣中长孙无忌、褚遂良等被贬死。其后高宗任命的宰相上官仪也因反对武后干政而在麟德元年被杀,《资治通鉴》卷二百零一“麟德元年八月”条记:

> (武氏)专作威福,上欲有所为,动为后所制,上不胜其忿……上大怒,密召西台侍郎、同东西台三品上官仪议之。仪因言:“皇后专恣,海内所不与,请废之。”上意亦以为然,即命仪草诏……左右奔告于后,后遽诣上自诉。诏草犹在上所,上羞缩不忍,复待之如初;犹恐后怨怒,因绐之曰:“我初无此心,皆上官仪教我。”……(麟德元年)十二月,丙戌,仪下狱,与其子庭芝、王伏胜皆死,籍没其家……自是上每视事,则后垂帘于后,政无大小皆与闻之。天下大权,悉归中宫,黜陟、生杀,决于其口,天子拱手而已,中外谓之“二圣”。

褚遂良曾以宰相兼任弘文馆主,上官仪不但位至宰相,而且堪称贞观至高宗朝前期文学才华最高的弘文馆学士。这两位贞观朝弘文馆学士的代表人物死于帝后政治斗争后,后继主文馆者是新生代学士薛元超。但是薛元超真正成为文馆之宗是在永隆年间,此时褚遂良已经死了二十余年,上官仪也已死了十五年。在中间这二十年中,弘文馆政治功能日渐弱化,文学功能日渐突出。所以说,褚遂良、上官仪的死在初唐弘文馆发展史上看,具有某种标志意义,标志着弘文馆贞观遗风的终结。

麟德年间,武则天在帝后政治斗争中占据了优势,与高宗并称“二圣”,垂帘听政,从后宫走向了前朝。她对贞观旧臣势力的打压不仅仅流于诛杀和流贬的浅表层次,更厉害之处在于,她对贞观朝以来经过三十年的时间建立起来的政治、文化秩序的消解。例如，她重用许敬宗和李义府，通过修礼、改易官制等活动，使朝廷的政治、文化生活打上鲜明的武氏烙印。特别是命李义府主持修撰《姓氏录》，以代替贞观《氏族志》，重新升降士族，对培植自身政治势力、巩固自身政治地位意义重大。在这样一种大势之下，弘文馆贞观遗风被侵蚀、被瓦解几乎可以说是不可避免的事情。武则天作为皇后，即便是垂帘听政，也是难以名正言顺地控制前朝"天子秘书处"的，她消解南衙弘文馆政治文化力量的主要措施，就是培植属于自己的北门学士集团，把部分弘文馆学士转化为北门学士，使得弘文馆在南衙的政治、文化职能转移到北门，实际地潜消着弘文馆的机构职能，分化着学士力量。

北门学士是对高宗朝帝后"二圣"并立后，武后周围若干以修撰为名，行参决朝政、分相权之实的文官的特定称谓。关于北门学士的设置时间问题，学界一直有争论，而对于本书来说，弄清这个问题极为重要，因为它是武后消解弘文馆贞观遗风的一个重要的时间起点。《旧唐书》卷八十七《刘祎之传》记：

> (刘祎之)上元中，迁左史、弘文馆直学士，与著作郎元万顷，左史范履冰、苗楚客，右史周思茂、韩楚宾等皆召入禁中，共撰《列女传》《臣轨》《百僚新诫》《乐书》，凡千余卷。时又密令参决，以分宰相之权，时人谓之"北门学士"。

上述北门学士中，刘祎之、范履冰、苗楚客等在高宗朝均曾兼任弘文馆学士，而且刘、范二人在后来武则天临朝称制时期还担任过弘文馆馆主，这足证北门学士主要是弘文馆中分化出来的依附武后的力量。由此可见，从麟德年间"二圣"并立开始，至高宗朝结束的北门学士集团势力日渐扩张的过程，实质上就是对弘文馆政治文化职能的日渐削弱过程。换句话说，刘祎之等原本应该在前朝以弘文馆学士的身份进行政治、文化建设，因为又具备了北门学士的身份，这些活动便转移到了北门，弘文馆的机构职能因而削弱。

二、贞观遗风继承与消解对文学的影响

高宗即位后，随着其以弘文馆为平台进行文化整合，如修史、修订五经、修订显庆《新礼》、编撰图籍、参与朝廷文化活动等，文学型的学士逐渐增多，从而为高宗朝文学编撰的繁荣奠定了基础。

具体来看，太宗朝以文治国，重在文化天下，重在以儒家思想为基础构建社会秩序，整理儒家典籍，重建礼制文化，是其时文化建设的核心任务，所以贞观弘文馆学士中以儒臣型学士居多，除了许敬宗、上官仪、谢偃等少数几位文学型学士外，儒臣人数占80%以上。另外，太宗一朝虽然也崇文，但这里的"文"是一个以儒学为中心的大文化概念，尽管太宗本人也喜欢丽词俊音，但诗文辞赋这类纯文学创作始终被看成政事之余的娱乐活动，这类活动过多往往被视为堕情志的表现，因而在主流文化建构时始终处在一种被节制的状态。

唐高宗时期，朝廷对文学的宽容度明显要好于太宗朝，且"高宗嗣位，政教渐衰，薄于儒术，尤重文吏"。帝王喜好得以纵滋，加之科举重文之风初起，词臣数量与文学基础的明显提升，重文辞开始成为朝野喜尚的风气，整体文学环境与氛围有了很大的改善。《唐语林》卷四记：

> 高宗承贞观之后，天下无事。仪独持国政，尝凌晨入朝，循洛水堤，步月徐辔，咏诗曰："脉脉广川流，驱马历长洲。鹊飞山月曙，蝉噪野风秋。"音韵清亮，群公望之，犹神仙焉。

这段话中的"群公望之，犹神仙焉"流露出其时庙堂群公对文学、政事兼达者企慕艳羡之心理——王谠把这则资料列入《唐语林》"企羡门"就是确证。这种企羡心理无疑是当时台阁尚文辞之风的形象反映，说明其时庙堂文学环境与氛围已经大大改善。

在这样的大环境下，高宗朝儒臣型学士逐渐减少，而文学型学士逐渐增多。自显庆以后，虽然弘文馆作为文治机构的政治职能逐渐被削弱，但是学士作为国家文化精英，其个体的政治地位未必一定降低。只是文学对于他们，由原来的文治天下的工具，逐渐萎缩为个体升迁的途径。在尚官的时代，个体升迁往往是官员致力于某种工作的最大内驱力，高宗朝弘文馆学士的文学建设活动也因之而变得非常活跃，所以词臣学士数量的增多也就成为一种必然的趋势。对此，《旧唐书·文苑传序》云："高宗、天后，尤重详延；天子赋横汾之诗，臣下继柏梁之奏；巍巍济济，辉烁古今。"所谓"尤重详延"云云，主要就是指的广引词臣学士；"巍巍济济，辉烁古今"主要描绘的就是词臣学士队伍的庞大和成就的突出。

文学型学士的增多，为高宗朝文学编撰活动奠定了良好的基础。大唐初建时，文化资源稀缺，而太宗以文教治天下的国策，又对文学资源有很强烈的需求。无论是朝廷各方面的文学应用，还是民间的文化普及，乃至朝野文学娱乐活动，都需要文学资源作基础，而文学编撰实质上就是一种重要的文学资源挖掘整理活动。这些编撰活动以类书和总集为主要形式。从官方主持编撰的超过一百卷的大型类书和总集来看，太宗朝有《文思博要》一千五百卷、《艺文类聚》一百卷，总计一千六百卷；而高宗朝有《瑶山玉彩》五百卷、《文馆词林》一千卷、《累璧》四百卷、《东殿新书》二百卷、《芳林要览》三百卷，总计两千四百卷（此数字尚不包括弘文馆学士以北门学士身份参与编撰的典籍），明显要高于太宗朝。除此之外，高宗朝个人编撰的类书和总集也明显多于太宗朝，如孟利贞编撰有《碧玉芳林》四百五十卷、《玉藻琼林》一百卷、《续文选》十三卷等，这当与他多次参与朝廷编撰活动、便于获取资源有关。这些编撰活动的广泛开展，显示着高宗朝文学资源整理活动的繁荣，也为弘文馆文学创作的繁荣奠定了良好基础。

第四节　从宫廷台阁走向江山朔漠的“初唐四杰”

由于汉代的统治者在秦亡之后对传统的血缘和地方势力进行了妥协，致使健全的官吏制度一直没有真正建立起来。魏晋六朝以来，中国的政治权力始终掌握在少数门阀士族的手中，而大批庶族地主根本没有参与政治的合法途径。这种权力的垄断必然带来政治的腐败，占据社会要职的往往是有门第而无能力的庸人，个别有才学者也常常是谈玄论道、不务时政，从而造成了社会的动荡和民生的凋敝。从这一层面上讲，杨隋和李唐统治者以军功和科举开“重冠冕”之新风，所维护者便不仅是其家族或集团之少数者的利益了，文学逐渐从上层统治者受众向下移动。到了高宗、武后时期，诗歌便出现了从宫廷台阁向江山朔漠的转变。

一、诗歌转变的社会背景

唐太宗在依靠关中军事豪强而夺取天下、继承大统之后，便面临着与传统势力的权力冲突。为了从理论上削弱门阀士族的政治特权，巩固本朝政府的合法地位，他便令高士廉、长孙无忌等人实施了一场意义重大的理论变革——重修《氏族志》。但是，由于传统观念的巨大束缚，只有在太宗的亲自干预下，李唐王室和皇后两族才被破例提升为一等与二等；而在魏晋南北朝时期便占据了较高地位的士族门阀如崔民干等虽屈居三等之后，但仍然与三品以上的当朝官员平起平坐，具有显赫的地位。这说明，此一修订虽然体现了“主尊臣贵”的君权思想，但其“欲崇今朝冠冕”的政治意图并没有全部实现。换言之，重新修订的《氏族志》仍然是李唐王朝与门阀势力相互妥协的产物。

到了武后时代，随着外戚势力的不断上升和庶族政治的逐渐稳固，进一步修改乃至更新《氏族志》便再次成为可能，于是才有了更为彻底的《姓氏录》。与《氏族志》相比,《姓氏录》主要实现了三大变革:一是将皇后家族提为一等,与李氏王族相提并论;二是将当朝无官的传统士族干净彻底地排除在外,完全废除了其政治特权;三是将五品以上的当朝官员全部擢为士族,从而提高了大批庶族地主的政治身份。

除了对政治身份的改革,初唐的统治者继承了隋代所创立的科举制,从寒门庶士中选拔人才,从而打破了以往的门第界限。然而这一措施也是以循序渐进的方式进行的,以科举取士的数量为例,太宗在位的 23 年里,一共取士 228 人,其数量虽然大大超过了高祖时代,但平均每年也不到 10 人。而到了武后、中宗当政的 58 年中,仅进士一科便取士 1 241 人,平均每年 21 人,此外还有名目繁多的制科取士。从考试内容来看,由于进士科在高宗以后以杂文(包括诗、赋、箴、铭、颂、表、论、议等)为主,这一取士方式便间接地刺激了有唐一代审美文化的创造。

武后当政后,一方面辟武举、革门阀,另一方面大肆从民间征召人才,从而为诗歌创作主体的下移奠定了基础。具体来看,武后时期,通过科举和军功而步入政坛的庶族地主不可能再像六朝士族那样以罕关庶务、挥麈谈玄为时尚,因而支配他们的主要思想也已不再是虚玄出世的道家理论,而是积极入世的儒家学说。历史给了他们前所未有的机遇,使他们能够成为真正意义上的布衣卿相,而他们也要反过来创造历史,去实现祖祖辈辈的儒家学者所未能实现的修身、齐家、治国、平天下的远大理想。因而,他们笔下的诗歌和辞赋,便不再是显露修养、卖弄才华的工具,而是指点江山、言志抒怀的手段。于是,诗歌创作便渐渐由宫廷台阁开始向江山朔漠转变。

二、"初唐四杰"与唐诗风格的转变

唐高宗时期,宫廷诗风再次复兴,然而这类诗歌多是为迎合统治阶级的思想而创作,用词浮华、内容空洞,不能体现中下层人民的意志。于是当永徽(650—656)、龙朔(661—664)之间,绮错婉媚的宫体诗在宫廷朝堂权贵中间流行的时候,另一群诗人在崛起,另一种诗派在形成,这就是“初唐四杰”。

“初唐四杰”是后代学者对初唐四位著名作家王勃、杨炯、卢照邻、骆宾王的合称。他们出身都不高,但是他们都有强烈的仕进愿望,渴望建功立业,因此饱读诗书,刻苦自励,才华出众。可是,社会并没有给他们提供一条坦途,仕途蹭蹬,这样更加强化了其行为的反常性,他们与整个社会保持一种距离感,对上流社会便具有了一股强烈的批判精神。上流社会的精神生活方式显然是他们所不适应的,他们的诗歌观念、诗歌活动方式自然与流行的雕章琢句相左,他们反对游戏之文,要求抒发人生意气,他们的努力与追求代表了诗歌前进的方向。

作为一个诗人群体,对于“初唐四杰”的诗歌活动,闻一多先生在《唐诗杂论·四杰》中说:“正如宫体诗在卢、骆手里是由宫廷走到市井,五律到王、杨的时代是从台阁移至江山与塞漠。”这对四杰在诗歌艺术题材上的创新与开拓进行了准确的概括。我们认为,“初唐四杰”的诗歌特点首先在于文字与性情的结合,他们在诗歌中抒发真实的人生感受,从他们的诗歌中我们看到了他们对社会的批判、对流俗的蔑视、对才能的自信、对生命的焦虑,他们桀骜不驯、痛苦抑郁,既乐观、又悲观,既希望、也绝望;即使是悲伤,也是那么慷慨激昂、腾挪有力,这悲伤是清醒后的希望,绝不是倚红偎翠时的陶醉与叹息。

这种蓬勃向上、积极进取的人生态度和昂扬自信的生活态度在四杰身上以群体性的形式出现,显然是具有深刻的社会文化背景的。具体来看,大唐王朝建立后,唐太宗李世民所创造的贞观之治,不仅在物质文化上创造了空前的繁荣,从精神层面来说对整个社会的鼓动具有更大的鼓舞力量,对士人无疑是一种巨大的激励,个个摩拳擦掌,渴望有所作为。门阀制度的崩溃以及科举制度的逐渐推行,也给士人提供了现实的上升道路。随着参与建唐战争而取得高位的重臣的逐渐去世,以及不同权力集团的斗争、起伏和武后的崛起，既要稳定国家政权，又要巩固个人统治，必然要广泛吸收社会精英，通过科举或直接从没有背景的士人中提拔、录用官员（制举）的做法在武后当权之后形成制度。这对士人来说无疑是巨大鼓舞，令他们对生活充满希望，对前途充满自信。但是，这种制度并不能给所有的追求者以满足，因此，时代给予四杰这样的人充分的自信，同时又给他们巨大的打击，自信引发了他们的痛苦，而痛苦更强化了他们的自信。可以说，他们的自信是时代的自信，他们的痛苦也是时代的痛苦。

在这样的时代背景下，四杰登上了舞台，这标志着一种新的社会阶层和人格形态在唐代已然出现。虽然他们也无法避免封建文人的命运，不能不匍匐在帝王的膝下，但他们不同于一般的宫廷文人，他们进入仕途的目的不是单纯的个人物质福利和享受，他们渴望建功立业；他们也不是以文事人，仰人鼻息，而是有着独立的人格和高尚的节操。这种复杂性决定了他们诗歌内容的特殊形态。明代陆时雍《诗镜总论》评云："王勃高华，杨炯雄厚，照邻清藻，宾王坦易，子安其最杰乎？调入初唐，时带六朝锦色。"所谓"六朝锦色"，即是指他们的诗仍有六朝宫廷诗的斑斓色泽。在当时，由于宫廷诗风仍在延续，他们无法摆脱这种诗风的影响，但这种诗风毕竟不是他们诗歌的主导倾向，他们文化活动的价值在于承袭基础上的革新。

当然，四杰的出现并非仅仅是科举制度导致的一个新兴社会阶层的出现，更是在其影响下士人的用世热情被唤醒的一个表现。而从思想渊源来说，他们这种新的关怀社会、追求建功立业、追求自由独立的人格之观念也并非空穴来风、一无依傍，实际上也是一特定思潮的表现与发展。尽管经历了西晋以来连续几百年的社会动乱，河汾地区的世家大族还保持了两汉、魏晋之北方中原地区家族文化，既沿袭了汉儒儒家天下关怀的传统，同时也沿袭了魏晋重视个人精神自由的传统，这就是隋唐之际的著名人物王通之文化定位所在。王通好儒，撰写了著名的子书《中说》。通过他，这样一种思想被扩散、传递。据载，当时在王通周围聚集了一大批人物，其中有些人后来成为唐建之后的政治家和名臣。而王通的弟弟王绩则在这种思想指导之下展开了诗歌创作，开创了一种不同于六朝以来追求形式美、雕藻淫艳的诗歌风气。事实上，王通在当时被世人视为特立独行，而王绩的创作和当时宫廷诗坛极不一致，本身表明这种精神或思潮还不是主流，或者说还只是在野的一种民间思想，但是可以想见，这种思潮的影响在逐渐扩大，正由一种地域之学和家族文化向社会上层传播，从而引起时人注意。作为王通的孙子，王勃毫无疑问继承了这样一种家族文化传统，将其作为自己人生实践的指导，并以此为价值标准展开了对于六朝人格观念和文学传统的批判。而杨、卢、骆三人之所以能够与王勃一起被时人合称为四杰，就在于他们具有差不多的思想，或者更准确地说，反映出当时复兴魏晋思想与反六朝思想影响之扩大。

在诗歌创作上，四杰博涉多通，博览经史子集，兼通儒释道，不仅爱好、写作诗歌、文学作品，而且自觉地思考社会政治古今成败、人生的否泰得失。四人之中，王勃堪称为首，最具代表性。杨炯《王勃集序》赞美云："经籍为心，得王、何于逸契；风云入思，叶张、左于神交。故能使六合殊材，并推心于意匠；八方好事，咸受气于文枢。出轨躅而骧首，驰光芒而动俗，非君之博物，孰能致于此乎？"王勃自小聪慧出众，他关心政治，博览群书，熟读经史，读易好医，丰富的知识加深了对社会的认识，同时也促进了他对诗歌的思考。王勃继承了王通的观点，强调文学的经世教化作用，其《上吏部裴侍郎启》云："劝百讽一，扬雄所耻。苟非可以甄明大义，矫正末流，俗化资以兴衰，国家由其轻重，古人未曾留心也。自微言既绝，斯文不振，屈宋导浇源于前，枚马张淫风于后。谈人主者以宫室苑囿为雄，叙名流者以沉酗骄奢为达。故魏文用之而中国衰，宋武贵之而江东乱。虽沈、谢争骛，适足兆齐梁之危；徐、庾并驰，不能止周陈之祸。……君侯受朝廷之寄，掌镕范之权，至于舞咏浇淳，好尚邪正，宜深以为念者也。"他从国家安危的高度来认识文风的重要性。如果仅此论述我们很可能以为他是老调重弹，但是，他把问题看得这么严重，显然“舞咏浇淳”实有现实针对性。杨炯在《王勃集序》中说：“（王勃）尝以龙朔初载，文场变体，争构纤微，竞为雕刻。糅之金玉龙凤，乱之朱紫青黄。影带以徇其功，假对以称其美。骨气都尽，刚健不闻。思革其弊，用光志业。……长风一振，众萌自偃。遂使繁综浅术，无藩篱之固；纷纷小才，失金汤之险。积年绮碎，一朝清廓。翰苑豁如，词林增峻，反诸宏博，君之力焉。”卢照邻《乐府杂诗序》也说：“言古兴者，多以西汉为宗；议今文者，或用东朝为美。落梅、芳树，共体千篇；陇水、巫山，殊名一意。……潘、陆、颜、谢，蹈迷津而不归；任、沈、江、刘，来乱辙而弥远。其有发挥新题，孤飞百代之前；开凿古人，独步九流之上。自我作古，粤在兹乎？”可见，他们批判的矛头直接对准了当时的宫廷诗。这种现实性和战斗性是贞观政治家批判齐梁文风时所不具备的。

四杰反主流的强大勇气和精神动力，来自于他们对国事的强烈责任感和关心，诚如王勃在《上吏部裴侍郎启》谓“伏见铨擢之次，每以诗赋为先，诚恐君侯器人于翰墨之间，求材于简牍之际，果未足以采取英秀，斟酌高贤者也”，雕章琢句的才能本无益于国家治理，而“以宫室苑囿为雄”“导浇源”“张淫风”更是隳坏民心、败坏国政。另外，他们积极进取的人生态度也不屑于以文字见工夫，不屑于宫廷苑囿、花前月下的生活，当然也不喜欢雕章琢句、渲红染翠的诗歌趣味。他们要求诗歌与人生性情联系起来，表现真实的生活，反映积极进取的人生，抒发昂扬意气，鼓舞奋斗进取。因此，那种婉约柔靡、充满女人气的诗风当然要遭到他们反对。

具体来看，王勃（650—676）的诗歌显现了初唐诗风从亭台楼阁向江山的转变。在诗歌创作中，王勃强调作诗要有刚健骨气，这显然是针对雕章弄句的六朝文风和上官体的流弊而言的。王勃的这一观点代表了当时诗风变革的关键所在。从其现存为数不多的诗歌来看，王勃在诗歌题材内容上虽然还开拓得不够广，但已经形成了自己独特的风格。例如他的名作《送杜少府之任蜀州》：

城阙辅三秦，风烟望五津。
与君离别意，同是宦游人。
海内存知己，天涯若比邻。
无为在歧路，儿女共沾巾。

赠别的心情本来是哀伤的，但王勃却用“海内存知己，天涯若比邻”这样开朗壮阔的诗句把缠绵的儿女之情一笔撇开，变悲凉为豪放，表现了不平凡的胸怀抱负。清王尧衢《古唐诗合解》评此诗：“此等诗气格浑成，不以景物取妍，具初唐之风骨。”《唐诗三百首》引陈婉俊补注云：“赠别不作辛酸语，魄力自异。”

再如《滕王阁诗》：

滕王高阁临江渚，佩玉鸣鸾罢歌舞。
画栋朝飞南浦云，珠帘暮卷西山雨。
闲云潭影日悠悠，物换星移几度秋。
阁中帝子今何在？槛外长江空自流。

滕王阁是唐高祖李渊之子滕王李元婴任洪州都督时所建，故址在今江西南昌赣江边，俯视远望，视野均极开阔。王勃赴交趾省父途经洪州参与阎都督宴会时即席作《滕王阁序》，序后附这首诗，描写了滕王阁高远的气势和赣江一带的景色，意境开阔，意气飞扬。诗中融滕王阁景象与对滕王的怀念于一体，情景交融，寄慨遥深。郭浚《增定评注唐诗正声》评此诗：“流丽而深静，所以为佳，是唐人短歌之绝。”清周容《春酒堂诗话》又云：“王子安《滕王阁》诗，俯仰自在，笔力所到，五十六字中，有千万言之势。”

总之，王勃的诗歌创作初步实践了他的诗歌革新的主张。在他的这些优秀诗篇里，我们看到了充沛的思想感情和刚健的骨力。王勃的部分诗歌摆脱了齐梁浮华习气，初步显示了唐诗独特的风貌。而卢照邻(636—680?)与骆宾王(638? —684)的诗歌则体现了初唐诗歌从亭台楼阁到市井的转变。

卢照邻在四杰中，年龄最大，他的诗以七言歌行最为擅长。所谓“歌行”，指的是一种古代诗歌体裁。汉魏以下的乐府诗，题名为歌和行的颇多，二者名称不同，其实并无多大区别，都是乐曲的意思。后遂有歌行体。其音节格律自由，形式有五言、七言、杂言，富于变化。与古诗相比，歌行体更适合于表现澎湃流荡的情感。《长安古意》是卢照邻著名的代表作。“长安古意”是典型的宫体诗题材，“古意”也一般用于描写男女恋情或女性生活场景，但是，卢照邻在宫体诗内部进行了一场革命。它写市井的繁华、长安的盛况，诗中的主人公不再是温柔妩媚的淑女，而是热情奔放、热爱生活的市井女子，且听她们的心灵之音：“得成比目何辞死，愿作鸳鸯不羡仙”。然而，面对这样的滚滚红尘，诗人却没有陶醉，看到的是沧海桑田：“自言歌舞长千载，自谓骄奢凌五公。节物风光不相待，桑田碧海须臾改。昔时金阶白玉堂，即今唯见青松在。”诗人推崇的生活是什么样的呢？“寂寂寥寥扬子居，年年岁岁一床书。独有南山桂花发，飞来飞去袭人裾。”他们引古人为知音，这也就是他们自己的生活，读书、思考使得他们对社会保持更加清醒的认识，而古代先贤使他们在面对社会的孤立时，能拥有自我支撑的巨大精神力量。

卢照邻的《长安古意》这首诗的题材、用语和萧纲的《乌栖曲》等齐梁宫体诗非常接近，但思想感情却大不相同。它词采虽然富丽华赡，但终能不伤于浮艳。如果我们把“得成比目何辞死，愿作鸳鸯不羡仙”与萧纲的“相看气息望君怜，谁能含羞不肯前”（《乌栖曲》）进行比较，就可以看出初唐诗坛诗风转变的轨迹。著名的近代学者闻一多先生在《唐诗杂论·宫体诗的自赎》中曾经高度评价过卢照邻在宫体诗风转变过程中的作用：

> 宫体诗在唐初，依然是简文帝时那没筋骨、没心肝的宫体诗。不同的只是现在辞藻来得更细致，声调更流利，整个的外表显得更乖巧，更酥软罢了。……但是堕落毕竟到了尽头，转机也来了。……这样便是卢照邻《长安古意》的出现。……他是宫体诗中一个破天荒的

> 大转变。一手挽住衰老了的颓废，教给他如何回到健全的欲望；一手又指给他欲望的幻灭。这诗中善与恶都是积极的，所以二者似相反而相成。……卢照邻只要以更有力的宫体诗救宫体诗，他所争的是有力没有力，不是宫体不宫体。甚至你说他的方法是以毒攻毒也行，反正他是胜利了。有效的方法不就是对的方法吗？

尽管卢照邻对宫体诗的革新还不够彻底，但毕竟是初唐诗风革新的一个重要组成部分，他的创作中蕴含了对社会现实的深刻认识以及文化的理性批判精神，这正是唐诗走上健康道路的一个标志。

在四杰当中，骆宾王的生活经历最丰富，流传下来的诗歌作品也最多。和卢照邻类似，骆宾王最擅长的诗体也是七言歌行，他的名作《帝京篇》，题材和《长安古意》接近，而篇幅更长，更多辞赋铺排的成分，“当时以为绝唱”。他的一些五言律诗在艺术上也达到了成熟的地步，如《在狱咏蝉》：

> 西陆蝉声唱，南冠客思深。
> 那堪玄鬓影，来对白头吟。
> 露重飞难进，风多响易沉。
> 无人信高洁，谁为表予心。

《在狱咏蝉》是骆宾王陷身囹圄之作。诗序中说：“情沿物应，哀弱羽之飘零；道寄人知，悯余声之寂寞。”唐高宗仪凤三年(678)，屈居下僚十八年，刚升为侍御史的骆宾王被捕入狱。其罪因，一说是上疏论事触忤了武则天，一说是“坐赃”。这两种说法，后者无甚根据，前者也觉偏颇。从诗的尾联“无人信高洁，谁为表予心”来看，显然是受了他人诬陷。闻一多先生说，骆宾王“天生一副侠骨，专喜欢管闲事，打抱不平、杀人报仇、革命、帮痴心女子打负心汉”(《宫体诗的自赎》)。这几句话，道出了骆宾王下狱的根本原因。他敢抗上司、敢动刀笔，被抨击者当然要以“贪赃”“触忤武后”将他收系了。也正因为如此，骆宾王才在狱中写下了这首诗。

这首诗将悲愤沉痛寄于比兴之中，清高步瀛《唐宋诗举要》曾论此诗：“以蝉自喻，语意沉至。”《唐诗镜》又评：“大家语，大略意象深而物态浅。”此诗无论是思想内容还是艺术手法都非常成功，在初唐律诗中属于不可多得的佳作。

杨炯(650？—693?)在诗歌上的性格和他在官场上的性格一样锋芒毕露，绝不妥协。宰相张说曾经说，杨炯文思如泉涌，比卢照邻强，也不亚于王勃。更重要的是，杨炯对当时流行的齐梁诗风进行了毫不留情的批判，自觉担负起了改革文风的重任。王勃去世之后，杨炯在为他作的《王勃集序》中说，龙朔年间以来的诗歌，只会从小处入手，雕章琢句，毫无风骨可言，更无刚健气象，希望能改革这种弊端，以光大诗歌的事业。“尝以龙朔初载，文场变体，争构纤微，竞为雕琢。……骨气都尽，刚健不闻。思革其蔽，用光志业。”

于是，杨炯在诗人们还沉迷于石榴裙下的时候，从楼台亭阁走出来，走向了高山，走入了大漠，走向了更广阔的天地，更广阔的人生，用自己的诗歌为后人杀出了一条血路。这条血路指向秦时的明月汉时的关隘，指向不可攀登的蜀道，指向雄浑的大海，指向真正属于唐诗的境界。例如，《从军行》：

烽火照西京，心中自不平。
牙璋辞凤阙，铁骑绕龙城。
雪暗凋旗画，风多杂鼓声。
宁为百夫长，胜作一书生。

跃马疆场，建功立业，似乎是男儿心中永远不会磨灭的梦想，中唐的李贺曾不无感慨地长叹：“请君暂上凌烟阁，若个书生万户侯。”此诗一洗齐梁诗歌的脂粉气，于初唐诗歌的绮靡中横空出世，塑造了一个投笔从戎、出征边塞的书生形象。首联写战火蔓延到国都附近，书生毅然废书从军。一个“自”字，表现的是男人的血性，壮士的豪迈，这与莺莺燕燕春春的宫体诗人，自不可同日而语；颔联写将军领兵出征，直捣敌人巢穴；颈联避免直接描写战场，而是从画面（凋旗画）和声音（杂鼓声）两个细节入手，描写了战事的激烈，也表现出战士们的勇猛；而末尾的结句“宁为百夫长，胜作一书生”，更是语出不凡，斩钉截铁，铿锵有力。

总之，四杰的诗歌已经跃出了宫墙，转而以市井、江山朔漠为内容，表现出激越与昂扬的奋进精神。而在批判宫体诗、开一代诗风上，四杰无疑功勋卓著，可以说他们对宫体诗从内部进行了革命性的改造，用性情充实了声色，既保留了先代长期积累的艺术成就，同时面向社会、面向人生，使艺术永远拥有新鲜、感人的内容。

第五节　陈子昂的复古倾向与诗歌格律的确定

一、陈子昂的复古倾向及其诗歌创作

诗风折射的其实是世风。明确了这一点，就不难理解，为什么“暖风熏得游人醉”的齐梁会诞生讲究四声、避免八病、强调声韵格律的永明体诗歌了。

大唐帝国建立之后，唐太宗几乎是凭借本能指出，全新的帝国需要全新的诗歌为之增光添彩：“去兹郑卫声，雅音方可悦。”（《帝京篇》）他认为要改变齐梁颓废绮靡的诗风，把诗歌由靡靡之音变为雅音正声。但是，冰冻三尺，非一日之寒，就是太宗自己，写出的诗也经常是“结伴戏方塘，携手上雕航，船移分细浪，风散动浮香”。这种诗与南朝那些跟着皇帝起哄的诗人所作，几乎无法区分（《唐之韵》）。而他手下的大臣们，高贵的地位限制了他们真实感情的流露，再加上上之所好，下必从之，于是其诗作也大多秉承了齐梁之风，因此，唐初的诗风仍然是轻薄婉媚的。

进入高宗武后时期，轻薄婉媚的宫廷诗风依然在蔓延，然而一些先觉者已经看到了这种诗风的不合理之处，并打出批判宫廷诗风的旗号。例如，"初唐四杰"的诗歌创作便是对宫廷诗风的反抗，然而他们的诗歌主张并未形成系统性，直至陈子昂(661—702)时才正式在《与东方左史虬修竹篇序》中系统地提出了改革宫廷诗风的主张。这篇文章如战场上的第一声鼓音，为整个战役奠定了宏伟的基调；又如天空中的一道闪电，撕裂了颓废的阴霾，露出了湛蓝的天空。

在《与东方左史虬修竹篇序》中，陈子昂说道：

> 文章道弊五百年矣！汉、魏风骨，晋、宋莫传，然而文献有可征者。仆尝暇时观齐、梁间诗，彩丽竞繁，而兴寄都绝，每以永叹。思古人常恐逶迤颓靡，风雅不作，以耿耿也，一昨于解三处见明公《咏孤桐篇》，骨气端翔，音情顿挫，光英朗练，有金石声。遂用洗心饰视，发挥幽郁。不图正始之音，复睹于兹，可使建安作者相视而笑。解君云："张茂先、何敬祖，东方生与其比肩。"仆亦以为知言也。故感叹雅制，作《修竹诗》一篇，当有知音以传示之。

从陈子昂对东方虬《咏孤桐篇》的评论，可以看出他的诗歌革新主张是：第一，对晋以来五百年柔弱不振的诗风持批判态度，认为它们"彩丽竞繁，而兴寄都绝"，即只求辞藻轻艳而不及讽喻。这显然是从诗应表现一定的思想内容和发挥社会作用这个角度立论的。第二，标举汉、魏风骨，提倡风雅精神，以此作为唐诗奋斗的目标。汉、魏风骨，主要是指"建安风力"，他提倡这种风格，是要用它取代初唐诗坛流行的齐、梁余风。风雅精神，指《诗经》以来诗歌创作中的写实精神。他理想中的诗歌是"骨气端翔"，既具风骨，又气势飞动，而且音调顿挫，感情波澜起伏，作品光彩明朗、皎洁；做到既要有现实内容，又有完美的艺术形式。他把建安、正始诗歌奉为楷模，口号是复古，实质是要革新。因为他的主张有破有立，故号召力强，影响很大。

傅雷先生在《〈贝多芬传〉重译本序》里有一段发人深省的话：

> 现在，阴霾遮蔽了整个天空，我们比任何时候都更需要精神支持，比任何时候更需要坚忍、奋斗、敢于向神明挑战的大勇主义。现在，当初生的音乐界只知训练手的技巧，而忘记了培养心灵的神圣工作的时候，这部《贝多芬传》对读者该有更深刻的意义。

陈子昂在写《与东方左史虬修竹篇序》的时候，心中怀着的是和傅雷先生同样的信念。他不惮于前驱，愿以呐喊来扫清五百年来诗歌的积弊，在他身上，凝聚的是超越了凡俗的勇气和精神。于是，杨炯旗帜鲜明地批驳当时的诗风“骨气都尽，刚健不闻”，而陈子昂更是一针见血地指出人们奉为偶像的齐梁诗风是“彩丽竞繁，而兴寄都绝”。英雄们互相呼应，终于宣告了一个伟大时代的来临。

在唐代审美文化的历史进程之中，《与东方左史虬修竹篇序》有着十分重要的经典意义。我们知道，早在王勃的《上吏部裴侍郎启》、杨炯的《王勃集序》、卢照邻的《乐府诗杂序》等文章中，即已表现出对六朝文风的不满，但还没有像陈子昂这样明确地标举“风骨”倡导“兴寄”，以回归汉魏的“复古”途径来实现超越晋宋的“革新”目的。而此文一出，则振聋发聩！它既符合了历史的要求，亦明确了前进的方向；既打出了鲜明的旗帜，又设计了可行的策略。因此，陈子昂的这篇短文，一向被视为重新确立唐代诗文风气之“主旋律”的纲领性文献。

陈子昂的诗歌创作和他的理论主张是一致的，其诗以五古成就最高，诗风慷慨悲凉，善于使用比兴手法，用语质朴而寄托深远，代表作为《感遇》三十八首。

《感遇》从形式到内容和表达方法，都受到阮籍《咏怀》的影响。组诗并非写于一时一地，内容比较丰富、复杂。有的揭露和抨击武则天时期的种种弊政，如斥责武后大肆兴建庙宇、大兴冤狱、不赏边功等，与他上表言事的内容一致。有的表现自己理想不能实现的苦闷和愤慨。有的叹息人生祸福无常，赞美隐逸生活，这都是由于理想破灭，在现实中看不到出路所流露出来的情绪。例如《感遇》十九：

圣人不利己，忧济在元元。
黄屋非尧意，瑶台安可论！
吾闻西方化，清净道弥敦。
奈何穷金玉，雕刻以为尊？
云构山林尽，瑶图珠翠烦。
鬼功尚未可，人力安能存？
夸愚适增累，矜智道逾昏。

陈子昂的《登幽州台歌》感慨尤为深沉，可谓千古绝唱。诗云：

前不见古人，后不见来者。
念天地之悠悠，独怆然而涕下。

此诗首二句虽是借用前人语句（南朝宋武帝用过），但和下二句融为一体，很好地表达出诗人处于非常时期的心声。《陈氏别传》中说陈子昂自请分兵出击契丹，结果武攸宜“谢而不纳”。他日又提出请求，攸宜竟降其职。陈子昂“因登蓟北楼，感昔乐生、燕昭之事，赋诗数首，乃泫然流涕而歌”。诗人独立蓟北楼上，想到古代君臣风云际会，而自己半生坎坷，深感生不逢时，是报国之志和现实之间的矛盾使他不禁流下泪水。在诗的前两句，“古人”“来者”都是指真正爱才、识才、用才的君王或主事者。诗人胸怀失意之悲，面临无际原野、空旷天宇，便有天地悠久、人生短暂而知音难逢的感叹。诗以“不见”带出“独”，把诗人不能为人所用、为世所容的悲哀和愤懑写得十分充分。诗人感慨深沉，但诗中又未细说引起感慨的原因，只是说到他面对无限时间、无垠空间所产生的孤单感，所以此诗容易引起古代许多失意者的共鸣。

总之，陈子昂的诗已去掉六朝诗的脂粉气，可以说是齐梁诗风和盛唐诗风的分水岭。虽然他的诗过于古直，对六朝以来所积累的艺术经验汲取极少，未写过七古、七律，但他起衰振靡，开一代正声的功绩在唐诗发展史上有崇高的地位，端正了唐诗发展的方向，为李、杜攀登高峰开创了道路。诚如高棅所说："公之高才倜傥……文不按古，伫兴而成。观其音响冲和，词旨幽邃，浑浑然有平大之意，若公输氏当巧而不用者也。故能掩王、卢之靡韵，抑'沈、宋'之新声，继往开来，中流砥柱，上遏贞观之微波，下决开元之正派。"(《唐诗品汇·五言古诗叙目》)

二、诗歌格律的确定

随着武后的专权，她为了巩固自己的地位，坚决压制、打击唐王朝李姓宗室，同时，采取了不少促进唐代经济发展的政策。在她的统治下，由唐太宗开创的贞观之治的大好形势继续得以发展，尤其是她广招贤能，大兴科举，破格提拔并重用一大批没有什么社会背景的能干之士，正如中唐政治家陆贽所云，"则天太后践祚临朝，欲收人心，尤务拔擢，弘委任之意，开汲引之门，进用不疑，求访不倦，非但人得荐士，亦许自举其才。所荐必行，所举必试……不肖者旋黜，才能者骤升"(《旧唐书·陆贽传》)。这一举措对文人阶层心态产生的重大影响以及由此产生的对诗歌风尚转变的作用怎么高估都不为过。

但是，我们必须看到，武后本人的文学爱好和她统治政策所产生的实际影响是两回事。《旧唐书·儒学传》评曰："高宗嗣位，政教渐衰，薄于儒术，尤重文吏，于是醇醲日去，华兢渐彰，犹火销膏而莫之觉也。及则天称制，以权道临下，不吝官爵，取悦当时……至于博士、助教，惟有学官之名，多非儒雅之实。"杜佑《通典·选举志》评云："永淳之后，太后君临天下二十余年，当时公卿百辟无不以文章达，因循日久，寖以成风。""太后颇涉文史，好雕虫之艺。"她喜爱雕章琢句、绮艳华丽的宫廷诗风，再加上她的专权与独断,绮艳华丽之外又增加了歌功颂德的吹捧。因此,武后当政时期,重视娱乐文学,优伶文人颇受恩渥。

在这种情况下,宫廷诗人虽然有优厚的生活条件,可以享受各种方便,可以产生很大影响,但无论如何,这些文学人士毕竟很难超出“平庸”二字的束缚。他们的诗歌,多不过是些平庸之作。但这派诗人也有自己的独特贡献。他们的诗作,虽然常常格调不高,但他们有充裕的时间和极好的物质生活条件,在创作技术上也往往能做到精益求精。这在大时代的大家看来,无非是些雕虫小技,不足一道,但从唐诗发展的总体效应理解,又是不可缺少的一环,其中尤其值得一提的便是诗歌格律的确定。

胡应麟《诗薮·内编》卷三云:“五言律体,兆自齐梁,唐初四子,靡缛相矜,时或拗涩,未堪正始。神龙以还,卓然成调。沈、宋、苏、李,合轨于前;王、孟、高、岑,并驰于后,新制迭出,古体攸分。实词章改革之大机,气运推迁之一会也。”唐人元稹《唐检校工部员外郎杜君墓志铭序》说:“沈、宋之流,研练精切,稳顺声势,谓之律诗。自是而后,诗体之变极焉。”《新唐书·宋之问传》也说:“魏建安后迄江左,诗律屡变,至沈约、庾信,以音韵相婉附,属对精密。及宋之问、沈佺期,又加靡丽,回忌声病,约句准篇,如锦绣成文。学者宗之,号为‘沈、宋’。”清人赵翼《瓯北诗话》更强调:“至唐初沈、宋诸人,益讲求声病,于是五、七律遂成一定格式,如圆之有规,方之有矩,虽圣贤复起,不能改易矣。”的确,从建安以后,散文、辞赋和诗歌都走上了骈偶的道路。骈文和律赋到南朝已先后确立起来。随着王融、沈约“四声”“八病”之说的创立,诗歌的格律化也加快了脚步。经过庾信、上官仪和“四杰”的努力,律体得以基本确立。再经过沈、宋诗“研练精切,稳顺声势”“回忌声病,约句准篇”的创作示范,促成了律体的完全成熟,并最后定型。可见,唐诗格律的确定是经过了一个较长的过程的,而高宗武后时期的沈佺期(656? —715?)、宋之问(656? —712?)身为最高统治者欣赏的“钦定文学家”,经过他们自觉的探讨、总结,近体诗形成一套公认的规范,再经过他们的示范、传播,进一步将已趋成熟的律诗形式肯定下来，使律诗开始定型。

律诗与古体诗相对，又称近体。它的形成经历了较长时间和众多诗人的实践。自从建安以来，散文、辞赋和诗歌都走上了骈偶的道路。齐梁时，诗坛“永明体”形成。在此基础上，经过不断的发展完善，初唐诗人已经写出了一批符合规范的五言律诗。前举杨炯《从军行》和骆宾王《在狱咏蝉》即其例。据统计，杨炯现存的十四首五言律诗，全部符合粘式律，说明他对这一体式已能运用自如。七言律诗的成熟则稍后一些，太宗、高宗两朝的有些七言八句诗虽然在中间两联注意了对仗，但大多平仄失调，不讲粘缀，说明此时七律尚未完全成熟。到武则天时代，李峤、苏味道、沈佺期等人的七律应制之作大部分都符合规格，尤以沈佺期的合律之作最多。可见，沈、宋的贡献在于从前人和当代人应用格律形式的实践经验中，把已经成熟的形式肯定下来，最后完成“回忌声病，约句准篇”（《新唐书·宋之问传》）的任务，使律诗篇章确定，平仄、对仗规范化。王世贞《艺苑卮言》说：“五言自沈、宋始可称律。律为音律法律，天下无严于是者。知虚实平仄不得任情，而法度明矣。”例如，沈佺期的《独不见》（一作《古意呈乔补阙知之》）：

卢家少妇郁金堂，海燕双栖玳瑁梁。
九月寒砧催木叶，十年征戍忆辽阳。
白狼河北音书断，丹凤城南秋夜长。
谁为含愁独不见，更教明月照流黄。

这是一首格律完整的七律。诗押下平声“七阳”韵，首句入韵，中间两联对仗工整、气势流走。全诗平仄协调，堪称七律的典范。诗以“海燕双栖”起兴，反衬少妇独处之情，中二联即着力写情，由思妇“寒砧”到远人“征戍”，再由“白狼河北”之望断音书到“丹凤城南”之秋夜独守，情意流动，回环往复，益见其深挚真切，而由此归结到空对明月孤帏，更形成难解之情结。此诗题作乐府旧题《独不见》，其意旨明在拟古，故此诗一方面格律严整，另一方面又显见乐府风调，由此固可约略窥见唐人七律由六朝骈俪化歌行蜕变而出的迹象，而这也造成这首诗既密致又流动的艺术特点。从整体风格上看，这首诗的清丽流畅与沈佺期的《遥同杜员外审言过岭》诗的雄浑厚重有明显的区别，但在充盈浓烈真情的角度上却又是完全一致的，也正因此，此诗甚至被明代崇尚唐音的何景明、薛蕙等人推为“唐人七言律第一”。

宋之问创作了许多格律成熟的五律，如抒发贬谪岭南思亲怀乡之情的《题大庾岭北驿》：“阳月南飞雁，传闻至此回。我行殊未已，何日复归来。江静潮初落，林昏瘴不开。明朝望乡处，应见陇头梅。”《渡汉江》则是一首完全符合格律、抒情细腻动人的五绝佳作：

岭外音书断，经冬复历春。
近乡情更怯，不敢问来人。

此诗虽仅短短二十字，却包蕴了丰富的情感容量与精微的心理活动。写作此诗时，诗人正在由贬所逃归途中，在流窜蛮荒、音书久绝的经历之后，对家人的系念之情在近乡之际自然尤为强烈，但诗人在这里却采取了期望倒置的手法，将急切的欲望表现为极不敢探知，以看似反常的表达方式含蕴最为普遍的人类心理活动。这种极具心理涵盖力的表现方式对于后世诗人来说，显然具有重要的启发意义。例如贺知章的《回乡偶书二首》之一云“少小离家老大回，乡音无改鬓毛衰。儿童相见不相识，笑问客从何处来”，岑参的《逢入京使》诗云“故园东望路漫漫，双袖龙钟泪不干。马上相逢无纸笔，凭君传语报平安”。虽然具体的心理活动描写并不完全相同，但其着意于通过异常现象与感受构成具有普遍意义的情感心理表现的构思特点却是全然一致的。至若杜甫的《述怀》诗中“反畏消息来，寸心亦何有”以及唐代后期以表现心理活动。著名的诗人李商隐的《无题》诗中“楼响将登怯，帘烘欲过难”，则在构思方式与具体心理活动方面皆与宋之问诗显示出完全的同一了。清人施补华《岘佣说诗》评此诗：“五绝中能言情。

与嘉州(岑参)'马上相逢无纸笔'七绝同妙。""能言情"确实是《渡汉江》所以写得成功的奥秘所在。至于此诗作为一首律绝,它声韵上的平仄粘对,铢两悉称;结构上的起承转合,无可挑剔,也都在显示它无愧为范篇的资格,对此就更不必词费了。

当然,具体地看,沈、宋律诗自有其度越前人与流辈之处。首先,沈、宋近体诗合格率由"文章四友"的87%左右提高到90%以上,表现了对律诗定式的完全性的掌握与运用,少量的声调违拗现象可以认为是一种怀旧性的自然表露或有意为之。其次,沈、宋近体诗创作除七言排律以外基本上具备了各种类型,即五律、五排、七律、五绝、七绝等体式齐全,将文章四友合为一个整体看,固亦具备了这些体式,崔融甚至还有一首七言排律成为一个独特的现象,但将四人分开看,每一个人的作品中皆不兼备各种体式,而沈、宋二人则恰恰是分别兼备诸体的。最后,沈、宋近体诗创作数量亦大大超过前人(唯一例外的是"文章四友"中的李峤今存近体诗190余首,但其中有120首五律是其咏物专集《杂咏》中的单纯咏物之作),两人现存近体诗皆超过120首,并且与四杰或"文章四友"大多偏擅某一体式不同,而是对近体诗各种体式都有较多的实践,这种熟练运用各种体式的全面性,也正是近体诗完全定型乃至精密化的一个重要标志。除了这些现象方面的因素外,沈、宋律诗的成就,更重要的在于其内在的艺术修养及其创作个性的进一步增强,使得生活环境与文学作风的紧密关系逐渐淡化、分离,更多地表现出文学创作本身的独立化、专门化与深入化。也就是说,沈、宋作为纯粹的宫廷文辞之士,有着长期的宫廷生活经历,但却并未像唐初宫廷文人那样被宫廷文学程式所框囿,甚至比"文章四友"宫廷气味还要淡薄,而是使身处宫廷的文学创作个性化,在主体品格与风格表现方面显出相当的自由与灵活。在沈、宋的作品中,可以说既有朝官似的雍容华贵,又有田园诗人那样的闲逸潇洒;既有严肃的道德观念,又有边塞的激烈场面,题材的选择与风格的表现都是丰富而多样的。

一方面,作为长期生活在朝中的宫廷文人,沈、宋都有数量可观的宫廷侍宴应制之作，但由于他们的艺术修养与个性，使得这类作品大多摆脱了早期宫廷诗的矫饰堆垛、虚浮靡弱之弊，在丰富的想象力与敏锐的感受力的运用之中，形成清新流畅的表现风格，更接近于个人写景抒情之作。例如，宋之问的《夏日仙萼亭应制》：

高岭逼星河，乘舆此日过。
野含时雨润，山杂夏云多。
睿藻光岩穴，宸襟洽薜萝。
悠然小天下，归路满笙歌。

身在宫廷应制场合，视野却投向“野润时雨”“山多夏云”的朴素的自然景象，既有“光岩穴”“洽薜萝”的细密之景，又有“逼星河”“小天下”的雄阔之景，特别是诗人内在的“悠然”情趣，与“满路笙歌”的环境的不协和性，恰恰显出个性化写景抒怀品格的确立。

另一方面，作为当时对近体诗体制建构做出杰出贡献的文体家，沈、宋又常常将在宫廷生活氛围中承受的文学传统及其锻就的熟练的修辞技巧自然运用于其他场合，在表面的程式化的描述惯例中造成一种新的审美意蕴与艺术效果。例如，沈佺期的《游少林寺》：

长歌游宝地，徙倚对珠林。
雁塔风霜古，龙池岁月深。
绀园澄夕霁，碧殿下秋阴。
归路烟霞晚，山蝉处处吟。

这首诗是诗人独自游访山寺之作，却完全运用了宫廷游宴诗的惯用程式，开篇“宝地”“珠林”表明所游之地，结尾“归路”“烟霞”表明日暮欲归时的留恋心境。然而，由于所游之地已与宫廷宴集场所、氛围迥然不同，内心情怀也一改宫廷游宴诗那种对繁华绚丽的依恋，而是通过一种孤独沉寂的感受，导入一种清静澄澈的悟道般境界。因而，诗人独立于“夕霁”“秋阴”笼罩着的“山蝉”吟唱的归途，也就显然不同于宫廷游宴场合的虚矫俗套，表现出浓郁的情感内涵与澄淡的精神境界。

以上两个方面，一是着重于在表现情调上将宫廷应酬场合改变为个人写景抒怀，造成一种似乎脱离宫廷环境的悠然趣味；二是着重于在表现范围上将宫廷诗技巧惯例移用于其他环境场合，造成一种超脱于这种惯例本身意义的审美意味与人生思索。这两点虽已充分表现出沈、宋诗歌创作的艺术修养与驭用能力，但从根本看仍是拘泥于对宫廷诗的改造的起点，而作为沈、宋律诗艺术成就标志的，无疑更在那些彻底摆脱宫廷范畴的完全个性化的作品上。

第六节　六朝骈文的延续与“反骈”思想的酝酿

一、六朝骈文的延续与骈文的律化

李唐起于北方，但在建立政权后以汉族文化的传承者自居，喜欢代表着南朝文化风尚的骈文。唐太宗自己也颇有兴味地进行骈文创作，他为诗歌《帝京篇》所作的序文就是用骈文写的。《全唐文》录虞世南文章30多篇、上官仪文章20篇，均为骈体，多为宣颂功德或游戏娱乐之作，刻画细致，文辞典丽，极尽雕琢之事。初唐的骈俪文章风行一时，这一时期骈文的数量要远远多于散体文。

高宗时期，依旧沿袭江左余风，骈文极为盛行。这时期的作家如许敬宗、李义府等，都是骈文的高手，但他们的骈文大体上还是沿袭南北朝的格式。期间，上官仪虽曾对诗歌对仗规律进行了总结，其骈文作品的平仄要求却并不严格。

武则天建立武周政权后，不仅改变了太宗以来的政权机构，而且改变了几十年来的统治思想。出于其政治的需要，武则天网罗词臣，粉饰新政，蓄养了一批御用文人，这些人写了一些效忠献媚的文章。这一时期最典型的御用文人是苏味道、李峤、沈佺期、宋之问和崔融等，他们气质相近，特点相同，不再直言极谏、牢骚愤世，而是依附于新朝，献媚取宠，写应制的文章，实际上近于南朝柔媚君主的词臣之文。他们的文章的特点，正如张说所评："良金美玉，无施不可。"（《大唐新语·文章》）这是当时最合时宜的作品，也是符合武周王朝的政治需要的。其中最能代表并体现御用文人创作特点的是李峤的《自叙表》，该文章俨然词臣的姿态，未脱六朝余习，其中的"陛下降非常之遇，垂不次之恩，擢处崇班，超登近侍"以及"竭心本朝，输力明主"都是近侍、词臣的语言，说得恭敬而得体，与魏徵的直言极谏大相径庭。

与此同时，科举考试对诗赋的提倡，又影响了骈文，致使其逐渐律化。唐初科举沿袭隋制，以诗赋取士，列为专科，骈体奏章，视同型典，骈文体式也便进一步规范化。徐师曾《文体明辨序说》论唐初赋体的律化说："六朝沈约辈出，有四声八病之拘，而俳遂入于律。徐庾继起，又复隔句对联，以为四六，而律益细焉。隋进士科专用此体，至唐、宋盛行，取士命题，限以八韵。要之，以音律谐协、对偶精切为工。"赋体如此，它体骈文也受到影响，徐、庾音律化的骈文被唐人广为仿效，使唐初骈文显示出了极为鲜明的律化的倾向。这主要表现为两个方面：首先是句与句、联与联之间平仄对应。这种对应又分两种情况：一种是极为精严的对应；另一种是只要求音节点上的字平仄对应。其次是句脚的用韵。律化的骈文也有押韵和不押韵两类。押韵的骈文基本上保留齐梁时期骈文押韵的特点，而不押韵的骈文句脚则大体上按"仄顶仄，平顶平"（即"平仄仄平平仄仄平……"反复使用）的格式安排。

最能体现高宗武后时期骈文律化的作家便是"初唐四杰"。四杰的骈文与辞赋创作，在继承六朝韵文的文辞、音韵之美的同时，摒弃了文辞繁缛、声情浮靡的文风。他们提倡"刚健"与"适意"，强调声情并茂，为骈文、辞赋带来了流畅、盛大的气势，对后世有所影响。

以四杰之首王勃为例，他的骈文中最负盛名的是《秋日登洪府滕王阁饯别序》《上巳浮江宴序》和《上吏部裴侍郎启》，而《秋日登洪府滕王阁饯别序》（简称《滕王阁序》）又是最能体现骈文律化特点的作品。

《滕王阁序》作于上元二年（675），当时王勃前往交趾省父，路过洪府，恰逢洪州都督阎公设诗酒之会于滕王阁，得以与会。阎公组织诗会意在为其婿显示文才提供机会，故早已令婿宿构诗序。与会宾客多知其意，当以纸笔遍请各位为序时，都推辞不作，唯王勃当仁不让，文不加点，一挥而就。以致阎公叹曰："此真天才，当垂不朽矣。"（《唐摭言》）

王勃所处正当所谓"唐尧之朝""圣明之代"，但他却逢圣代而遭坎坷，于是内心充满牢骚与不平，所以文中以怀才不遇为中心，将自己的自负与失落，壮志与感叹，安贫知命的情怀，报国无门的苦闷，乃至飘蓬江海、他乡作客的愁烦，表达得极为委婉而曲折，代表着李唐王朝鸿业初开时期部分失意的知识分子的思想情绪。在格式上，则代表着初唐骈文完全律化的倾向，全篇主要用四、六言而且合于平仄的句式，一句中平仄交替，上下句平仄相对：

时维九月，序属三秋。
平平仄仄　仄仄平平

序中凡是半联两句的句式，则半联中两句的句脚平仄相对，而两半联相对应的各节平仄也相对，如：

鹤汀凫渚，穷岛屿之萦回；
仄平平仄　平仄仄（平）平平
桂殿兰宫，即冈峦之体势。
仄仄平平　仄平平（平）仄仄

这里，上下联平仄相对；而同半联中的上下句句脚（"渚"与"回"，"宫"与"势"）平仄也相对。此外半联中两句平仄也相对。

而为了保证这种和谐的对应，在“渚”与“岛”两个仄声字之间用平声字“穷”隔开；在“宫”与“冈”两个平声字之间则用仄声字“即”隔开。这种精严，几乎贯穿于全篇。其句脚平仄则取“仄顶仄，平顶平”的形式，如前十句句脚“郡”“府”“轸”“庐”“湖”“越”“宝”“墟”“灵”“榻”等字即为“（仄）仄仄平平仄仄平平仄”（开端一句不计）。这种句脚平仄颠倒交替的方法，既改变了句脚一律为平声或为仄声的呆板，也不同于“平仄平仄平仄……”反复排列的单调，使这篇骈文的音韵显得十分谐美。而全序又一气呵成，词采华丽，因而音调铿锵，俊逸流畅，成为文学史上的名篇。

此外，《滕王阁序》中写景文辞瑰丽，如写阁谓其“层台耸翠，上出重霄；飞阁流丹，下临无地”，从动的角度写静态之物，用夸张手法写出楼阁高峻的飞动之势。写登阁所见，画面更丰富、更生动。其中“落霞与孤鹜齐飞，秋水共长天一色”，虽从庾信《马射赋》“落花与芝盖同飞，杨柳共春旗一色”化出，但王勃所言更显得灵动、优美而有气势。抒怀则情真意切，富有变化。既言其失路之悲，细道“时运不济，命途多舛”，又说自己“老当益壮，宁移白首之心；穷且益坚，不坠青云之志。酌贪泉而觉爽，处涸辙以犹欢”，显出志向的高洁和不屈不挠的奋斗精神。下言“北海虽赊，扶摇可接；东隅已失，桑榆非晚。孟尝高洁，空余报国之情；阮籍猖狂，岂效穷途之哭”，更是自勉、自慰，隐含一股自强不息的精神力量。

《滕王阁序》不但写景文辞优美而境界壮阔，抒怀情感真切、曲折多变，而且兴到笔落，英思壮采，佳句络绎，无不用典贴切、对偶工整，语句妙合声律，声调铿锵悦耳，既符合骈文体制要求，又具有散体文气流走自如的特点。难怪当年韩愈“壮其文辞，益欲往一观而读之”（《新修滕王阁记》）。

王勃写作此序，落笔即成佳篇，前人以为神助，其实与他以往多次用同一体裁写同一题材、抒发类似感受有关。以往的写作带有反复训练的性质，作《滕王阁序》实是对已有艺术经验的综合应用（《滕王阁序》的结构方式、句式，抒怀、写景的语调以至语句，在以前所写的同类序中都曾出现过，即为明证）。故其即景遣怀，兴会淋漓，铺锦列绣，无须剪裁。

除王勃外，骆宾王的骈文也十分出色，他的文章风格矫健，音韵铿锵，其文朗畅、流丽，佳作甚多，而以气势雄壮、词采赡富著称的是《代李敬业讨武氏檄》。高宗去世，武则天废中宗，临朝执政，重用诸武，剪除异己，欲以周代唐。唐开国功臣、英国公李勋长孙敬业起兵扬州，骆宾王应命而作此檄。檄文以讨武兴唐立论，劈头即狠揭武氏为人的阴险、狡猾和心性的残忍，以及篡唐自立的野心。所谓“阴图后庭之嬖”，“狐媚偏能惑主”，“虺蜴为心，豺狼成性。近狎邪僻，残害忠良。杀姊屠兄，弑君鸩母”，“包藏祸心，窥窃神器”。可见武氏罪不容诛，国家危在旦夕，讨武兴唐，刻不容缓。如此说讨武原因，自然堂堂正正，极具鼓动性和号召力。同时也为下文说起兵“志安社稷”“以清妖孽”作了很好的铺垫。檄文后半言我必胜和动员天下官员讨武兴唐，示之以大义，动之以刑赏，也是气盛词壮：

> 南连百越，北尽三河；铁骑成群，玉轴相接。海陵红粟，仓储之积靡穷；江浦黄旗，匡复之功何远？班声动而北风起，剑气冲而南斗平。喑呜则山岳崩颓，叱咤则风云变色。以斯制敌，何敌不摧；以斯攻城，何城不克！公等或居汉地，或叶周亲；或膺重寄予爪牙，或受顾命于宣室。言犹在耳，忠岂忘心，一抔之土未干，六尺之孤安在？倘能转祸为福，送往事居，共立勤王之勋，无废大君之命。凡诸爵赏，同指山河。
>
> 若或眷恋穷城，徘徊歧路，坐昧先几之兆，必贻后至之诛。请看今日之域中，竟是谁家之天下！

扬我之威则夸张、形容，写得声光奕奕；动员“公等”则赏罚兼言，显得大义凛然。“请看”二句，说将来天下必归于唐，诸臣立功即在眼前，更是笔势飞舞，劲气凌人。全文除义正词严、条理分明外，言事手法高明也是一大特点。史载“后（武后）读，但嘻笑，至‘一抔之土未干，六尺之孤安在’，瞿然曰：‘谁为之？’或以宾王对。

后曰：'宰相安得失此人？'"(《新唐书·骆宾王传》)武后为"一抔"云云所动，即与二句所言之事典型且对比鲜明有关。

四杰中骈文研究较少的是杨炯和卢照邻，但实际上他们都是初唐时期颇有成就的骈文作家。杨炯的《王勃集序》抨击唐初文风，历来被视作名篇。他的《送并州旻上人诗序》便是律化色彩很浓的骈文。卢照邻一生为疾病所苦，诗文多愁苦之音，但也有写得清新自如者，如《杨明府过访诗序》：

> 夫清风动驾，谒阮籍於山阳；素雪乘舟，访戴逵於江路。犹名高好事，迹标良史。未有莺临绮月，筵开许郭之谈；花聚繁星，门枉荀、陈之驭。泛烟光於紫潋，翻露色於丹滋。亭皋一望，平芜千里。萋萋芳草，童儿牧马之场；亹亹朝川，野老休牛之墖。钓台隐隐，先生之桑梓可知；茨岭岩岩，隐士之风流尚在。岂使临邛樽酒，歌赋无声；彭泽琴书，田园寝咏。

以句脚平仄而论，只是大致的"仄顶仄，平顶平"，而上下句之间和上下联之间则是音节点上的字平仄从严，其余从宽，只求平仄大致相对而已。尽管如此，其律化色彩仍旧是相当浓的。

卢照邻的骈文也十分出色，如其《悲昔游》先言居处的孤寂冷落以及病魔缠身几近半死的惨状，然后追忆离乡游宦之经历，末写眼前处境和心境，表达抱恨终古的悲痛心情。文中叙离乡游宦，于铺排之中见凄怆，羁旅之愁，溢于言外。行文对仗工整，骈散结合，典重质实。铺排直叙，感情深沉真挚，有赋家风范。又如其《乐府杂诗序》先叙诗之由来及两汉乐府之作，次言魏以后作者只知效古，罕能创造，后叙贾侍御之文学，提倡独创，鼓励革新。以骈体作序，编字造句，求双配偶，典事精切，词藻华丽，挥洒自如，酣畅淋漓，文情并茂。诚如高步瀛所说："缛采星稠，藻思绮合，极笔歌墨舞之致。"

二、"反骈"思想的酝酿与实践

四杰的骈文，尽管从内容上矫正了南北朝骈文轻靡浮艳的弊端，但在形式上却更为精美，这自然也易于给骈文创作造成许多拘束，如过于追求平仄的协调而违反语法规则、力求典雅而用事用典过多以致晦涩累赘。这种格式如用于政府文书中，则往往显得不很适宜，于是，自神龙时期开始，文坛上悄然兴起了一股改革骈文之风。而高呼这一改革之风的便是陈子昂，他以具有新质风貌的文章一鸣惊人，变骈体为散体，制颓波而尚朴质，革浮侈而宗风雅，起衰靡而倡雅正之功，以成功的实践体现了文章改革的要求，使人耳目一新。恰如梁肃在《左补阙李翰前集序》中所言："唐有天下几二百载，而文章三变，初则广汉陈子昂以风雅革浮侈。"（《唐文粹》卷九十二）

陈子昂胸怀大志，能够站在历史与国家的高度观察、品评社会人生，这使他具有超出一般文人的思想境界。他写文章重在言事，他所关注的是社稷民生的现实问题，因此，他没有那种矫情弄巧的超脱，而抱有满腔的匡世济民的情怀。在这一点上，他具有同时代的文学家所不具备的广阔的思想境界和远见卓识。例如，《谏灵驾入京书》中，为了阻止高宗归葬长安，陈子昂从几个层次说服皇帝：边患与天灾使北国"流人未返，田野尚芜，白骨纵横，阡陌无主，至于蓄积，犹可哀伤"，无力承受千乘万骑，大兴土木的重负；从皇帝的角度考虑，如果如此劳民伤财，使百姓不堪其弊，就无法得到他们的赞颂；做出灵驾入京的决定是"独违群意"，不得人心；"天子以四海为家"，三皇五帝随身而葬，祖述尧舜的皇帝应该学习他们；河洛之地有无以复加的园陵之美，最适合选陵址，没有必要西运；灵驾西迁的决定是选择了小节而忘记了国家的大业，小不忍而乱大谋；如果一意孤行，使"天下失望"，会引起国家的不安定；皇帝应"先谋后事"，仔细考虑西运带来的弊端。文章写得丝丝入扣，合情合理，全面透彻，其中有正有反，有批评有建议，有忠告有警示，每一个层次之间都有紧密的内在联系，使文章在整体上显示出极强的逻辑力量。

此外，这篇文章在行文上摒弃了当时所流行的骈俪句式和华丽词语，变骈为散，以表情达意为本，设问造句也不作浮泛之语，语言质朴自然，明朗畅达，在整体上与唐初的文章迥异，接近于自然畅达的古代散文。又如《答制事问》中关于批评武则天疑贤的文字："得贤须任，既任须信，既信须终，既终须赏，悉备之也、然今未多信任者，应以经信任无效，所以致疑如裴炎、刘祎之、骞味道、周思茂，固蒙神皇信任之矣，然竟背德辜恩，神皇以此有疑于信任贤也。以臣愚诚，则谓不然，何者？圣必藉贤以明，国心得贤以昌，人必得贤以理，物必待贤以宁。若神皇疑于信贤，欲以圣谋自断，臣恐勤劳圣躬，而天下不可独理。"写得朴实明白却又生动自然，绝无骈俪文的浮艳气。

总之，陈子昂的文章有力地冲击了当时的写作观念，突出了文章为世而用的思想，尚实有物、慷慨刚健、疏朴自然的散文一扫骈俪之文卑弱之习，开唐代散文风气之先，给人以振奋，得到时人的广泛传诵，对文坛特别是对唐代以及后世的政治文学影响较大，成为唐代古文运动的先导。《新唐书·陈子昂传》："唐兴，文章承徐、庾余风，天下祖尚，子昂始变雅正。""子昂所论著，当世以为法。"这说明了陈子昂的文章受到当时人们的推崇。

第七节　志怪小说向唐传奇的过渡

高宗武后时期，国家安定、城市繁荣、商业经济发达，因而产生了多种面向市井民众的俗文学形式，如说话等，它们都是以虚构故事来吸引听众的。这一类新兴的俗文学，为了吸引听众，经常会以六朝传统的志怪题材和传统写法的志怪小说为基础，进行文学创作，从而使志怪小说在唐初依然得到蔓延。例如，唐高宗时期唐临的《冥报记》等还完全停留在志怪的范围。但是，张说的

《梁四公记》、张文成的《游仙窟》则是在志怪小说的基础上，把许多琐碎材料串缀起来，构成较大的篇制，其情节曲折，描写细腻，人物形象突出。这表明唐初的小说已经逐步脱离了六朝时期的志怪小说，而向传奇小说转变。

一、带有明显六朝志怪小说性质的《冥报记》

唐高宗永徽年间的《冥报记》是唐代最早的一部志怪小说集，所记皆为隋唐间故事。关于其创作目的和内容，作者唐临在自序中直言不讳地说，此书是宣扬惩恶扬善的佛家报应之说，为其动听可靠，故必及所闻及缘由，以示惩实而坚信。如此书中的每件事，都交代所闻缘由，这是《冥报记》的一个突出特点。

《冥报记》宣扬佛法灵异，如写贞观二十年大火，屋宇焚烧，惟《金刚般若波罗蜜经》独存（《陆怀素》）；信佛诵经，可以超度（《兖州人》《比丘尼修行挣》）；凡贩鬻佛经、伤害佛像者，均得重罚（《姜胜生》《僧义孚》）。下面举一佛法灵异的例子，文中唐临标榜是亲见亲闻，有根有据，其实完全是虚构。此篇名为《唐岑文本》：

> 中书令岑文本，江陵人，少信佛，常念诵《法华经·普门品》。尝乘船于吴江，中流船坏，船人尽死。文本没在水中，闻有人言，但念佛，必不死也。如是三言之。既而随波涌出，已著北岸，遂免。后于江陵设斋，僧徒集其家，有一客僧独后去，谓文本曰："天下方乱，君幸不预其灾，终逢太平，致富贵也。"言毕趋出。既而文本自食碗中得舍利二枚。后果如其言。文本自向临说云尔。

食肉杀生，必得恶报，是《冥报记》的又一重要内容，如《王将军》因好畋猎，使其爱女"足上得荆棘盈掬"，经月余不食而死；《姜略》放鹰犬，病中群鸟索头，因请众僧为众鸟追福，"终身绝酒肉，不杀生命"，始得保全性命。有的为区区小事，而冥报甚重，可见宗教的残酷，冀州小儿因偷了邻居的几个蛋，竟受地狱熬煎(《冀州小儿》)；谢氏因卖酒不公，多赚了几个钱，就被罚托生为牛(《谢天》)；只因用不洁之碗盛食与亲，谢弘敞妻亦须受地狱"铜汁灌口"之罪(《谢弘敞妻》)，是非并不分明。有的冥报更是荒唐可笑，如隋魏州刺史崔彦武行至某邑，竟言前世在"此邑中为妇人"之类(《崔彦武》)。总之，《冥报记》中有关地狱惨状的描写，显然受了六朝志怪小说的影响。

二、已表现出一定传奇色彩的《梁四公记》和《游仙窟》

《梁四公记》假托以梁武帝萧衍的南朝为时代背景，写四位奇杰之士博闻多智的故事，也是从"志怪"的路子发展来的。四人一是闯公。梁武帝让沈约将新获的一鼠"匣而缄之"，让百官猜测，这就是传统射覆的游戏。首先是梁武帝自占，认为内里只是只死鼠，"自矜其中，颇有喜色"，群臣"蹈舞呼万岁"。其次是八位大臣的占词，"或辩于色，或推予气，或取于象，或演于爻"，"然皆不中"。最后是闯公的占词。他认为内有四只老鼠。等到打开覆匣，"皆见生鼠，百僚失色"。有人就问："占辞为四，今者唯一，何也?"于是下令剖开鼠肚，里面果然包孕了三只小鼠。这样，众人才心服口服。

二是[illegible]公。有一天，附属国盘盘、丹丹、扶昌、高昌等遣使来献方物，朝廷正讨论赐爵问题，忽然暴风袭来如旋转的车轮，而且"曳帝裙带"，梁武帝问怎么回事。[illegible]公没有正面回答，只说"明天才有结果，那时再议吧"。武帝很不高兴，大臣们也对他表示不满。谁知傍晚时分，梁武帝心爱的女儿坠阁死了。于是大家追问他，他回答说："旋风袭衣，就意味着帝女暴死。我早已看出来了，只是不好说。"

三是杰公。天且山人全文猛来献其大如斗的五色石，说是新丰县后湖观音寺西岸得到的。梁武帝让人摆在太极殿的西侧。一年多后，"忽石照廊庑，有声如雷"。梁武帝认为不吉祥，召杰公询问。杰公说这是天上的生龙石，如果用洛水的赤石和酒合药，煮沸了柔软可食，还可以雕琢成食器，能延年益寿。后来如法炮制，琢成了一只瓯，可以盛五斗半御膳，吃起来味道特别鲜美。谁知放在原处的剩余废料，突然化为赤龙，“持须鼓鬣，掉尾入殿，拥石腾跃而去”。而那只石瓯经过侯景之乱也不知去哪里了。

四是仉公。“貌寝形丑，而声气清畅。”他似乎是一个大学问家和论辩家，尤其精通三教奥义，与北魏著名学者崔敏辩论“凡十余日，辩扬文艺百氏……观者莫不盈量忘归”。后来崔敏“舆疾北归，未达中路而卒”，气沮逝世。本来梁武帝准备赐给崔敏书五百余卷，后来也改变主意了。

可见，《梁四公记》带有浓厚的志怪色彩，写占卦令人感到神秘莫测，写四方奇异之物事使人感到神奇怪诞，很好地体现了六朝志怪向传奇过渡的特点，而这主要体现在以下两方面。

首先，《梁四公记》在描写中注意铺陈，文笔较为细致，与六朝小说的粗陈梗概已有所不同。例如写火浣布，“洲中有火木，其皮可以为布，炎丘有火鼠，其毛可以为褐。皆焚之不灼，污以火浣”。奇异令人生疑，但言之凿凿又令人不能不信。又如写闯公占卦之灵，先叙写皇帝所占之卦，写皇帝“自矜其中，颇有喜色”，以及群臣的山呼万岁；再写八臣占词的不中，最后写闯公的占辞，百僚的失色。微波时起，叙述已小有曲折。小说还能注意叙述的完整。如闯公占“其鼠必四”，则注意交待“果妊三子”，杰公所叙“扶桑蚕所吐扶桑灰汁所煮之丝”及火浣布等，也都在故事结尾一一加以证实。

其次，作为传奇发展初期的作品，《梁四公记》虽然已具备传奇体制，但小说内部的联系还不紧密。在大标题之下，实际上是分别由众多独立的小故事组成。尽管《梁四公记》在艺术上成就不高，但它与同时期的许多作品一样，为传奇发展的鼎盛期的到来，积累了经验，奠定了基础。

作于高宗调露初年的《游仙窟》是一篇颇为特殊的作品，它以“假语村言”反映初唐文人放荡生活，小说内容奇特，辞藻华丽，产生了很大的影响，在作者生前即已传入日本。

《游仙窟》采用自叙体，作者自言从汧陇奉使河源（今青海兴海县境内）。因“日晚途遥，马疲人乏”，遂中夜投大宅止宿，大宅即神仙窟，与女主人十娘、五嫂，以诗书相酬。调笑戏谑，宴饮歌舞，无所不至。五嫂为“媒”，将十娘“嫁”与文成，止宿而别，洒泪而去。

在唐代，“仙”一般是指妖冶女子，或妓女；“游仙”也就是艳遇或逛妓院的代名词。作者以当事人的身份直叙其风流韵事，并把妓女十娘冠以“博陵王之苗裔，清河公之旧族”的崔氏高贵门第，把妓院虚掩成“神仙窟”，那统统不过是作者的“假语村言”，没有什么神秘性可言。

作者把唐初文人放荡、轻佻的狎妓生活，第一次写进传奇领域，富有一定意义；但与中唐同类题材的成熟作品《李娃传》《霍小玉传》相比，又显出它的浅薄和浮艳。例如，相见求欢的情节，作者进行了露骨的描写：“昔日双眠，恒嫌夜短，今宵独卧，实愁更长”；恳求“空悬欲断之肠，请教临终之命。元来不见，他自寻常；无故相逢，却交烦恼。敢陈心素，幸愿昭知！”真可谓“逼人太甚”。接着写作者与十娘、五嫂欢会，饮酒弹唱，调笑相乐，语言庸俗粗鄙，实为空前之文。

小说在艺术上，以四六骈文进行创作，且写得生动活泼，十分不易。这算是传奇史上的别开生面之作。《游仙窟》中的诗词，连篇累牍，颇感烦琐、累赘；但也有的诗词，受民歌的影响，具有浅显明快、大胆粗俗的特色。例如文成忽见十娘半面而吟咏的诗：

> 敛笑偷残靥，含羞露半唇；一眉犹叵耐，双眼定伤人。

十娘酬诗：

> 好是他家好，人非着意人；何须漫相弄，几许费精神。

这些诗很像民间歌谣或曲子词，在清新活泼之中，带有俚俗粗野的气息。语言清秀超脱，逸趣横生，特别是其中的咏物诗，有时借物咏怀，含蓄巧妙；有时采用双关语，近似南朝的《子夜歌》，富有浓郁的民间色彩。同时文中保留了较多的俗谚，生活气息较浓，如写文成与五嫂相见时的情景：

> 五嫂回头笑向十娘曰："朝闻乌鹊语，真成好客来。"下官曰："昨夜眼皮明，今朝见好人。"即相随上堂。
>
> ……五嫂笑曰："张郎心专，赋诗大有道理。俗谚曰：'心欲专，凿石穿。'诚能思之，何远之有！"

这样的对话，在古文家的作品中，是难以见到的。

总之，《游仙窟》以描写当代文人狭邪生活的内容与特殊的表现方法，以及故事的完整、艺术上的纯熟，说明了初盛唐时传奇的成就，从而确立了它在初期传奇史上的地位。

第四章 开元天宝时期的文学创作

开元天宝时期主要指的是唐玄宗李隆基在位的时期。这一时期是唐代社会高度繁盛而且极富于艺术气氛的时期，人称盛唐。在文学领域，盛唐的诗歌是最为辉煌的，达到了自古以来诗歌艺术水平的最高峰，出现了一大批名留千古的诗人，如李白、杜甫、王维、孟浩然、高适、岑参等。他们的诗歌创作在呈现丰富多彩的面貌的同时，又体现出了和谐统一的诗歌特色。这无疑是因为受到了当时历史文化背景的深刻影响。本章就从当时的历史文化背景出发，对这一时期的文学创作进行一定的阐释。

第一节　从开元盛世到安史之乱

经过唐太宗的“贞观之治”及唐高宗的“永徽之治”，唐朝在武则天的统治之后，迎来了玄宗的开元盛世。

唐玄宗李隆基(685—762)是睿宗李旦的第三子，他善骑射，通音律，晓历象之学，善写八分书，是一位多才多艺的封建帝王。712年，李隆基筹谋策划，联合中枢机要朝臣，率总监羽林兵、左万骑、右万骑、梓宫宿卫，发动政变。在混乱的政局之中，李隆基英武果断地诛杀了临朝称制、擅权用事的韦后、安乐公主，最终平息了中宗、睿宗二朝内廷黑暗动乱，顺利登基。玄宗继位之后，励精图治，任用贤相，整顿纲纪，发展经济，节省民力，开源节流；对西北、西南等少数民族，如突厥、吐蕃、回纥、南诏采取和亲笼络与人文交流政策；并派出使臣和日本、新罗、波斯、锡兰、大秦辑睦邦交；国泰民安，四夷自宁，天下大理。于是，一个比“贞观之治”更为富足、美满、和谐、充裕的“开元盛世”出现了。“是时，海内富实，米斗之价钱十三，青、齐之间斗才三钱。绢一匹钱二百。道路列肆，具酒食以待行人；店有驿驴，行千里不持尺兵。”(《新唐书·食货志》)“家给户足，人无苦窳。四夷来同，海内晏然。”(《通典·选举典·历代制》)这真是前所未有的景象。它不仅是大唐帝国的黄金时代，而且是整个中国封建社会的鼎盛之年。

具体而言，“开元盛世”的“盛”与玄宗在以下一些方面的大力改革和整顿是息息相关的。

第一，引进名臣贤相，关注民生，政风廉洁，尤对财政、文化以及内宫进行改革。玄宗一方面进一步发展和提升庶族和中小地主阶层的政治和经济的利益，在中央和地方不断引进人才；另一方面适应正在兴起的以大皇族、大官僚、大地主、大商人为主的阶层，包括新起的庄园大地主、寺院大地主的政治、经济欲望。

第二，提出“重学尊儒，弘我王化，兴贤造士，在乎儒术”。在这样的提倡之下，玄宗敞开谏诤，广拓言路，集思广益，群策群力，展示较贞观时期更为清廉、勤政、自强又有不断进取的政风。

第三，提倡儒学，普建孔庙，抑制迷信佛教、大造佛寺的做法；打击新贵强族权争利夺，兼并土地的作风；严厉惩处富户逃避租庸赋役等社会中的严重时弊。

第四，节俭戒奢，从皇家和中枢做起。玄宗登上皇位的前五年，为了以俭治国，戒除武则天执政以来的奢靡之风，他下令“减膳彻乐”“停诸陵供奉鹰犬”“焚锦绣珠玉于前殿”“禁女乐、废织锦坊”“素服、禁丝缕器玩”等不下十余次。这在我国历史上，并不多见。

第五，兴修水利。开元年间，玄宗亲自规划督办全国各地大型的水利工程十余项，从开元二年(714)至开元二十五年(737)，共建水利工程达40多处；唐玄宗执政四十五年中，光中原共建56处；全国280多处，相当于唐朝近三百年总数的20%以上。[1] 这对于当时的农业生产、漕运都产生了非常积极的作用。

第六，组织兵、民扩充屯田。玄宗在开元期间为了解决军粮，安顿农户，发展农业生产，使边境安宁，大量组织兵、民扩充屯田。《资治通鉴》记开元五年(717)宋礼在营州屯田80多处，即称“数年之间，仓廪充实，市里浸繁”。总之，屯田措施效果极佳。

第七，集中地进行财税政策、制度等改革，增加财政收入，实行括户括田政策。这些政策大大增加了国家的财政收入，促进了经济的繁荣。

第八，开拓中外文化交流，发展经济贸易。开元都市繁荣，长安、洛阳、扬州、益州等都是名副其实的国际性都市。长安、洛阳城市规模宏伟，皇城、内城、外城、街坊、井邑、作坊布局整齐，人口集聚，有近200万之多。因此，当时中外文化、经贸、人才交流之盛，传为世界历史佳话。大唐和东亚、南亚、西亚，以至北非、东非和东罗马等国家，包括漠北的黠戛斯、碎叶及西域葱岭以西的波

---

[1] 乌廷玉.隋唐史.北京:北京出版社,1984:117.

斯、花剌子模等国，都有遣唐使者的频繁交往活动。加之当时交通运输业的发展，唐朝的经济贸易发展也呈现出了繁荣局面。当时，唐朝的铜铁、陶瓷、丝织、造船、矿冶、造纸、漆器等都居于世界前列，同时还远输国外，在国外有极高的声誉。

总之，在唐玄宗的励精图治之下，中国封建社会呈现出了前所未有的盛世景象。

但是，在这样繁华的盛世背后，还是潜藏着非常严重的社会危机的。这主要表现为社会经济朝向畸形的两极分化，小农贫困破产，而地主阶级上层大皇族、大官僚、大地主、大商人、大庄园主奢靡豪富，他们集聚财货，势倾天下。对此，唐玄宗并没有生出居安思危的念头，反而奢侈心萌动，聚敛资财，肆意挥霍，尤其将能歌善舞、天资丽质、通晓音律的杨贵妃纳入内宫后，怠于政事，安于享乐。这就拉开了开元盛世的“悲剧”序幕。当时，唐玄宗不再求贤纳谏，而是志满意骄，喜奉迎，好谄媚，于是，百官失职，朝廷无贤，权相李林甫、宦官高力士和外戚杨国忠进入中枢，狼狈为奸，操纵内外政事。除朝廷内部黑暗混乱之外，大地主、大商人，兼并土地，私建豪宅，掠夺财富，欺压小农，社会风气急转而下。

开元盛世转为天宝大乱是经历了三四十年不断的演变的。其先以唐玄宗和杨贵妃的恋情为开端，不断败坏了政风、官风和社会风气，后来李林甫、杨国忠为相乱政，统治阶级内部、统治阶级和被统治阶级之间矛盾尖锐，最后爆发了安史之乱。

安禄山是安史之乱的祸首。他是营州柳城人，“杂种胡人”，能说多种民族语言。他先在幽州节度使张守珪手下做一名默默无闻的下级军吏——互市郎。因在对契丹、奚族的战争中立有战功，由张守珪推荐，并得到唐统治者的信赖和赏识。他逢迎高力士，结纳杨贵妃，取得唐玄宗的信任，逐渐受到重用，兼领平卢、范阳、河东三镇节度使。同时，他利用天宝年间边塞战事，汉族和少数民族的隔阂和矛盾，排斥汉人汉将，私纳契丹、同罗、奚壮士八千为心腹骨干，以其五百人为将军，二千人为中郎将；又引用高尚为谋主，吸纳不得志的汉族地主为骨干，招兵买马，制械储粮，策划叛乱，企图夺取唐的最高统治权。天宝十四年(755)，安禄山据范阳，率所部契丹、同罗、奚、室韦、突厥兵十八万，起兵反唐。唐最高统治集团长期过着骄奢淫逸的生活，庸弱无能，毫无应战的准备，中央禁军都是富家子弟、市井游手好闲之徒，地方将吏贪生怕死，也丝毫没有作战能力。面对安禄山的起兵，唐玄宗临时调兵遣将，仓促命令高仙芝、封常清军队东出讨伐，又命哥舒翰严守潼关，武备匆忙。由于调集之军都是乌合之众，自然很难抵抗安禄山经过训练的精锐番兵，虎牢一战，唐军大败。安禄山于是攻陷洛阳潼关，直逼长安。

天宝十五年(756)，安禄山打败李光弼和颜杲卿的唐军之后，进入长安，大索三日。所到之处，火光冲天，烧杀抢劫，"民间之财尽掠之"，"无所不用其极"。这激起了河北、关中各地人民强烈的反抗，屯结为营，大者数万，小者万余。他们与唐朝官吏张巡、许远等互相配合，抗击叛军，牵制安禄山西进取四川。这样，以唐玄宗的第三子李亨为主的保皇军队，以郭子仪、李光弼为代表的唐朝统治中枢的军队，得以重新纠合，积极反攻。天宝十六年(757)，安禄山内部发生分裂，安禄山为其子安庆绪所杀，唐将郭子仪以朔方军借来回纥兵十五万人，在各地汉族人民自卫武装的积极配合下，收复洛阳、长安，安庆绪退守邺城。天宝十八年(759)，安禄山旧部史思明杀死安庆绪，并其部众，又攻陷洛阳，战乱由此重新扩大。天宝二十年(761)，史思明又为其子史朝义所杀，内部矛盾加深，部将不服调遣，唐王朝趁机借用回纥兵力，克复洛阳。落后的回纥军队，又大肆纵兵劫掠。朝廷因他们平叛有功，默认他们在洛阳抢掠财物三日。朔方等官军也乘机洗劫郑州、临汝等地，富庶繁荣的中原、关东以及江淮大部分地区，经此浩劫，满目疮痍，人烟稀少。天宝二十二年(763)，史朝义战败逃跑时，被部将李怀仙诱杀于范阳城东，首尾十年的安史之乱，到此便结束了。这不是一场简单的动乱，可以说正是自它开始，大唐往昔的强大、繁荣、昌盛慢慢消失了，从此步入了衰退、败亡的历史进程。

毋庸置疑，在这样一个特别的时代背景之下，文学创作也显示出了其特别的风貌。开元盛世造就了一代文人胸襟开阔、富有热情和自信的精神状态，也造就了他们的敏捷的才思和高超的艺术手段。虽然盛唐后期经历了安史之乱，“世运”发生了较大的转变，但是“文运”并没有立即发生重大变化，也许内容情调有变，但其本身的艺术风貌和内蕴之力却表现得更为丰满。尤其是杜甫、李白这两位大诗人，面对安史之乱以后的惨痛现实，心中那种拯时济世的内心被大大激发了出来，于是创作出了一首又一首为千古称颂的诗歌。

第二节　开疆扩土的戍边之战与边塞诗歌的兴起

一、盛唐边塞诗歌兴起的现实基础——戍边之战

开元天宝时期，边塞诗歌勃兴，这与当时进行的开疆扩土的戍边之战是紧密相关的。正是在这样的现实背景之下，以边塞为题材的诗歌得到了大力发展。

在经过了西晋十六国和南北朝的大动乱之后，我国的民族融合进程又向前推进了一大步。唐王朝建立后，从中央政权政治、军事的构成，到边地居民的构成，都呈现出以汉民族为主体的民族结构特征。当然，民族融合的进程仍然在继续。大唐的东北、北、西北、西南各方，还存在着不少的少数民族政权。由于这些政权与唐政权既存在着一定的依附性，又存在着一定的离异性、敌对性，少数民族政权与少数民族政权之间也存在着类似的关系，因而边境地区很不安定，矛盾冲突不断。唐王朝为了政权的巩固，必然要不断地通过一系列政策措施及战争来稳定边境局势。

唐玄宗继位后，大唐的东北主要为奚、契丹，北方主要为东突厥，西北主要为吐蕃，西域则有西突厥的突骑旌部。朝廷为了防

御边外各国的入侵，也为了拓边以扩大国土，设立了一系列拥有重兵的节度使。然而，边境战事依然很频繁。这些战争要么因边外少数民族入侵，唐朝廷进行反侵略而发生；要么因唐朝廷想要收复被占的边陲要地而发生；要么因已归附的边境少数民族反叛，唐朝廷讨伐而发生；要么因边外少数民族政权之间发生战争，一方求助于唐朝廷，唐朝廷出兵支援而发生；等等。

开元盛世前期，唐朝廷对北边的突厥及西北的吐蕃基本上采取守势，来犯则战，战则能胜，又对东北的奚、契丹及北边的突厥实行羁縻及和亲的政策，边境虽时有战争，但总体上较为安定。从开元中期起，朝廷在政治上开始趋于腐败，玄宗除信用奸邪、侈靡无度外，还越来越好大喜功，逐渐制定了一些穷兵黩武的拓边政策。边将则为了讨好皇帝并谋取私利，甚至故意挑起或发动边境战争。开元十五年(727)初，凉州都督就主动对吐蕃用兵。实际上，在这之前，吐蕃虽一再扰边，但也一再求和，希望与唐建立甥舅之亲。其虽然只是为了暂时解决内部困难，并没有永久和平的诚意，但是如果唐朝答应其求和，并实行加强防务的妥善政策，保持一个时期的和平还是可以的。然而，和亲提议几乎都遭到玄宗的拒绝。在凉州都督提出主动讨伐吐蕃的主意后，玄宗大力支持。战事确实取得了胜利，但也让当地的百姓处于极端的困苦生活之中。

开元盛世后期，尤其是天宝年间，唐朝廷拓边的欲望越来越膨胀，不体恤士兵的痛苦和牺牲，更不惜劳民伤财，屡次对东北的奚、契丹及西北的吐蕃用兵。唐对吐蕃石堡城的用兵就很惨烈。石堡城又名铁仞城(今青海西宁市西南)，位于唐朝与吐蕃的边境，这个地方之前被吐蕃所据有。开元十七年(729)，朔方节度使信安王李祎发兵深入青海，取石堡城，“自是河、陇诸军游弈拓境千余里。上闻大悦，更命石堡城曰振武军。”(《资治通鉴·唐纪》二十九)开元二十九年(741)底，吐蕃又占石堡城，玄宗耿耿于怀。天宝六年(747)，玄宗命陇右、河西节度使王忠嗣攻占石堡城。王忠嗣对玄宗说：“石堡险固，吐蕃举国守之，若顿兵坚城之下，必死者数万,然后事可图也。臣恐所得不如所失。请休兵秣马,观衅而取之,计之上也。"(《旧唐书·王忠嗣传》)可以看出,王忠嗣更看重边境的安定和百姓的安危,这在当时是非常难得的。然而,玄宗听了他的话很不高兴,逼迫王忠嗣分兵助董延光攻占石堡城。王忠嗣在分兵上并满足董延光的要求,觉得用数万将士争一座城,意义并不大,朝廷就是为了一己私欲而不顾国计民生,而一些官员则是为了自己的升迁而不顾士兵的生命。没过多久,王忠嗣就被李林甫诬陷下狱。玄宗任命哥舒翰为陇右节度使。天宝八年(749),哥舒翰率六万余人攻石堡城,吐蕃军数百人据险固守,唐军用了几天时间才攻克石堡城,数万士兵战死,显然所得不如所失。哥舒翰则因取石堡之"功"得到玄宗的欢心,"上录其功,拜特进、鸿胪员外卿,与一子五品官,赐物千匹、庄宅各一所,加御史大夫。"(《旧唐书·哥舒翰传》)当然,哥舒翰虽得到朝廷的嘉奖,却在士兵和百姓中引起了极大的愤慨。李白《答王十二寒夜独酌有怀》就发出感慨:"君不能学哥舒,横行青海夜带刀,西屠石堡取紫袍!"对哥舒翰穷兵黩武,以数万人的生命和鲜血换取高官厚禄的做法进行了明确的谴责。

朝廷不断膨胀的拓边欲望鼓舞了一些想要讨好朝廷和升官发财的边将。他们积极发动战争,将战争看成最好的生财求名之道。加之朝廷在开元后期至天宝年间用人方面出现问题,任用的边将常常是安边无能,却能乱边。

总的来说,开元天宝时期的戍边之战具有多方面的内容和复杂的性质。其既有唐朝廷为了保卫疆土、反击异族入侵的正义战争,也有为拓边、为功名财力挑起的非正义战争。毋庸置疑,在正义战争中,将士们士气高昂、满怀壮志,焕发着英雄主义、爱国主义精神的光辉;而在非正义战争中,广大士兵是无奈的,是厌恶的、怨恨的。当然,不管什么样的战争,百姓的命运都是不堪的,频繁的边境战争使得军费激增,而巨额的军费则主要由百姓来负担。据《资治通鉴·唐纪》三十一记载:"开元之前,每岁供边兵衣粮费不过二百万。天宝之后,边将奏益兵浸多,每岁用衣千二十万匹，粮百九十万斛。公私劳费，民始困苦矣。”实际上，人民负担了巨额军费，但这军费却并非都用在边地士兵身上，很多都被边地将吏贪污、克扣了。

二、边塞诗歌的勃兴

开元天宝时期的边塞诗歌正是对当时边塞战戍之事及战士情怀的高度反映。盛唐边境的自然环境、边塞战争形势、边塞将士的思想感情、百姓的生活面貌等都在边塞诗歌中得到了生动的艺术反映。这一时期创作边塞诗歌的诗人都曾游历或从军于塞上，这在我国历史上是空前绝后的，也正是因为实际体验了边塞生活，才创作出了一首首具有较高艺术水平的边塞诗，使边塞诗勃兴。

边塞诗歌就是以边塞地区汉族军民生活和自然风光为题材的诗歌。它自汉魏六朝时代得到初步发展，隋代开始兴盛，盛唐则进入了发展的黄金时代。开元天宝年间，边塞诗歌内容丰富多彩，艺术水平高超，涌现出了一大批名家名作。其中，高适、岑参、王昌龄、李颀、王维、李白、杜甫等是著名的边塞诗派的代表者。以下则主要对高适、岑参、王昌龄的边塞诗歌创作进行一定的论述与分析，以观盛唐边塞诗歌的独特魅力。

（一）高适的边塞诗歌创作

高适(704？—765?)，字达夫、仲武，汉族，唐朝渤海郡人，后迁居宋州宋城。他出身官僚家庭，祖为名将，父为长史，但到他青年时期时，家境已很窘迫。高适少倜傥，好游历。《河岳英灵集》说他“评事性落拓，不拘小节，耻预常科，隐迹博徒，才名自远”。20岁时，高适游长安，以为功名唾手可得，但谁知并不容易，最后失意而归。开元十八年(730)至开元二十一年(733)间，高适北上蓟门，漫游燕赵，希望能从军立功边塞，但毫无结果。后寓居宋中近十年，贫困落拓。天宝八年(749)，他因人举荐，试举有道科中举，授封丘尉。三年后弃官入河西节度使哥舒翰幕府，掌书记。安史之乱后，他从玄宗至蜀，拜谏议大夫。自此官运亨通，做过淮南节度使和蜀、彭二州刺史。代宗即位后，他入朝为刑部侍郎、转左散骑常侍，进封渤海县侯。高适的边塞诗与岑参齐名，并称“高岑”，有《高常侍集》。

在盛唐开疆扩土的时代背景下，许多文人少士都热衷于追求功名勋业。而以从戎边塞为荣耀与进阶的文人中，高适的人生经历可以说颇具典型性。首先，从高适的诗中可以看出他强烈的超乎常人的功业理想；其次，高适将建功立业的实现途径明确地指向边塞疆场；最后，高适的期待最终成为事实，他确实走出了一条实现边功的成功之路。

高适年轻时生性豪爽落拓，不拘小节，功名心极强，又非常自负。开元十八年(730)五月，契丹叛唐降突厥，东北边塞局势顿时紧张起来，唐王朝“制幽州长史赵含章讨之，又命中书舍人裴宽、给事中薛侃等到于关内、河东、河南北分道募勇士”，这就为求仕不成的士人创造了一个由立功边塞以求进身的绝好机会。高适正是在这一年北游燕赵，并于燕地从军。这一段经历使得高适的文学生涯发生了较大的转折，促使其第一次集中写出大量边塞题材诗作。例如，《塞上》诗，诗人置身“亭堠列万里，汉兵犹备胡”的壮观军阵，既激发出“常怀感激心，愿效纵横谟”的雄心壮志，又明确提出“转斗岂长策，和亲非远图”的着眼于全局的见解策略，可见其想将自己的功业愿望付诸实施的迫切心理。《蓟门五首》不仅写出“元戎号令严，人马亦轻肥”的壮伟军威以及征战将士“纷纷猎秋草，相向角弓鸣”的勇武豪情，而且展现出“边城十一月，雨雪乱霏霏”“黯黯长城外，日没更烟尘”的边塞风光。具体的景物不仅适应着“汉后不顾身”的精神气势，也全然呈现着一派“开拓穷异域”的雄浑壮阔的气象。

高适想通过立功边塞而封侯的理想和热情使他不畏艰险，两次北上蓟门，反而，他并没有因此而像汉代大将卫青、霍去病那样立功封侯，实现自己的愿望。反而，对边塞生活的实地体验和冷静观察，使他在第一次北上归来后，于开元二十六年(738)创作出了非常著名的边塞诗《燕歌行》：

汉家烟尘在东北，汉将辞家破残贼。
男儿本自重横行，天子非常赐颜色。
摐金伐鼓下榆关，旌旆逶迤碣石间。
校尉羽书飞瀚海，单于猎火照狼山。
山川萧条极边土，胡骑凭陵杂风雨。
战士军前半生死，美人帐下犹歌舞。
大漠穷秋塞草衰，孤城落日斗兵稀。
身当恩遇常轻敌，力尽关山未解围。
铁衣远戍辛勤久，玉箸应啼别离后。
少妇城南欲断肠，征人蓟北空回首。
边庭飘飘那可度，绝域苍茫更何有。
杀气三时作阵云，寒声一夜传刁斗。
相看白刃血纷纷，死节从来岂顾勋？
君不见沙场征战苦，至今犹忆李将军。

本诗是高适由蓟北回封丘县尉任上作。诗作的内容十分丰富，表达的思想感情也极为复杂。他通过对塞外战争生活的描述，既表现了他豪迈的气概，抒发了强烈的爱国热情，也表达了渴望和平的愿望。全诗层次井然，主次分明，四句一转，极呈跳跃奔放之势，将塞外的自然环境、激烈的战争场面、士卒的心理活动和诗人的情感倾向融为一体，形成了深沉雄奇、悲壮淋漓的审美风格。此外，诗作一方面颂扬了边塞战士浴血奋战而忘我的崇高精神，另一方面也表达了对将领帐前歌舞作乐情形的不满，暗含讽刺意味。高适在《渡汉忆》中所构造的多维时空也具有独特的魅力。诗歌以刻画边防战士的集体形象为主，按其辞阙、赴边、激战、乡思、警戒和怅怨为主要线索展开描写，交织以天子送行、胡骑猖獗、将帅腐朽、少妇愁思等内容，有纵向发展，有横向延伸。就空间而言，涉及长安、榆关、碣石、瀚海、狼山、蓟北等，尺幅千里，坐役万景，气势非常开阔。

高适虽然两度求仕不得，“年过四十尚躬耕”，但他并未忘怀对功业的追求。到天宝八年(749)，他年届50，终得一封丘尉之低职。但这对于胸怀大志的高适来说，内心理想与现实之间的矛盾仍然非常激烈，这就客观上又激起了他胸中的志气。次年秋，高适送兵青夷军，就是在这样的心态中形成第二次边塞题材的创作高峰。例如，《使青夷军入居庸三首》既描状出“匹马行将久，征途去转难。不知边地别，只讶客衣单。谿冷泉声苦，山空木叶干。莫言关塞极，云雪尚漫漫”的边地军行之艰难困苦，又表露出“登顿驱征骑，栖迟愧宝刀。远行今若此，微禄果徒劳。绝坂水连下，群峰云共高。自堪成白首，何事一青袍”的微禄徒劳之栖迟自愧，更流溢出“出塞应无策，还家赖有期。东山足松桂，归去结茅茨”的出处不合的矛盾心态。《赠别王十七管记》则通过描写边塞题材揭露了现实的黑暗。他写道：

星空汉将骄，月盛胡兵锐。
沙深冷陉断，雪暗辽阳闭。
亦谓扫欃枪，旋惊陷蜂虿。
归旌告东捷，斗骑传西败。
遥飞绝汉书，已筑长安第。
画龙俱在叶，宠鹤先居卫。

天宝年间，安禄山贪功邀宠，诬指契丹酋长欲叛，发兵6万出击，结果仅剩20余骑逃回，但依然向长安报捷，而唐玄宗更是对其恩宠有加。这首诗以现实主义的笔法真实地反映了当时的历史状况，具有尖锐的批判锋芒。

高适此时的诗歌显然仍保持着他之前诗歌壮大雄浑、慷慨激昂的风格，但与第一次北游燕赵时的思想感情已经有所不同，其艺术观察视角开始由理想世界向现实社会转变。高适这一阶段的心理状态，充分表现在《封丘县》一诗中。他在这首诗中表达了自己对“作吏风尘下”“小邑无所为”的慨叹与失望，也表达了自己想归隐的内心。在天宝十一年(752)秋,他便真的去官归隐了。

后来,高适又进行了第三次出塞,为河西节度使哥舒翰的幕府书记。安史之乱后,官至淮南、剑南节度使。这期间,他创作了边塞诗的杰作之一《塞下曲》:

结束浮云骏,翩翩出从戎。
且凭天子怒,复倚将军雄。
万鼓雷殷地,千旗火生风。
日轮驻霜戈,月魄悬雕弓。
青海阵云匝,黑山兵气冲。
战酣太白高,战罢旄头空。
万里不惜死,一朝得成功。
画图麒麟阁,入朝明光宫。
大笑向文士,一经何足穷。
古人昧此道,往往成老翁。

写这首诗时,高适已在哥舒翰的幕府中,受到了哥舒翰的器重和推荐,因此情绪昂扬。诗作嘲笑书生的迂腐无用,歌颂了战争生活,表达了自己以身许国的开阔胸襟和昂扬乐观的爱国主义热情。全诗激昂慷慨,表现出了强烈的时代色彩与自觉的时代意识。

高适写诗以质实的古体见长,律诗好的不多,但也有一些与从军边塞相关的绝句,表现出了雄浑的气质、壮阔的境界。例如,他与李白、杜甫于梁、宋等地饮酒游猎,怀古赋诗期间,写下了令人叫绝的《别董大》:

千里黄云白日曛,北风吹雁雪纷纷。
莫愁前路无知已,天下谁人不识君。

这首诗歌虽是一首送别诗,作者写惜别之情,首先展现的却是一幅苍莽壮阔的边塞图景。

（二）岑参的边塞诗歌创作

岑参（715—769），南阳（今属河南）人，出身世家。他幼年丧父，家道中贫，但他非常努力，于天宝三年（744）登进士第，授右内率府兵曹参军。天宝八年（749），他弃官从戎，首次出塞，赴龟兹（今新疆库车），入安西四镇节度使高仙芝幕府。两年后，他返回长安，与高适、杜甫等结交唱和。天宝十三年（754），他又再度出塞，赴庭州（今新疆吉木萨尔），入北庭都护府封常清幕中任职约三年。后来他到灵武，经杜甫等推荐，任右补阙；又历起居舍人、虢州长史等职。大历元年（766）为嘉州刺史，因蜀中兵乱，他两年后方赴任。次年秩满罢官，最后卒于成都客舍。有《岑嘉州集》。

岑参是与高适一样有入幕经历而诗风相近的边塞诗人。他两次出塞深入西北边陲，有着强烈的立功志向和入世精神。他第一次出塞就写了不少边塞诗，如《武威送刘判官赴碛西行军中作》《早发焉耆怀终南别业》《敦煌太守后庭歌》《碛中作》《武威送刘单判官赴安西行营便呈高开府》等，只是这些诗在当时并没有引起人们的注意。

第二次出塞让岑参彻底成为名留千古的边塞诗大师。他这次入幕的幕主封常清是他上一次出塞时的幕友，上下和同僚的关系都很融洽。所以，虽然边塞生活较为艰苦，自然环境也很恶劣，但岑参却乐观开朗，充满了昂扬进取精神。他这一时期所写的边塞诗具有较高的艺术水平。这些诗歌主要是用慷慨豪迈的语调和奇特的艺术手法生动地表现西北荒漠的奇异风光与风物人情。例如，《走马川行奉送出师西征》：

君不见，走马川行雪海边，平沙莽莽黄入天。

轮台九月风夜吼，一川碎石大如斗，随风满地石乱走。

匈奴草黄马正肥，金山西见烟尘飞，汉家大将西出师。

将军会甲夜不脱，半夜军行戈相拨，风头如刀面如割。

马毛带雪汗气蒸，五花连钱旋作冰，幕中草檄砚水凝。

虏骑闻之应胆慑，料知短兵不敢接，车师西门伫献捷。

天宝十三年(754)，安西都护府所辖部族播仙反叛，北庭都护封常清统兵征讨。岑参当时是安西北庭节度判官，留守军府轮台而没有随行，因而专门作此诗道别。诗歌以三句一转韵的急促节奏与行军的紧张节奏相配合，有力地烘托出了战争气氛，显示了己方军威的强大，预示了必胜的结局。雪夜风吼、飞沙走石，本是边疆大漠中让人望而生畏的恶劣气候，但诗人却借此衬托战士的英雄气概，可以看出诗人善于以苦为乐、以悲为壮，这在当时真是非常难得。

再如，《白雪歌送武判官归京》：

北风卷地白草折，胡天八月即飞雪。
忽如一夜春风来，千树万树梨花开。
散入珠帘湿罗幕，狐裘不暖锦衾薄。
将军角弓不得控，都护铁衣冷难着。
瀚海阑干百丈冰，愁云惨淡万里凝。
中军置酒饮归客，胡琴琵琶与羌笛。
纷纷暮雪下辕门，风掣红旗冻不翻。
轮台东门送君去，去时雪满天山路。
山回路转不见君，雪上空留马行处。

这首诗是岑参再度出塞，充任安西、北庭节度使封常清的判官时所作。武判官可能是前任，要解职回长安，岑参作此诗相赠。这首诗写得大气磅礴，奇清逸发。“千树万树梨花开”一句最令人称绝。在辽远的西北边塞，本来是“春风不度玉门关”、八月就飞雪的恶劣天气，但是岑参并没有感到残酷和恐惧，反而引发了“梨花”的诗意联想。这就给人造成了一种新奇强烈的艺术效果。

在岑参的边塞诗中，有不少都对塞外的奇异风光进行了描写，这不仅成为岑参边塞诗的一个突出特点，也具有很强的时代意义。例如，《热海行送崔侍御还京》：

侧闻阴山胡儿语，西头热海水如煮。
海上众鸟不敢飞，中有鲤鱼长且肥。
岸傍青草常不歇，空中白雪遥旋灭。
蒸沙烁石燃虏云，沸浪炎波煎汉月。
阴火潜烧天地炉，何事偏烘西一隅。
势吞月窟侵太白，气连赤坂通单于。
送君一醉天山郭，正见夕阳海边落。
柏台霜威寒逼人，热海炎气为之薄。

这首诗歌是诗人在北庭为京官崔侍御还京送行时所作。他巧妙地将写景与送别相结合，采用大胆而奇特的想象，采用比喻、夸张的手法将热海（伊塞克湖）的奇异风光表现了出来。他是想通过歌颂热海的奇特无比来为朋友壮行。

再如《火山云歌送别》：

火山突兀赤亭口，火山五月火云厚。
火云满山凝未开，飞鸟千里不敢来。
平明乍逐胡风断，薄暮浑随塞雨回。
缭绕斜吞铁关树，氛氲半掩交河戍。
迢迢征路火山东，山上孤云随马去。

这首诗歌再现了诗人丰富的想象力与较高的艺术敏感性。在他的笔下，真实的事物和场景都充满了夸张色彩。诗中所说的“火山”在诗人的想象中完全具有了灵动的生命活力，其不仅于辽阔空间凝火来云，而且似乎有意识地“斜吞铁关树”“半掩交河戍”，真正体现了奇丽变幻的火山云。

此外，《优钵罗花歌》写边塞的奇异花草，《酒泉太守席上醉后作》写塞外饮酒的异域情调，《田使君美人舞如莲花北鋋歌》写异域的舞蹈等，都为人们展现了西域边塞的奇情异彩。当然，诗人进行这样的描写不仅仅是想满足人们的猎奇心理，更重要的是想在此基础上表现唐朝那种并吞八方、涵容一切的气概。从这一层面来讲，岑参的边塞诗将汉唐的古拙与气势之美发展到了一个新的高度。

（三）王昌龄的边塞诗歌创作

王昌龄（698？—757），字少伯，长安人，开元间进士及第，初补秘书郎，曾谪岭南，后任江宁丞，再因事贬龙标尉，世称王江宁、王龙标。王昌龄曾去过西北边塞，到过萧关、临洮、碎叶等地，因而也写了不少的边塞诗。由于他擅长七言绝句，喜欢用乐府旧题来抒写边塞情事，因而被称为“七绝圣手”。著有《王昌龄诗集》。

王昌龄的边塞诗既有对卫国将士的歌颂，也有渴望和平、反对扩张战争的思想倾向。其站在人民和士卒的立场言志抒情，对边塞戍卒寄予极大的同情，这是他的诗歌的一个突出特色。他最著名的边塞诗是其《从军行七首》。其中，第一首和第二首最为出名：

其一

烽火城西百尺楼，黄昏独上海风秋。
更吹羌笛关山月，无那金闺万里愁。

其二

琵琶起舞换新声，总是关山旧别情。
撩乱边愁听不尽，高高秋月照长城。

这两首诗把高楼、烽火、黄昏、秋风、秋月等典型意象精心地组合在一起，并以琵琶、羌笛之声烘托渲染，将情感融入景物之中，使无端边声与不尽离愁相互融会，一齐散入关山皓月之中。此外，诗人还将征夫思亲与思妇念远相生发，凄清的物景和哀怨的乐声相映衬，营造出了深沉幽怨、婉曲凄清的氛围，达到了情景交融的高超艺术境界。

《出塞》一诗常常被人们视为唐人七绝的压卷之作：

> 秦时明月汉时关，万里长征人未还。
> 但使龙城飞将在，不教胡马度阴山。

这是表现诗人希望起任像汉代卫青、李广那样的良将，早日平息边塞战事，使人民过上安定生活的一首诗。诗歌从描写景物入手，起句便铺陈时空，通过勾勒一幅冷月照边关的苍凉景象，将人的思绪引向浩远的历史背景，增添了浓厚的悲剧色彩；第二句则从历史回归现实，边塞战争古今一贯，略无停歇，使其悲剧情怀落在眼前；第三、四句则用汉代的名将李广比喻唐代出征守边的英勇将士，歌颂他们决心奋勇杀敌、不惜为国捐躯的战斗精神，这充分体现出了诗人在悲剧情怀中的殷切希望。当然，也正是因为这种希望，使整首诗歌悲壮而不凄凉，慷慨而不浅露。

第三节　盛世文化的形成与吴越文化的崛起

一、吴越文化的崛起与繁荣

地域性是文化构造的一个重要因素。正是地域性差异的存在，使得人类文化中出现了独具特色的地域文化。而地域文化又在生活习惯、民间风俗乃至政治、文学中都有明显的表现，甚至构成了不同的传统。中国进入唐代以后，唐高祖李渊和唐太宗李世民长期生活于胡汉杂居地区，因而他们的活动范围主要在关陇地区，也以关陇地区贵族结成的政治集团为势力基础。此时，宫廷重臣在政治上拨乱反正的同时，也有点排斥江左士人，因而江左文学是处于被批判的地位。然而，唐初的最高统治者虽然口头上大加挞伐，但内心还是有点爱好、向往那种柔靡绮艳的宫体文学。

《资治通鉴》卷一九二胡三省注曰："唐太宗以武定祸乱，出入行间，与之俱者，皆西北骁武之士。至天下既定，精选弘文馆学生，日夕与之议论商榷者，皆东南儒生也。"这就让齐梁宫廷的雕章琢句、柔靡绮艳的文学风气重新活跃起来，当然主要是在唐朝宫廷中。

南方的江左文学早在先秦时期就表现出了与北方文学较为显著的不同特点。以《诗经》为代表的北方文学重在实际生活的描写，风格质朴，而以《楚辞》为代表的江左文学富于浪漫情思，风格旖旎靡丽。到六朝时期，由于门阀贵族的腐化以及重视感性享受思潮的影响，南方文学变得雕藻淫艳。然而，随着齐梁政权的垮台，以及陈、隋时期的政治动荡，江左吴越地区上层贵族以及腐朽宫廷文化出现了中断，这使得江左文学又恢复了其清新秀丽、自然天成的本色。进入开元盛世以来，随着社会的稳定和经济的繁荣，江左的人们在战争的废墟上开始重建人间欢乐的感性生活，江左文化再度复兴、繁华起来。尤其是江左吴越地区风流之风对中原地区产生了较大的吸引力。从 8 世纪初开始，在士人中间就有畅游吴越的风气。李白云："故人西辞黄鹤楼，烟花三月下扬州。孤帆远影碧空尽，唯见长江天际流。"（《黄鹤楼送孟浩然之广陵》）字里行间就洋溢着浓浓情韵和浪漫。其中，"烟花三月下扬州"让人遐想联翩，扬州城就是一个充满自由和浪漫的城市，既有美丽的山水让人恣意地徜徉其中，又有很多的人文古迹让人尽情地发思古之幽情。因此，文人皆爱此地。

随着旧有腐朽宫廷文化与文风的结束，唐代各地清新的地方文化逐渐兴起并汇成崭新的时代文化潮流，这就是盛唐文化。毫无疑问，盛唐文化是一种新质的文化，它继承、包容了既有的文化传统及各地域文化。这些文化传统及各地域文化直接表现为不同文学群体的文化创造。其中，"吴中四士"这一文学群体，给盛唐文化带来了主要承续六朝文化和吴越地域文化的追求独立自由人格、享受人间欢乐、重视山水自然审美的南国文化情韵。"吴中四士"之称最早见于《新唐书》卷一四九《刘晏传》附《包佶传》：

“(包)融，集贤院学士，与贺知章、张旭、张若虚有名当时，号吴中四士。”另据《旧唐书》卷一九〇《贺知章传》记载，“神龙中，知章与越州贺朝、齐万融，扬州张若虚、邢巨，润州包融，俱以吴越之士，文词俊秀，名扬上京”，“吴郡张旭，亦与知章相善”，“人间往往传其文”。从《旧唐书》的记载可以看出，“名扬上京”的不仅是“吴中四士”，而是“吴越之士”，且“吴中四士”之名主要与其出生之地域吴越相关，这几人也许并没有什么直接的交往，或者有交往但并不是他们被视作一个群体的主要原因。之所以被视为一个群体，主要是因为他们的言行举止和文化活动体现了吴越地方文化的某些共同特色。

可以说，吴越文化的崛起与盛唐文化的形成是同步进行的。中宗神龙(705—707)年间，在中宗、韦后、太平公主、安乐公主的亲自率领下，宫廷诗的发展达到极盛，当时的著名宫廷文人如“文章四友”“沈宋”非常活跃，他们的创作也处于高潮。这一批吴越文人身为小吏，刚刚闯入京城，没有什么社会地位，尚徘徊于宫廷集会活动之外。虽然他们的作风已经引起了主流文化圈子的注意，但毕竟没有加入文坛主流。武后统治后期到唐玄宗即位，宫廷内部争夺最高权力的斗争复杂尖锐，夫妻、兄弟姐妹、姑侄一再兵刃相见，朝臣也被迫卷入这场斗争，结果，那一批吴越文人推波助澜的宫廷文风受到极大的削弱。唐玄宗即位初期，京城文坛(主要指宫廷文学)虽颇为寥落，但代表盛唐文化精神的士人群体已经进入京城。随着唐玄宗开明政策的实施，一些反映人生价值、审美趣味的诗歌风尚逐渐形成。最高统治者不再是文坛的宗主，宫廷文学也不再是文学主流，一批新的文人群体产生，一批新的文学作品诞生。

当时，通过继承、吸收“词义贞刚，重乎气质”的北方河朔文化和“宫商发越，贵于清绮”的江左地域文化在盛唐文化与盛唐文学的形成过程中发挥了重要的作用。中国的诗歌高潮也正是在此时出现。其中，吴越诗人群体登上诗坛，标志着江左文化开始融入时代文化发展主流。“吴中四士”虽没有很高的政治地位，但是他们的名声不小，尤其与盛唐诗坛上大放光芒的诗人有过密切的交往，可见其所具有的精神魅力还是相当大的。

二、“吴中四士”的诗歌创作

“吴中四士”指的是张若虚、贺知章、张旭和包融四人，由于四人都在江浙一带，而这一带在当时称为吴中，由此得名。他们虽然是一个诗人群体，但是他们创作的诗歌并不多，如张若虚今传的诗歌仅有两首，张旭甚至主要以书法知名。这当然不能说这一群体名不副实，而刚好说明他们是一个以多才多艺、浪漫的人格魅力、脱俗的言行举止为人们所瞩目的群体。就他们的诗歌创作而言，水平并不均衡，首推贺知章、张若虚，张旭则别有所长，唯包融水平差些。下面主要对四人的诗歌创作进行一定的论述。

贺知章(659—744)，字季真，越州永兴(今浙江萧山)人。小时候就以诗文知名。武则天证圣元年(695)中乙未科状元，授予国子四门博士，迁太常博士。后历任礼部侍郎、秘书监、太子宾客等职。他为人旷达不羁，能诗善书，好饮酒，不拘形迹，反对俗套，有“清谈风流”之誉。晚年，他主动放弃官职，归老还乡。

贺知章多才多艺，不但诗写得好，字也写得好，还十分好交朋友。杜甫有《酒中八仙歌》，头一位就是贺公。“知章骑马似乘船，眼花落井水底眠”，话虽说得夸张点，但贺公醉情醉态跃然纸上。贺知章还喜欢奖掖后人，哪怕是有可能超过自己的后人。因为他胸襟开放，不懂得嫉妒为何物。李太白一生追求功名，多次干谒，总无明显效果。一见贺公，如千里马逢伯乐，“谪仙人”美名就是贺知章所赠的。

贺知章的诗歌以绝句见长，除祭神乐章、应制诗外，主要是一些写景、抒怀的诗作，总体风格为清新潇洒。他的诗作大多散佚，今尚存录入《全唐诗》共 19 首。其中，《咏柳》《回乡偶书》两首诗脍炙人口，被人千古传诵。

《咏柳》：

碧玉妆成一树高，万条垂下绿丝绦。
不知细叶谁裁出？二月春风似剪刀。

这首众所周知的诗作历来被推为咏物诗的典型杰作。诗人将春天嫩绿的柳叶比喻成碧绿色的玉，将长长的柳条比喻成绿色的丝带，这是何等的美妙。当然，诗人并非只停留在这样新奇的比喻上，他在后两句先故作设问，然后以比喻作答，将春风比作剪刀，认为它是美的创造者，是它裁出了细叶，裁出了春天。可以看出，“碧玉妆成”引出了“绿丝绦”，“绿丝绦”引出了“谁裁出”，最后，那视之无形的不可捉摸的“春风”，也被用“似剪刀”形象化地描绘了出来。整首诗非常连贯，声韵悠扬，读来朗朗上口。最后的一问一答，既符合人的心理，也深化了前边的描写，赞美了柳树，更赞美了春天的创造和无私的奉献精神。毋庸置疑，如果诗人没有那种摆脱凡庸生活的趣味，是无法写出这样绝妙的诗句的。

《回乡偶书二首》：

少小离家老大回，乡音无改鬓毛衰。
儿童相见不相识，笑问客从何处来。

离别家乡岁月多，近来人事半销磨。
唯有门前镜湖水，春风不改旧时波。

这两首诗是作者在晚年的时候所写的，诗歌虽以朴素浅显的语言抒发自己的情感，但其中充满了生活情趣。这其实是作者通过对生活的提炼，找到了动情点和富有表现力的细节，虽然不在文字上用什么技巧，但感人至深。第一首诗抒发了作者久居他乡的伤感以及久别回乡的亲切感；第二首诗作者通过对比家乡的变与不变，抒发了自己对生活变迁、岁月消磨、物是人非的感慨与无奈之情。

张若虚（660？—720?），字、号均不详，扬州人。曾任兖州兵曹。中宗神龙中，与贺知章、贺朝、万齐融、邢巨、包融俱以文词俊秀驰名于京都。《全唐诗》仅存他的诗歌二首：《春江花月夜》和《代答闺梦还》。其中，脍炙人口的名作《春江花月夜》奠定了他在唐诗史上的地位。这是一首长篇歌行，本是乐府旧题，曲调传为陈后主所创，不过，诗人冲破了宫体诗的樊篱，赋予了诗歌全新的内容，将画意、诗情与对宇宙奥秘和人生哲理的体察巧妙地融合在一起，创造出了一个情景交融的更为寥廓、深沉、宁静的境界，给人以澄澈空明、清丽自然之感。诗人先从春江月夜的宁静美景入笔：

春江潮水连海平，海上明月共潮生。
滟滟随波千万里，何处春江无月明。
江流宛转绕芳甸，月照花林皆似霰。
空里流霜不觉飞，汀上白沙看不见。

这几句用华美与流畅的语句将月色中烟波浩渺、透明纯净的春江远景展现在人们面前。海潮与江水连为一体，而春江与潮水如人的新鲜而愉悦的心境一般，漫延了千里万里，且时时处处都映照着明月的清辉。这不禁让人们感叹大自然的神奇与美妙。接着，诗人在感受着这样的美景的同时，情不自禁地由江天月色引发出对人生的思考：

江天一色无纤尘，皎皎空中孤月轮。
江畔何人初见月？江月何年初照人？
人生代代无穷已，江月年年只相似。
不知江月待何人，但见长江送流水。

这是对生命的追问。世界如此美好，人的生命为什么是有限的？当然，这无须回答，这只是对深沉、寥廓的宇宙的一种思考。人生毕竟短暂，所以诗人又开始叙写人间游子思妇的离愁别绪，让明净的江水明月染上一层淡淡的忧伤：

白云一片去悠悠，青枫浦上不胜愁。
谁家今夜扁舟子？何处相思明月楼？
可怜楼上月徘徊，应照离人妆镜台。
玉户帘中卷不去，捣衣砧上拂还来，
此时相望不相闻，愿逐月华流照君。
鸿雁长飞光不度，鱼龙潜跃水成文。
昨夜闲潭梦落花，可怜春半不还家。
江水流春去欲尽，江潭落月复西斜。
斜月沉沉藏海雾，碣石潇湘无限路。
不知乘月几人归，落月摇情满江树。

最后以“不知乘月几人归，落月摇情满江树”结束全诗，余音绕梁，让人沉浸在之前的情境中，久久回味。当然，那种伤感和无奈在此时已经不再，有的只是对现实生命的思考、对生命情感的肯定。

全诗36句，可分9个段落。每个段落大体压一韵。韵脚变化多姿，口形忽开忽合，忽大忽小；音调忽高忽低，忽平忽仄。整个音韵起伏跌宕，仿佛口含橄榄，音乐性极强。

张旭，生卒年不详，字伯高，一字季明，唐朝吴县（今江苏苏州）人，开元、天宝时在世，曾任常熟县尉，金吾长史。张旭以草书著名，与怀素齐名，被后世尊称为“草圣”。他的诗也别具一格，以七绝见长。

张旭的言行举止最具有自由狂放的气度，堪称盛唐时代的精神偶像。盛唐不少诗人都以仰慕、崇拜的眼光赞美其人其诗。高适《醉后赠张九旭》诗云：“世上谩相识，此翁殊不然。兴来书自圣，醉后语犹颠。白发老闲事，青云在目前。床头一壶酒，能更几回眠。”展示了张旭嗜酒的个性。李颀《赠张旭》诗云：“左手持蟹螯，右手执丹经。瞪目视霄汉，不知醉与醒。”简直是一幅生动的人物素描。张旭的自由精神给他的诗歌创作提供了极大的空间。例如，《山中留客》：

山光物态弄春晖，莫为轻阴便拟归。
纵使晴明无雨色，入云深处亦沾衣。

凭借山中景色留客，自然要写春山的美景，但诗人并没有去描绘山上的一花一树、一沟一壑、一泉一石，而是从整体入手，着力表现春山的整个面貌，从万象更新的气象中，渲染满目生机、引人入胜的意境。“山光物态弄春晖”虽然非常概括，但是又不抽象，其中，一个“弄”字就充分赋予了万物和谐、活跃的情态和意趣。后面，诗人觉得山中景色最美的还在于变化，鼓励同行者，不要有点阴云就想溜回去。山气氤氲，云烟绵邈，变幻莫测，能让人产生如在云端的感觉，如此积极地诱导客人留下来欣赏春山美景。诗人正是通过这样脱略俗套、不拘一格、仪态万方、行云流水的写法来表达自己对自然美好景色的喜爱之情和希望同友人共赏美景的愿望。整首诗所写的事情虽是平常之事，诗的篇幅也不长，但却写得有景、有情、有理，三者水乳交融，浑然一体，耐人寻味。

再如《桃花溪》：

隐隐飞桥隔野烟，石矶西畔问渔船。
桃花尽日随流水，洞在清溪何处边？

诗人在这首诗中，通过寻觅诗人那个自由的桃花源，让人们看到了他寻求自由的精神。实际上，与其说诗人在追求超然于世俗尘埃，毋宁说本身在享受盛世的安闲自在、自由洒脱的生活。水流花开，这人间生活已经接近桃花源了。可以看出，张旭写诗不喜欢绘声绘色地描绘一景一物，而是更想快速地表达自己的心声。

包融(695？—764?)，润州延陵(今江苏省丹阳市)人，与于休烈、贺朝、万齐融为“文词之友”，与贺知章、张旭、张若虚为“吴中四士”。包融之诗，今存八首。

包融禀性耿直，有古雅之风。他以古诗见长。其子包何、包佶得乃父遗风，亦“纵声雅道”，开元间有名一时。殷瑶《丹阳集》评包融诗说：“情幽语奇，颇多剪刻”。其中，“语奇”这一特点可在《送国子张主簿》中看出：

湖岸缆初解，莺啼别离处。
遥见舟中人，时时一回顾。
坐悲芳岁晚，花落青轩树。
春梦随我心，悠扬逐君去。

这是一首送别诗。诗人于柳绿莺啼之时送别友人，诗人通过“遥望”，友人“回顾”将二者的深厚友谊自然地表达了出来。这样华美幽约的氛围和依依不舍的深情其实都是盛唐诗特有的。“春梦随我心，悠扬逐君去”，写诗人的心随着春梦，悠悠扬扬，飘飘荡荡，追逐友人而去，这真是奇情异想。

《登翅头山题俨公石壁》是一首山水游览兼怀古诗，中间写道：

青为洞庭山，白是太湖水。
苍茫远郊树，倏忽不相似。
万象以区别，森然共盈几。
坐令开心胸，渐觉落尘滓。
北岩千余仞，结庐谁家子？
愿陪中峰游，朝暮白云里。

从字里行间可以看出诗人避世隐逸，看淡了富贵名利，陶醉于山水之美的心境。更为特别的是，诗人在怀古之中，又透出盛世悠闲的情调，境界较为清远。

第四节　儒、道、佛思想与隐逸之风影响下的山水田园诗

在我国封建社会，儒、道、佛思想对文化艺术和文人雅士的影

响是颇为深远的。唐代以来，儒、道、佛思想空前繁荣，并形成一定的融合之势，对唐代文学尤其是盛唐山水田园诗产生了重要的影响。而受儒、道、佛思想的影响尤其是道教的影响，盛唐刮起了一股强劲的隐逸之风，促使山水田园诗达到了兴盛。

一、儒、道、佛思想与隐逸之风对盛唐山水田园诗的影响

（一）儒家思想对盛唐山水田园诗的影响

儒家思想以孔孟为代表，主旨是仁义，舍生取义，以仁孝治国，讲的是入世，提倡积极用世的人生态度，是中国影响最大的思想流派，也是中国古代的主流意识。对唐代的山水田园诗人来说，儒家思想中“穷则独善其身，达则兼济天下”的思想对他们是有着较深的影响的。穷困时不失去仁义，洁身自好，修养个人品德，显达时不背离道德，造福天下百姓。很多山水田园诗人都心怀济世理想，他们的归隐多是出自不得已而为之：有的是求仕无门，绝望而隐；有的是登科后累官不迁，感到抱负难以施展，辞官隐居；有的是看破现实政治，感到理想破灭，无心仕进，半官半隐。[1] 他们退隐山林田园其实主要就是受到“独善”与“兼济”思想的影响。所以他们虽然心中充满了功业之心，但既然仕途不达，便安心归隐，修身养性。他们的山水田园诗歌大多平和恬淡，能真实地反映山水自然之美和田园生活情趣。他们笔下所刻画的景物也并非凭空杜撰，而是源于现实生活。

（二）道家思想对唐代山水田园诗的影响

道家思想的主旨是自然和谐，道法自然，以无为治国，讲的是出世。《庄子·天道》谓“朴素而天下莫能与之争美”。显然，道家

---

[1] 蔡燕.儒家化的隐逸与任侠：盛唐山水田园诗与边塞诗的文化精神.曲靖师范学院学报，2006(3).

以自然为贵,崇尚自然之美。盛唐山水田园诗人的审美观点就深受道家这种崇尚自然之美思想的影响。当然,唐代诗人在写山水田园景色之时,不只是照搬实景,而是加入了自己的意想,使景物简洁而传神,意境完整统一。❶ 例如,王维的《栾家濑》写道:“飒飒秋雨中,浅浅石溜泻。跳波自相溅,白鹭惊复下。”诗人巧妙地以宁中有惊、以惊见宁的艺术手法,通过“白鹭惊复下”的一场虚惊来反衬栾家濑的安宁和静穆。仅用几句简洁的诗句就描写了一个有趣的情景,也将诗人走出政治旋涡,追求宁静生活的隐逸情志表现了出来。此外,盛唐山水田园诗中反映的“无我之境”,也是受道家“以物观物”思想的影响。王维山水田园诗的境界就大多数描绘了一种无我之境。王维善于描写自然,写景壮貌细致入微,他不会把自我注入自然,而是使自我与自然成为一个和谐圆融的统一体。在“物我两忘”的审美观照中,给人以审美的喜悦和适意。❷

(三)佛家思想对唐代山水田园诗的影响

佛家强调自身修养,讲的是超世,希望人们通过沉思冥想达到禅定的境界。佛教对于唐代文学的影响主要是通过影响士人的人生理想、生活情趣反映到作品中来。佛家思想中所追求的空灵、淡泊、平和、安详、宁静,对盛唐山水田园诗艺术境界的提高有着较大的影响。山水与佛教有着天然的灵犀,佛注重心灵的修炼,人心总是容易因为物而动摇、改变,而山的宁静和厚重,能够让人心澄静,远离喧嚣,水的清澈和灵动,能够让人心境空明,扫除浮艳。因此,很多诗人在面对山水时,油然地产生诗意。王维的《鹿柴》就尽现盎然的禅意,诗歌虽是咏鹿柴,但几乎处处直透人的心灵,将诗人独处于空山深林的感受表现得淋漓尽致。《酬张少府》中的“君问穷通理,渔歌入浦深”更是道出了心灵与自然

---

❶ 高人雄.儒、道、释思想与唐代山水田园诗.甘肃社会科学,1995(4).

❷ 华锡兰.唐代山水田园诗创作繁盛之原因探析.学理论,2010(23).

撞击所得的感悟，但其只以启发性语言含蓄地向人们表露，最终让人们自己去发挥想象。孟浩然在《过故人庄》中完全站在布衣的位置上，用平民的语言写出自己对田园生活的满足之情，毫无不得志的失落之感，这其实也是佛教超然思想的体现。

除了儒、道、佛思想外，盛唐社会所推崇的隐逸风尚对山水田园诗的发展也起到了较大的助推作用。当时，隐逸风尚在士人阶层一直十分风行，甚至很多文人将“隐逸”行为当做一种入仕的重要手段，因而不去科考，隐居山林做隐士。“终南捷径”❶说的就是这种现象。盛唐著名文人多有隐逸或隐居田园的生活经历。在这种经历中，不免产生一些歌颂田园生活、赞美山川河流、崇尚本色自然的诗作。这些诗作直接推动了当时山水田园诗的发展。

隐居使诗人得以长期在自然界观察并体验山石林泉、田园村野的生活。因此，他们进行了很多静观训练。静观使诗人在社会生活中的某些情感得以淡化，不必把过强的情绪外移到景物上，使对景物真实而细致的描写成为可能。另外，静观还能使诗人的感觉得到丰富和发展。盛唐时期的山水田园诗往往在再现自然之美的同时，还能够捕捉到自然之景物的气韵，能够使人与山水相契合，与天地自然相通，使“万物归怀”。

二、王维和孟浩然的山水田园诗

王维（701？—761），字摩诘，号摩诘居士，唐朝河东蒲州（今山西运城）人，出身一般官宦人家，自小受佛学影响。从15岁起，他游学长安数年，并于开元九年（721）擢进士第，释褐太乐丞，因事获罪，贬济州司仓参军。此后，他开始了半官半隐的生涯，曾先后隐居淇上、嵩山和终南山，并在终南山筑辋川别业以隐居。他也向宰相张九龄献诗以求汲引，官右拾遗，又一度赴河西节度使

❶《新唐书·卢藏用传》云：卢藏用想入朝做官，隐居在京城长安附近的终南山，借此得到很大的名声，终于达到了做官的目的。

幕，为监察御史兼节度判官，还曾以侍御史知南选。天宝年间，王维拜吏部郎中、给事中。安禄山攻陷长安时，王维被迫受伪职。次年两京收复时，他因此被定罪下狱；但旋即得到赦免，不仅官复原职，还逐步升迁，官至尚书右丞。唐肃宗乾元年间任尚书右丞，故世称“王右丞”。不过，王维晚年已无意于仕途荣辱，退朝之后，常焚香独坐，以禅诵为事，上元二年(761)卒于辋川别业。

王维的山水田园诗可以分为两类：一类以《终南山》《汉江临泛》为代表，以雄壮有力的语言写开阔宏远的境界；一类以《辋川集》《皇甫岳云溪杂题五首》为代表，以短小的篇幅、精练的文字写出水，格局虽小，亦能写出天地之大。在王维山水田园诗中，后一类占据多数，艺术个性也最为突出。王维精通诗文、绘画、音乐、舞蹈、书法，是盛唐高度发展的文化所哺育起来的全能艺术家。这一点使他在描写自然山水的诗里，创造出了“诗中有画，画中有诗”的静逸明秀诗境。此外，他的山水田园诗静中有动、动中有静，能够把人带入清静、和谐的艺术境界，让人获得精神调节。

孟浩然(689—740)，本名浩，字浩然，号孟山人，襄阳人，世称孟襄阳。他是盛唐诗人中终身不仕的一位作家。早年有志用世，但在仕途困顿、痛苦失望后，以隐士终身。40岁以前，他隐居于距鹿门山不远的汉水之南，曾南游江、湘，北去幽州，一度寓寄洛阳，往游越中。开元二十五年(737)，他入张九龄荆州幕，酬唱尤多。三年后不达而卒。

孟浩然的山水田园诗，一些主要写他故乡襄阳的自然风光，平静悠远，具有较浓的隐逸意味；一些则是写他漫游期间所看到的吴越山水，具有较强的动态感，常常带有孤寂的客愁。后一类的诗歌占据多数。孟浩然写诗，往往在平淡中见淳美。他注意整体的浑融完整，一句之中没有很突出的动词或形容词，一篇之中也没有特别用力的句子，但他能够让人们在那些自然景物中领略到十足的诗趣，韵致非常高远。

王维、孟浩然是唐代声名最盛的山水田园诗人，两人的作品不管是在当时的时代，还是后世，都产生了非常大的影响力。王、孟的山水田园诗恬淡优美，主要表达对大自然、对生活的热爱，自然景物和生活感受诗意地结合在一起，一方面有超尘脱俗的气味，一方面又体现着宇宙间生生不已的韵律。因此，人们在研究王、孟的山水田园诗歌时，总是将二者放在一起论述。客观而言，王、孟的山水田园诗和高、岑的边塞诗一样，是盛唐诗歌中一个极为重要的流派。

从诗歌的总体风貌上来看，王、孟山水田园诗主要体现出了以下几个方面的特点。

（一）充分体现了盛唐的时代色彩

在盛唐繁荣的时代背景下，诗歌总是给人以充实饱满、旺盛有力的感觉。因此，边塞诗那种雄奇豪迈的特征好像更容易体现盛唐诗歌的特色和盛唐整个的精神风貌。其实，山水田园诗虽然清幽宁静，但也能够将盛唐的时代色彩充分地体现出来。

首先，王、孟的山水田园诗虽然多与隐逸有关，但他们的隐与魏晋南北朝以及晚唐人为逃避战乱和厌世的隐不同。这从他们笔下所写的景物环境就能看出。王、孟笔下的景物环境与现实社会不是对立或隔绝的，而是紧密相连，具有一定的亲和力的。例如，孟浩然《过故人庄》中的四句：

绿树村边合，青山郭外斜。
开轩面场圃，把酒话桑麻。

前面两句，既是绿树环抱，自成一统，又有城郭之外的青山依依相伴，不显孤独。后面两句，打开窗户，室内和室外的人事与景物相交融。于是，绿树、青山、村舍、场圃、桑麻和谐地融为一体，构成一幅优美宁静的田园风景画。这里，诗人就是写普普通通的做客，普普通通的农家，是人间的现实，而非虚幻的桃花源。

再如，王维《山居秋暝》中“竹喧归浣女，莲动下渔舟”，这样的生活场景就出现在现实生活中，非常亲近、自然。

仕和隐、寄身尘世和隐逸幽栖可以说是盛唐文人主要面对的两种生存境况。关于这两种生存境况，在王、孟的生活中，至少在观念上不那么对立，甚至可以做到协调、融通。其实，这正反映了盛唐文人普遍具有的一种心态。不管做官也好，归隐也好，他们只求能过得舒适惬意。纵观王、孟的诸多山水田园诗作，也可以看出，他们亲近山水，并非矜持做作，既不是给人看的，也不为避世逃名，而是性情与山水的天然融合。他们懂山水，乐山水，能够在尘世和山水间自由往来，非常从容自在。孟浩然说："儒道虽异门，云林颇同调"，"风泉有清音，何必苏门啸"(《宿终南翠微寺》)。他以儒自居，强调儒、道都有云林之好，对于孙登等人遗世索居则颇不以为然。王、孟等山水田园诗人虽"隐"，但不像中唐人那样沉浸在市井式的享受中，寻求感官愉悦，而是走入山林，寻求精神上的净化。

其次，王、孟山水田园诗中所描绘的景物环境常常透露出盛唐时代安定康乐的气息。例如，王维的《渡河到清河作》《寒食城东即事》，孟浩然的《春初汉中漾舟》《早发渔浦潭》等，都是盛唐繁荣的经济为背景所写的，诗歌从自然风光到人文景观全都透露着一幅欣欣向荣的景象，就是写寂静的境界，给人的感觉也是和平、愉悦与温馨的。王、孟还爱写傍晚的情景，但所描绘的情景都不是惶恐凄寒的，而是平和安详的。例如，孟浩然《夜归鹿门歌》：

山寺鸣钟昼已昏，渔梁渡头争渡喧。
人随沙岸向江村，余亦乘舟归鹿门。
鹿门月照开烟树，忽到庞公栖隐处。
岩扉松径长寂寥，惟有幽人自来去。

这是诗人夜归鹿门山的所见所闻所感。诗人在总体静穆的气氛中写黄昏的汉江渡口，熙熙攘攘的渡船，沿汉江沙岸罗列的历历江村，暮色中归向村舍的乡人……一切都透着那种恬然走向憩息的意味。如果不了解当时的时代背景，还真是难以体会这种意味。

（二）禅意十足

王、孟的很多山水田园诗都受到佛教思想的影响，具有颇为浓厚的禅意，这给盛唐诗歌增添了无限的魅力。

王维在很早的时候就归心于佛法，精研佛理，受当时流行的北宗禅的影响非常大，晚年思想又接近南宗禅，撰写了《能禅师碑》。他在《哭殷遥》诗中说："忆昔君在日，问我学无生。"直至晚年，他在《秋夜独坐》中还说："欲知除老病，唯有学无生。"这里的"无生"就出自佛典里的大乘般若空观，是"寂灭"和"涅槃"的另一种表述方式，流行于唐代士人中的《维摩诘经》里。"学无生"的具体方法是坐禅，即闭目端坐，凝志静修，尽可能地平静思想和情绪，让自己的身体和心理都处于近于寂灭的虚空状态。这能使个人内心的纯粹意识转化为直觉状态，产生万物一体的洞见慧识和浑然感受。这种以禅入定、由定生慧的精神境界对王维等山水诗人的创作影响极大。当他们从坐禅的静室中走出来，就习惯于将宁静美丽的自然作为凝神观照而静心思考的对象。王维的山水田园诗就常常体现了禅境，如《终南别业》：

中岁颇好道，晚家南山陲。
兴来每独往，胜事空自知。
行到水穷处，坐看云起时。
偶然值林叟，谈笑无还期。

诗中，"水穷处"自然也就是深山空静无人处，人无意而至此，云无心而出岫，可谓思与境相协调，神会于物。诗人着重写无心，写坐看时无思无虑的直觉印象，那无心淡泊、自然闲适的"云"，是诗人心态的形象写照。全诗平白如话，却极具功力，诗味、理趣二者兼备。

由于王维经常有坐禅的体验，因而他喜欢写独坐时的感悟，将禅的静默观照与山水审美体验合而为一，在对山水清晖的描绘中，折射出清幽的禅趣。例如，《秋夜独坐》：

独坐悲双鬓，空堂欲二更。
雨中山果落，灯下草虫鸣。
白发终难变，黄金不可成。
欲知除老病，唯有学无生。

在该诗中，诗人在一片静寂中倾听天籁，以动写静，喧中求寂，超以象外而入于诗心，充分显示出了心境的空明与寂静。

此外，王维在《过感化寺昙兴上人山院》里说：

野花丛发好，谷鸟一声幽。
夜坐空林寂，松风直似秋。

该诗以果落、虫鸣、鸟声将山林的静谧鲜明地反衬了出来。这正是诗人静观寂照时感受到的自然界的轻微响动，以此来表现自己的幽独情怀。

山水田园诗中有禅趣的介入会使人感受到的境界变得更加富有诗意。例如，王维《鹿柴》所写的不过是空山人语和透入深林中的返照，景物再平常不过，但从带禅意的眼光去看，那声响，那光照，似乎是从另一世界进入空山幽林，境界就完全不同了。再如，《木兰柴》：

秋山敛馀照，飞鸟逐前侣。
彩翠时分明，夕岚无处所。

这首五言绝句主要对傍晚时分天色无光而明的短暂时刻的自然景物进行了描写，活画出了一幅秋山暮霭鸟归图。可以说，王维用诗画结合的高超手段把陶渊明《饮酒》(其五)中的那种境界形象地再现了出来。诗人在观照景物时，善于捕捉景物的光与色彩，他正是通过夕照中的飞鸟、山岚和彩翠的倏忽变化、光影流动，表达出了事物都是刹那生灭、无常无我、虚幻不实的深深禅意。

又如，《竹里馆》：

独坐幽篁里，弹琴复长啸。
深林人不知，明月来相照。

在该诗中，后两句写眼前之景，前两句写人的活动。四句虽平平无奇，但合起来却妙境自出，让人感到这一月夜幽林之境竟是如此静谧，境中之人，又是如此安闲自得，毫无尘俗杂念。外景与内情在几分禅意中泯合无间，融为一体。

山水田园诗歌中所包含的禅意还能够给诗歌带来一种宁静致远的效果。例如，《鸟鸣涧》：

人闲桂花落，夜静春山空。
月出惊山鸟，时鸣春涧中。

诗歌明明写的对象是一个山涧，但诗人通过写一轮明月照亮了幽谷，引起谷中鸟鸣这一现象来体现山涧的幽暗宁静。幽暗中来了一种光照，寂静中生出一种声音，而宇宙是那样深邃、空远，好像一切都融化在永恒的静谧和广漠之中，这就让人生出了从此岸世界通向彼岸世界、从刹那通向永恒、从有限通向无限的感觉。[1]

此外，禅意的介入往往又能升华诗歌所体现的精神境界，同时使诗人所描写的客观景物具备更高一层的美感。例如，《辛夷坞》：

木末芙蓉花，山中发红萼。
涧户寂无人，纷纷开且落。

诗歌的前两句主要写花的“发”，后两句写花的“落”。短短四句诗，诗人在描绘了辛夷花的美好形象的同时，又写出了一种落寞的景况和环境。辛夷寂寞地自开自落，无人观赏，也无须要人观赏；无人惋惜，也无须要人惋惜。这就充分融入了禅的无生观

---

❶ 余恕诚. 唐诗风貌. 北京：中华书局，2010：128.

念，让人体悟到生命本身。

（三）“诗中有画，画中有诗”的境界

王、孟的山水田园诗还有一个很大的特点，就是诗画结合，描绘了一种“诗中有画，画中有诗”的境界。当然，王维诗在这方面的成就更高。但孟浩然在诗画结合的演进过程中也有一定的贡献。

孟浩然的诗动态感要强于王维的诗，时间转换快，情感通过直抒方式或通过听觉等方面感受加以表达的较多，而以相对静止的画面传情的相对较少。在诗画结合上，孟浩然不在于有多少诗句可以入画，而在于取景比较注意选择，移步换形。例如，《过故人庄》中“绿树村边合，青山郭外斜”，前一句写绿树环抱村庄四周，描写近景；后一句则将视线引开去，写出郭外的青山于远处依依相伴。这就使得画面有疏有密，有近有远，层次感和动态感很明显。再如，《永嘉上浦馆逢张八子容》中的“众山遥对酒，孤屿共题诗”，由远到近，远景是遥遥在望的众山，而近景是在江中孤屿上把酒题诗的人。远景与近景、人物与自然景观相搭配，构成了一幅生动的画面。在描写景物的过程中，孟浩然对于直觉印象的把握，有时和画法暗合，这对于诗画结合这一艺术手段的推进有很大的作用。例如，《秋登兰山寄张五》中的“天边树若荠，江畔舟如月”、《登望楚山最高顶》中的“云梦掌中小，武陵花处迷”就与画家俯瞰远处景物的画法很相符。《宿建德江》中的“野旷天低树，江清月近人”根据人在舟中的独特视点，从几种景物的相互关系中写出视觉印象，也与画家的一些画法是暗合的，绝非随意安排。“野旷天低树”写因为烟蒙蒙、雾蒙蒙，又在暮间，舟中的人新愁缕缕，不觉远望，但见天幕低垂，仿佛比远方的树还低；“江清月近人”写舟中的人收拢目光时，又见水明如镜，天上的明月映入水中，好像就在自己的身边。短短两句将周遭的景致尽收眼底，就像一幅优美的画卷慢慢打开来。

与孟浩然相比，王维的山水田园诗要更接近画，而且他在以

画家的眼光营造诗境上达到某种自觉的程度。因为他的诗歌不但有一层层的构图，而且有鲜明的设色和具体描绘，使读者先见画，后见意。例如，《田园乐》其六：

红桃复含宿雨，柳绿更带春烟。
花落家僮未扫，莺啼山客犹眠。

这首诗写红桃、绿柳、落花、啼莺，既实实在在，又富于春天的特征，非常容易唤起图画般的印象。他先入境后才见到人，而且最后写到莺啼，莺啼却不惊梦，山客犹自酣眠，酣恬安稳，这正是一幅“春眠不觉晓”的入神图画。

王维擅长以画家的眼光营造诗境，因而在视点的选择上有多种情况。如果诗歌描写的是中景、大景或全景山水，王维所用的往往不是一个立足点、一个视点和一定时间、一定空间的单向透视，而是“集合了数层与多方位的视点”（宗白华《论中国画法的渊源和基础》），对景物进行选择和摄取，形成俯仰上下和不拘前后左右的流动观照。例如，《终南山》：

太乙近天都，连山到海隅。
白云回望合，青霭入看无。
分野中峰变，阴晴众壑殊。
欲投人处宿，隔水问樵夫。

第一句和第二句是入山前的远眺，第三句和第四句是在半山攀登时的视觉感受，第五句和第六句是在主峰上的回环鸟瞰，最后两句则是走下主峰，身临山涧。整首诗写了诗人由远眺而入山，穿过云层，走向青霭，登临主峰，俯览众壑，寻找宿处，巧遇樵夫这样一个过程。诗人不断为人们展示自然景物的不同空间位置及其风光，但却完全隐蔽了人的立足点与视角。这就让人们只觉得画面应接不暇，而不会产生导游式的解说之感。此外，这首诗通过视点的转换、景物的剪接，把时间过程蕴藏在空间转换之中，使诗画浑然不觉地结合了起来。实际上，王维的《渭川田家》

《辋川闲居赠裴秀才迪》《新晴野望》《寒食城东即事》等诗中，也都体现了这种视点灵活移动、多向追寻的写景方法。

王维在构图和布局中还非常善于处理景物主从、大小、远近的关系。《终南山》一开始就写出具有主体性的景物太乙峰，一峰高耸，其他景物都处于从属地位，纵横映衬，形成有机画面。《渡河到清河作》的主体性景物则是大河一道，其他景物都围绕大河错落有致地铺展。王维在诗中还经常指示景物的方位与距离，如"屋上春鸠鸣，村边杏花白""郡邑浮前浦，波澜动远空""鸡犬散墟落，桑榆荫远田""郭门临渡头，村树连溪口"。这些诗句中，"上""边""前""远""散远""临""连"等字，都具有指示方位的作用。

为了突出画面的效果，王维在诗中一方面特别注意光线和色彩的运用，另一方面又注意处理景物之间的各种辩证关系。例如，《书事》："轻阴阁小雨，深院昼慵开。坐看苍苔色，欲上人衣来。"在创造出微雨深院的幽静境界时，还写出了雨中绿色的弥漫、浸润、放射、扩展以及人在瞬间因绿色扑入眉宇遂觉所向皆绿的感受。《山中》一诗中的"山路原无雨，空翠湿人衣"，通过绿色的冰凉感、润湿感，写出山中难以言状的"空翠"。《送邢桂州》一诗中的"日落江湖白，潮来天地青"，先写日落时江湖在余光中泛着白色，后写涨潮时，余光消失，江中潮水变成了青色。"白""青"二字不仅极为准确，而且写出光、色的变化与转换。在景物之间各种辩证关系的处理上更能见出王维的功力。例如，《鹿柴》一诗中的"返景入深林，复照青苔上"，写阳光透过树木浓密的树叶，在地面的青苔上投下斑驳的光影。亮点很显眼，但四周是暗淡的。诗人正是通过阳光与青苔、光区与幽暗周边的对照，将山林的空寂和幽暗凸显了出来。再如，《使至塞上》一诗中的"大漠孤烟直，长河落日圆"，诗人借几何形体的辩证关系，鲜明地突出了几种景物的形象特征。这两句是以线条的清晰为特征的。"大""直""长""圆"几个字，不仅准确地描绘了沙漠的景象，深刻地表现了作者的感受，还将整个塞外开阔的画面展现了出来。

第五节　以情感观照现实的"诗仙"和扎根于主流文化深处的"诗圣"

在唐诗历史上，"诗仙"李白和"诗圣"杜甫的诗歌创作代表了两座高峰。李白是青春的偶像，是浪漫的代表，是诗的化身；而杜甫则以其忧国忧民的儒家情怀借助如椽的诗笔真实地反映了那个时代的历史状况，表现出儒家济世的思想。他们诗歌风格的差异却正好观照了李唐王朝由盛而衰的历史。

一、以情感观照现实的"诗仙"

李白的青少年时代，正当唐玄宗开元年间，即"开元盛世"。这属于唐朝的前期，是唐代封建经济繁荣的极盛时代。当时经济繁荣、国势强盛。在国内，政治是统一的，社会是安宁的；在境外，与邻国的关系，一般是和睦的，经济文化得到了交流。当时，殷富的程度，达到了唐朝自开国以来未有的高峰。据《旧唐书·玄宗本纪》记载开元十三年(726)的情况说："时累岁丰稔，东都米蚪(斗)一钱，青、齐米蚪五钱。"可见，当时农村经济是很繁荣的。与此相适应，当时商业、手工业也很发达，煮盐、冶铁等业也有高度的发展。这种繁荣，既是唐代国力强大的基础，也是一切文化艺术发展和繁荣的基础。

当时，文学方面，特别是诗歌方面，获得了空前的繁荣和发展。唐玄宗李隆基沿用科举制度，采取推荐和殿试等措施，以文章、诗赋取士。还开文学馆、置翰林院，以礼延当代文士。科举制度打破了世族地主垄断政治的官僚选拔制度，为庶族地主打开了仕进之门。唐代诗人大都是庶族地主出身的举子，于是专攻诗赋就成为他们进入仕途的捷径。这批庶族地主出身的知识分子，虽然仍属于剥削阶级，是整个地主阶级的一部分，因而在根本上是维护封建制度的，但是他们的社会地位不高，和那些贵族门阀的子弟不同，他们中许多人有才能、有抱负，发奋向上，而且比较了解社会现实与人民的某些愿望和要求。因此，他们在政治上是一种比较进步的因素，也是唐代诗坛的主要力量。在整个文学领域，他们也就成为和形式主义贵族文学相对抗的新生力量。

科举制度的实行，使诗歌得到大力普及。虽然当时应试的是一种“试帖诗”，由于内容的陈腐和形式的呆板，不可能产生什么好诗；但是，以诗取士的制度，对于重视诗歌、爱好诗歌的社会风尚的形成，对于诗歌技巧的培养和提高，对于诗歌艺术经验的积累和研究，无疑起了重要的作用。这使得整个知识阶层，几乎都成为诗人，使诗歌这门艺术，突出地成为文学创作的重要形式，成为当时文化领域中的一个“热门”。

李白便是在这样的文化环境中成长起来的一个诗人，他是一个在政治上代表进步倾向，有“兼善天下”“济苍生”“安黎元”理想和抱负的知识分子。大唐气象让青年时代的李白便具备了强烈的自我意识：他来到这个世界上，向这个世界发问，自身要成为怎样的人？他的《代寿山答孟少府移文书》这样说：“近者逸人李白，自峨眉而来，尔其天为容，道为貌，不屈己，不干人，巢、由以来，一人而已……申管、晏之谈，谋帝王之术，奋其智能，愿为辅弼，使寰区大定，海县清一，事君之道成，荣亲之义毕，然后与陶朱、留侯，浮五湖，戏沧州，不足为难矣。”由此可以看出李白高度独立的人格，有自我的选择、自我的判断：李白就是李白，来到世界上宣布了一个独具个性的生命出现，无论从容貌到精神，还是从远古至唐代，仅此一人。

独立的人格是人格追求的前提，有了独立的人格，人就不是按照应该不应该的方式行事，而是按照自我理想的方式行事。如果说《代寿山答孟少府移文书》是李白理想人格的现实陈述，他诗文中的“大鹏”，则是对这种理想人格的象征性描绘。这个非凡的神鸟，超越有限的时空，精神绝对自由，不受外物的束缚，“上摩苍苍，下覆漫漫。盘古开天而直视，羲和倚日以旁叹，缤纷乎八荒之间，掩映乎四海之半，当胸臆之掩昼，若混茫之未判”。它气魄雄伟，真力弥满，“一鼓一舞，烟朦沙昏。五岳为之震落，百川为之崩奔”，“喷气则六合生云，洒毛则千里飞雪。”(《大鹏赋》)它惊天动地，摇山倾海，气势非凡，而这些诗歌均反映了盛唐时期李白的自信与意志。李白有坚定的自信心，他坚信自我的力量，坚信实现宏伟大业与追求人格的独立自由可以统一。他高歌“天生我材必有用”(《将进酒》)，“大贤虎变愚不测，当年颇似寻常人”(《梁甫吟》)。他常常自比历史上的英雄豪杰，诸如吕望、管仲、苏秦、范蠡、鲁仲连、冯谖、侯嬴、毛遂、张良、诸葛亮等。为实现自己的理想人格，李白不屈不挠，失意不灰心，艰难不退却。“才力犹可倚，不愧世上英”(《东武吟》)，“青云当自致，何必求知音”(《冬夜醉宿龙门觉起言志》)突出表现了诗人的坚定信念，“长风破浪会有时，直挂云帆济沧海”(《行路难》)是其自信的表白。

除自信外，李白的意志也十分强大。到了开元末期，李隆基认为经过自己前期的励精图治，大唐的政权已得到巩固，便日趋骄横自满，荒淫奢侈，在政治上就逐渐趋向昏庸、黑暗和腐败，唐王朝也开始走下坡路，由强盛的顶峰，趋向国势衰弱。在这样的情况下，李白的理想人格便与当时的社会发生了尖锐的矛盾。李白想要实现自己的远大抱负，但却不愿意降志从俗、委曲求全。因而当独立自由的人格与建功立业发生冲突时，他会毫不犹豫地抛弃功名利禄，“安能摧眉折腰事权贵，使我不得开心颜”(《梦游天姥吟留别》)是诗人的肺腑之言。“一生傲岸苦不谐，恩疏媒劳志多乖”(《答王十二寒夜独酌有怀》)。

作为一个“主观诗人”，李白的诗歌形象主要是个人的思想感情，而不是客观社会生活。李白诗中的主体性异常鲜明突出，诗人的人格和自我形象得到了酣畅淋漓的表现，如火山之喷溢，如狂飙之回旋。从他所有的诗、即便是叙事或写景的诗篇，也能使人感到有一大写的“我”字存乎其中，也能让读者无误地辨认其盛气凌人、豪情洋溢及其带有嘲讽的声音。

李白才思特别敏捷，有异乎寻常的想象力。当现实生活中的意象不够味时，他就借用非现实的神话和种种奇特的夸张来加以表现，从而将政治牢骚、失意愁情、山川风月、友谊乡情等诗歌内容，熔铸进一种古今无两的艺术形式中，使之得到淋漓尽致的表现，成为无可仿效的天才发抒。

李白笔下的自然山川、日月星辰与幻想中冯虚凌空的神仙、虚无缥缈的仙境融为一体，这使他的诗歌中弥漫着一股仙气，具有一种异乎寻常的气势感和力敌造化的艺术感染力。李白的生活经历充满大起大落的变化，其感情也波澜起伏、跌宕不平，故李白抒情诗的典型的格局是，在不长的篇幅中东一句、西一句，左右逢源、拉杂使事，感情从一个极端走向另一个极端，大起大落，痛快无比。内容溢出形式，是对旧的社会规范和美学标准的冲决和突破，其结果是建立了一种崇高的美学型范。例如，《蜀道难》运用夸张的笔法，从传说、历史、地理及政治等不同角度，全方位地歌咏蜀道之难，创造出惊险、神秘、奇丽、壮阔的大境界。“蜀道之难难于上青天”这个嗟叹咏歌的主题句在诗中三次出现，分别标志情感的爆发、延伸和远出，一如乐章中的主旋律，起到突出主题、强化抒情气氛的作用。全诗句式参差，音情跌宕，语助词的运用和散文化的句法，恰到好处地表现诗人火山喷发、不可遏止的激情。诗人因此被贺知章呼为“谪仙”。

此外，在诗歌创作上，李白自觉地反对齐梁诗的绮丽雕饰，他得力于民歌，在语言上弃绝藻绘，以清新、自然、明快为宗，做到了“清水出芙蓉，天然去雕饰”(《经乱离后天恩流夜郎忆旧游书怀赠江夏韦太守良宰》)。李白诗歌语汇极为丰富，涉猎极其广泛，《文选》、老庄以及魏晋南北朝小说，都是李白诗歌语言材料的源泉。一旦激情奔放，便觉古人于笔下奔命不暇，安放无不如志，无不切贴，一切都显得那样鬼斧神工，自然天成。例如，《独坐敬亭山》：

众鸟高飞尽，孤云独去闲。
相看两不厌，只有敬亭山。

天宝十二载(753)秋，李白漫游宣州一带，尝尽人间辛酸，看透世态炎凉，心灵经受了很大的磨难。前两句写景中流露出自己落寞的情怀和悲凉的心境。后两句情调转明，诗人遗世独立，知音难觅，然而，敬亭山却与诗人心心相印。诗人可以与之倾诉。他的精神意志在敬亭山的怀抱中得到了升华。唐汝询《唐诗解》云："横写独坐之景，非深知山水趣者不能"。

总之，李白诗追求理想与自由、反抗权贵的精神，及其惊风雨、泣鬼神的艺术魅力，不仅影响同时代诗人，也给后代的诗人以强烈的艺术感染和丰富的创作启迪，诸如李贺、苏轼、陆游、辛弃疾、高启、龚自珍、郭沫若等，都从李白那里汲取精华。李白的作品早已被翻译为多种文字，远越重洋，产生了世界性的影响。

二、"诗圣"杜甫及其诗歌创作

杜甫(712—770)，字子美，自号少陵野老，巩县(今属河南)人，原籍为襄阳(今属湖北)，出身京兆杜氏，乃北方的大士族。因此，杜甫青少年时，家境较好，生活安定富足。他自小好学，七岁能作诗。开元末，杜甫举进士不第，曾漫游齐赵等地。之后，他在长安求仕，困守十年。安史之乱爆发后，他曾身陷贼中，被解至长安，后逃至凤翔，谒见肃宗，授左拾遗。两京收复后，他回到长安，出为华州司功参军，因关中大旱，弃官往秦州、同谷。后来全家进入四川，受故人资助，在成都浣花溪建了一座草堂，世称"杜甫草堂"，也称"浣花草堂"。大历三年(763)，杜甫思乡心切，乘舟出峡，想要回乡，但是并不如意，加上生活困难，终是没有北上成功，最后在一条小船上去世。杜甫曾一度入剑南节度使严武幕任参谋，武表为检校工部员外郎，世称杜工部。著有《杜工部集》。

杜甫是一个横跨两个时代的诗人。安史之乱结束了一个时代，盛唐气象云烟过尽，唐诗创作转入一个较为持续的现实主义阶段。杜甫就是唐诗现实主义的开山之祖，他在当时的大动荡时代与苦难民众同呼吸、共命运，将自己毕生的心血献给了诗歌创作。由于他的诗歌在中国古典诗歌中的影响非常深远，因而他被后人称为“诗圣”。

作为扎根于主流文化深处的“诗圣”，杜甫既有过裘马清狂的少年时代，也有过忍饥挨饿的寒士生活；既做过难民，也做过侍臣。人生经历之丰富，生活积累之深厚，对社会下层了解之真切，是同一时代的人所无法比拟的。由于杜甫是儒家思想的信奉者，因而其毕生关心社会、关心政治、关心民众，可以说贯穿杜诗的一条主线就是忧国忧民。他在创作诗歌时，注重忠实地反映社会生活、反映人民疾苦、揭示阶级矛盾，因而诗歌在思想感情方面超出了原有阶级的旁观同情，而站到了人民的立场。这真的非常难能可贵，也正是这样使他的现实主义诗歌获得了巨大的成功。

杜甫的诗歌内容博大精深，题材范围甚为宽广，有民生疾苦、社会时事、自然景物、名胜古迹、个人生活、题咏赠答，以及描绘绘画、音乐、建筑、舞蹈等，无所不包。据统计，现保留下来的杜甫诗作共有约 1 500 首，其中很多都是传颂千古的名篇。

杜甫有不少诗作是以儒家思想为指导的，客观地反映当时的历史状况，表现出对战乱的憎恶，对苛政的抨击，对劳动人民的深切同情和对美的理想的向往。正是他将儒家思想的精华深深地沉积到他的诗歌中，所以，他的诗歌才深深地植根于民族文化的深处，才有着恒久的魅力。例如，《自京赴奉先县咏怀五百字》写道：

彤庭所分帛，本自寒女出。
鞭挞其夫家，聚敛贡城阙。
圣人筐篚恩，实愿邦国活。
臣如忽至理，君岂弃此物？
多士盈朝廷，仁者宜战栗。
况闻内金盘，尽在卫霍室。
中堂舞神仙，烟雾蒙玉质。
暖客貂鼠裘，悲管逐清瑟。
劝客驼蹄羹，霜橙压香橘。
朱门酒肉臭，路有冻死骨。

荣枯咫尺异，惆怅难再述。

这首诗是杜甫被授右卫率府胄曹参军不久，从长安去往奉先县(今陕西蒲城)探望妻儿时所作。此时，安史之乱的消息并没有传到长安，但是诗人通过途中的见闻和感受，敏锐地觉察到国家的危机已迫在眉睫。在上述的诗句中可以看出，诗人在以愤怒的激情谴责朝廷权贵的肆意挥霍。其中，“朱门酒肉臭，路有冻死骨”两句，以扛鼎之笔撕破了盛唐的面纱，对统治者的聚敛和靡费所造成的贫富悬殊的社会现实进行了集中的揭露。

再如，在《兵车行》这首叙事诗中，诗人以“道旁过者问行人”为界，分为两段：第一段摹写送别的惨状，是纪事；第二段传达征夫的诉苦，是纪言。进入天宝年间，唐王朝对边疆少数民族的战争越来越频繁，连年征伐，给边疆少数民族和广大中原地区的人民都带来了深重灾难。天宝八年(749)，哥舒翰奉命进攻吐蕃，石堡城一役，死伤数万人。天宝十年(751)，剑南节度使鲜于仲通率兵八万进攻南诏，唐军大败，死六万人。为补充兵力，杨国忠遣御史分道捕人，连枷送往军所，送行者哭声震野。这首诗歌就是根据上述这种情况所写的。诗人看起来是娓娓道来，但却蕴含着长歌当哭的激越的情绪，其悲愤、忧患、反抗与执着自然地流溢出来，震撼了无数读者的心灵。全诗寓情于叙事之中，在叙述次序上参差错落，前后呼应，变化开阖，井然有序，并巧妙运用过渡句和习用词语，如“道旁过者问行人，行人但云点行频”“长者虽有问，役夫敢申恨?”和“君不见”“君不闻”等，不仅避免了冗长平板，还不断提示，惊醒读者，造成了回肠荡气的艺术效果。

此外，“三吏”(《新安吏》《石壕吏》《潼关吏》)、“三别”(《新婚别》《无家别》《垂老别》)、《丽人行》等也是这方面的杰作。在《新安吏》中，诗人目睹征兵的残酷现实，疾呼天地无情：“客行新安道，喧呼闻点兵。借问新安吏，县小更无丁。府帖昨夜下，次选中男行。中男绝短小，何以守王城。肥男有母送，瘦男独伶俜。白水暮东流，青山犹哭声。莫自使眼枯，收汝泪纵横。眼枯即见骨，天地终无情。”在《潼关吏》中，诗人谴责了草菅人命的边将：“艰难奋长戟，千古用一夫。哀哉桃林战，百万化为鱼。”而在《石壕吏》中，诗人更是描绘出了一幅怪诞而又真实的悲惨图景：

暮投石壕村，有吏夜捉人。
老翁逾墙走，老妇出门看。
吏呼一何怒，妇啼一何苦。
听妇前致词，三男邺城戍。
一男附书至，二男新战死。
存者且偷生，死者长已矣。
室中更无人，惟有乳下孙。
有孙母未去，出入无完裙。
老妪力虽衰，请从吏夜归。
急应河阳役，犹得备晨炊。
夜久语声绝，如闻泣幽咽。
天明登前途，独与老翁别。

杜甫的现实主义诗歌不仅仅局限于对战争的描写，还更注重表现对民众的同情，对叛军的愤怒斥责和对正义战争的歌颂，如《悲陈陶》：

孟冬十郡良家子，血作陈陶泽中水。
野旷天清无战声，四万义军同日死。
群胡归来血洗箭，仍唱胡歌饮都市。
都人回面向北啼，日夜更望官军至。

唐肃宗至德元年(756)冬，唐军与安史叛军在陈陶作战，结果唐军四五万人几乎全军覆没，而军士多是来自长安一代的良家子弟。面对此，杜甫表现出了发自肺腑的深哀剧痛。这首诗歌并没有实录陈陶战役的过程，而是着意描绘了战败后陈陶血流成泽、尸横遍野的场面，再将“四万义军”的巨大数字与“同日死”的短促时间压缩在一句之中，将那种无数生命毁于一旦的轻易感与惨烈感一下子凸显了出来。虽然如此，结尾处，诗人并没有消沉与悲伤，而是表达了人民对于平叛的渴望，给人以鼓舞和力量。由此可见，诗人思想境界之高。

杜甫还善于在哀痛历史的同时，思索兴衰治乱的原因，如《哀江头》：

少陵野老吞声哭，春日潜行曲江曲。
江头宫殿锁千门，细柳新蒲为谁绿。
忆昔霓旌下南苑，苑中万物生颜色。
昭阳殿里第一人，同辇随君侍君侧。
辇前才人带弓箭，白马嚼啮黄金勒。
翻身向天仰射云，一箭正坠双飞翼。
明眸皓齿今何在，血污游魂归不得。
清渭东流剑阁深，去住彼此无消息。
人生有情泪沾臆，江水江花岂终极。
黄昏胡骑尘满城，欲往城南望城北。

在这首诗歌中，诗人以第三人称的视角来写。通过描写主人公潜游曲江的行踪，哀叹曲江之昔盛今衰，表现出了复杂的情绪。诗作的开始写安史之乱后曲江的荒凉和自己无限的哀伤，接着写唐明皇宠爱杨贵妃以致疏远贤臣。“一箭正坠双飞翼”则使诗的内容得到了跳跃性的转换，接着，诗人通过对李、杨爱情悲剧的描写反思了安史之乱之所以发生的原因。整首诗中充满了诗人强烈深沉的爱国热情，由于这种爱国热情是建立在对和平、安定、繁荣尤其是政治清明的热爱的基础上的，因而诗人对唐明皇荒淫误国的剖析和抨击，就更体现了其深刻的思想价值。

杜甫非常重视亲情、友情，善于通过诗歌探讨与追寻人情之美与人性之善，如《春望》：

国破山河在，城春草木深。
感时花溅泪，恨别鸟惊心。
烽火连三月，家书抵万金。

白头搔更短，浑欲不胜簪。

这是杜甫身陷长安时写下的著名诗作。当时长安被安史叛军焚掠一空，满目凄凉。杜甫不禁触景伤情，发出深重的忧伤和感慨。在这首诗中，他将热爱国家的感情和眷念家人的美好情操紧密地融合在一起，再加上感时伤别和老大无成的悲叹，显得浑融自然，意致深蕴。“感时花溅泪，恨别鸟惊心”两句以物拟人，将花鸟人格化，有感于国家的分裂、国事的艰难，长安的花鸟都为之落泪惊心。诗人借此深刻地表达出了自己的亡国之悲，离别之悲。

再如《赠卫八处士》：

人生不相见，动如参与商。
今夕复何夕，共此灯烛光。
少壮能几时，鬓发各已苍。
访旧半为鬼，惊呼热中肠。
焉知二十载，重上君子堂。
昔别君未婚，儿女忽成行。
怡然敬父执，问我来何方。
问答乃未已，儿女罗酒浆。
夜雨翦春韭，新炊间黄粱。
主称会面难，一举累十觞。
十觞亦不醉，感子故意长。
明日隔山岳，世事两茫茫。

杜甫对待朋友，往往是“天下朋友皆胶漆”。这首诗是诗人被贬华州司功参军之后所作。诗歌主要描写了偶遇少年知交的情景。整首诗平易真切，温和柔美，层次井然，情韵悠长绵永，一种笃如胶漆、真诚温厚的友情之美溢出纸外。

世人皆知，杜甫和李白有着深厚的友谊，因此，杜甫有不少诗篇就是写关于李白的，如《天末怀李白》《冬日有怀李白》《梦李白二首》《春日忆李白》《寄李十二白二十韵》《不见》等。这些诗歌大多表达了对李白的深深怀念之情。可以看出，杜甫非常重视人伦之情，堪称“情圣”二字。

从艺术风格上来看，杜甫的诗歌素来有“沉郁顿挫”之说。用这一词语概括可谓非常精准。它主要是说杜甫的诗歌具有深沉博大的思想情感、忧国忧民的价值关怀、浑融含蓄的气象、抑扬顿挫和回旋张弛的节奏。其中，“沉郁”体现了杜甫诗歌与传统文化主流之间的密切关系。如果在欣赏杜甫的诗歌时，不注意这一点，往往就很难读懂他的一些富有文化意味的诗歌。例如，《望岳》：

岱宗夫如何，齐鲁青未了。
造化钟神秀，阴阳割昏晓。
荡胸生层云，决眦入归鸟。
会当凌绝顶，一览众山小。

这首诗其实潜隐着深厚的“仁德”味道，只是需要我们深入品味。五岳之首的泰山是在青翠无垠的齐鲁大地上拔地而起。这青青未了的齐鲁大地，正与人的自然而然、无边无际而又生生不息的“恻隐之心”相通。泰山般的仁德之心就是这样涵孕而出的。“皇天无亲，惟德是辅”，造化只钟爱那些仁德之物，只有道德自觉，才能获得上天的眷顾。分割阴阳昏晓、是非曲直、仁与不仁的泰山就是造化的钟爱。登上泰山，看到荡漾的层云，人感觉像是凌空而起了，但脚又踏在坚实的泰山上，这就让人在现实中体味到了超越的感觉。“决眦入归鸟”则体现了仁者的胸襟和情怀。“会当凌绝顶，一览众山小”，说明此时人可以自由地俯瞰万物，而这也就标志着自由而超越的人格的获得。很显然，全诗通过登泰山的整个过程生动形象地体现了儒家思想中由葆守恻隐之心而达到道德自觉并进而体味道德的各个进阶的全过程。

杜甫诗歌“沉郁顿挫”风格的诸多特点在《登高》一诗中更是得到了具体的展示：

风急天高猿啸哀，渚清沙白鸟飞回。
无边落木萧萧下，不尽长江滚滚来。
万里悲秋常作客，百年多病独登台。
艰难苦恨繁霜鬓，潦倒新停浊酒杯。

这是诗人流寓夔州时为深秋登高时有感而作。首联起句突兀，气象雄浑苍莽，底蕴刚健不息，节奏跌宕起伏，使全诗一下子笼罩在沉郁悲壮的气氛中。颔联非常具有打动人心的力量，这是因为它表现了典型的中国式的悲剧意识：个体的生命也许没有希望了，但天道是永恒的，只要将个体的生命与价值融入永恒的天道，个人也就可以获得某种永恒。[1] 在颈联和尾联中，杜甫尽情地抒发了个人的悲剧感。当然，因为有了首联、颔联的铺垫，最后的悲剧感便获得了审美性的超越。全诗中，悲剧情怀和超越意识就是“沉郁”特点的典型体现；而音韵上的抑扬顿挫，结构上的回旋张弛则是“顿挫”特点的典型体现。

实际上，杜甫“沉郁顿挫”风格，除了从与传统文化的内在联系角度来理解外，还可以从诗歌的表现形式和方法上来理解。《旅夜书怀》就非常能体现杜甫诗歌沉郁顿挫的语言之美感：

细草微风岸，危樯独夜舟。
星垂平野阔，月涌大江流。
名岂文章著，官应老病休。
飘飘何所似，天地一沙鸥。

这是杜甫离开四川成都草堂以后在旅途中所作的诗。诗歌主要追忆往事，总结一生，其中蕴含着极其深沉的人生感慨。诗人用阔大无垠的夜景衬托了自己深沉滞重的孤独感，虽有孤独与伤感，但更让人感动的则是其倔强中显示出来的飘逸不群和超凡脱俗。当然，这是诗人通过沉郁凝练的语言反映出来的。首联

[1] 冯成金.唐诗宋词研究.北京：中国人民大学出版社，2005：90.

中，诗人用“细”“微”“危”“独”等形容词来修饰限制名词性意象，不仅使意象更为鲜明具体，还渲染了孤独倔强而又自得的气氛。颔联中，选择“平野”“大江”等物象，显然也颇具深意，诗人想要借它们表现大化流行、刚健不息、物我合一的儒家情怀。颈联中，“岂”“应”本是虚词，但虚词并不“虚”，其有力地突出了“名”“官”对于杜甫的荒诞性：杜甫以文章著名，年老做官又因直言遭黜，这本不是他所想的。尾联总结上文，表明志向，将自己洒脱而又倔强的情感追求在悲叹中显示出来。

为了追求句式的“顿挫”效果，杜甫还善于打破五言律诗的上二下三、七言律诗的上四下三的句式常规创作诗歌。《旅夜书怀》中的第三联就是典型的例子。杜甫还善于以议论入诗，形成其“沉郁顿挫”的诗风。杜甫的各类诗中都有大量的议论，而这些议论又不是单调生硬的，往往与叙事、抒情、写景相结合，使之相互生发，收到了独特的艺术效果。例如，《新婚别》将叙事与议论相结合，《春日忆李白》将抒情、写景与议论相结合。

第五章　大历时期的文学创作

公元8世纪中期，大唐王朝国势的强盛和经济的繁荣都达到了顶峰，而古典文学也得以焕发出夺目的光彩。可是好景不长，天宝十四年(755)爆发的安史之乱将唐代社会带入一个空前苦难的时期。大唐王朝从此开始走向衰弱，战乱不断。此时，开元盛世的重要作家到大历时期[1]都相继去世，剩下的是一批成长于盛世、在乱中进入中年的文人。他们普遍经受流离之苦，对国家人生、历史的体验深刻而惨痛，文学创作也相对岑寂，而创作较为活跃的诗歌，其风气从盛唐时期积极进取和乐观自信的态度开始转为消极隐遁之思，透露出冷落寂寞情调。

---

[1] 为考虑后文阐述大历诗风的完整感，同时参考政治的变迁，考虑以帝王年号为分期起讫的传统习惯，以及文学发展的状况与线索，这里的大历时期指从大历年间到兴元年间(766—784)。

第一节 “安史之乱”的平复与动荡的唐王朝

经过八年的艰苦挣扎，唐王朝终于在广德元年（763）平息了安史之乱。可是，大乱虽平，整个唐王朝社会却由此动荡不安。在战乱中占据了地盘、蓄积了武力的藩镇纷纷割据，《旧唐书》记载：“文武将吏，擅自署置，贡赋不入于朝廷。虽称藩臣，实非王臣也。”这严重影响了唐王朝的财政收入，威胁了中央集权。一开始，史朝义部将降唐后依旧占据河北一带，朝廷既无心思也无实力解决藩镇割据问题，只能任其盘结自到固。《旧唐书·德宗纪》载：“大历中，李宝臣、李正己、田承嗣、梁崇义等，各聚兵数万，始因叛乱得位，虽朝廷宠待加恩，心犹疑贰，皆连衡盘结以自固。朝廷增一城，浚一池，便飞语有辞，而诸盗完城缮甲，略无宁日。”到大历十年（775），田承嗣便蠢蠢而动，开始公开与朝廷对抗。在这之前，还有永泰元年（765）七月淄青副将李怀玉逐其帅侯希逸，朝廷只得授以节度留后。同年闰十月检校西山兵马使崔旰杀剑南节度使郭英义，朝廷派杜鸿渐镇西川，杜请授崔西川防御史。朝廷的姑息助长了乱臣贼子的觊觎之心：大历元年（766），前虢州刺史庞充据华州；大历三年（768），泸州刺史杨子琳袭据成都，幽州兵马使朱希彩杀节度使李怀仙；大历五年（770）湖南兵马使臧介杀观察使崔瓘；大历八年（773），哥舒晃杀岭南节度使吕崇贲；大历十年（775），昭义牙将裴志清逐其帅薛萼；大历十一年（776），李灵曜据汴州乱。与此同时，吐蕃、回纥乘边境虚弱，屡屡侵犯，兵锋直逼近畿州县，广德元年入大震关，尽占陇右之地，后又不断蚕食西北边州，对唐朝构成极大的威胁，可以说代宗时叛乱不绝。直到大历十四年（779）三月李希烈逐李忠臣，占据淮西，终代宗之朝。

内忧外患、频繁的战争使刚遭安史之乱巨创尚未平复的唐王朝陷入极度的经济窘困之中。“征师四方，转饷千里，赋车籍马，远近骚然。行赍居送，众庶劳止，力役不息，田莱多荒。暴令峻于诛求、疲民空于杼轴。转死沟壑，离去乡里，邑里丘墟，人烟断绝。”（《旧唐书·德宗纪》上）这就是当时的社会现状。这使得百姓的生活更加贫困不堪。每逢虫害天灾，谷物踊贵，斗米动辄至千文。即使这样，朝廷还频繁增税。

代宗在位时，军权掌握在宦官手中：先是李辅国、程元振，后来是鱼朝恩，权倾朝野；政权则掌握在一帮奸臣手中：宝应元年（762）六月，即位不久便任命元载为相，两年后又以王缙、杜鸿渐同平章事。元载为人阴险贪婪，王缙懦弱，杜鸿渐圆滑，三人沆瀣一气，把持朝政，不附己者必加排斥。宦官奸臣当道，阁僚与阉寺之间、阁僚与阁僚之间的权力斗争日益尖锐起来。

肃宗、代宗两朝的社会生活虽然还是这样那样地不如意，但时局终究安定了许多。德宗当政时施行了一系列值得称道的善政，如罢邕府岁贡奴婢、剑南岁贡春酒，诏禁天下不得贡珍禽异兽，放文单国所献舞象及五坊鹰犬，停梨园伎及伶官之冗食者300人，出宫女百余人，诛暴臣兵部侍郎黎斡、宦官刘忠翼。加上以刘晏总领天下财赋，加郭子仪尚父号等，不到一月政举令行，社会氛围稍微振奋。接着，德宗又罢诸道岁贡若干种及不合时宜的奢侈用度，罢天下榷酒，诏王公卿士不得与民争利。同时，在杨炎倡导下，德宗在建中元年（780）正月还颁布了新的赋税制——两税法，“人不土断而地著，赋不加敛而增人，版籍不造而得其虚实，贪吏不诫而奸无所取。自是轻重之权，始归于朝廷”（《旧唐书·杨炎传》）。这对乱后农村凋敝、人民逋亡的现实状况来说，不失为一项保证朝廷税收、杜绝“公托进献、私为赃盗”（《旧唐书·杨炎传》）之弊，使贫困之户稍得舒缓的有效措施。如此一系列开明举措使社会显出一种中兴气象。

然而没过多久，先是建中元年（780）二月德宗听杨炎谗，贬刘晏忠州刺史，七月复赐自尽，而刘晏的亲故属吏多罹贬谪，朝内弥漫着一股恐怖的气氛。建中二年（781）二月，卢杞为相，知德宗察察多猜忌，每曲意希旨，排斥异己，致功臣疑惧不安。在此同时，河北藩镇开始蠢动起来。自建中二年(781)起,朝廷先后与梁崇义、田悦、李纳、李惟岳、朱滔、王武俊、李希烈作战。庞大的军费开支使朝廷难以支持,于是很快又恢复什一之税(十亩税一亩),建中三年(782)正月减百官俸钱三分之一助军,四月诏索京畿富商,五月复于两税钱每贯增二百、盐榷钱每斗增一百,九月于诸道津要置吏税商货每贯二十文。建中四年(783)六月,还税屋间架、除陌钱……德宗一心讨伐李希烈,结果危及唐朝统治的并不是李希烈等割据藩镇,却是内部的兵变。

建中四年(783)冬,增援河南哥舒曜的泾原兵因伙食太坏在长安哗变,德宗狼狈逃往奉天。叛军迎朱泚为帅,围攻奉天,形势危急。值此人心向背之际,陆贽劝德宗下罪己诏,深表悲悯,朝野这才陡增同仇敌忾之心,终于在五个月后平定叛乱,两年内又平定李怀光、李希烈之乱。可是困境并未就此摆脱,连年饥馑相因,岁凶谷贵,衣冠窘乏,朝野一时还不能改变积贫积弱、萎靡不振的状态。

总之,大历时期前后,肃宗软弱,代宗平庸,德宗猜忌,他们既无力挽狂澜,也无才能整治朝纲,唐王朝处于风雨飘摇之中。

明代胡应麟曾一言以蔽之大历时期的诗歌:"气骨顿衰。"这个评价虽然非常笼统,而且也只针对诗歌而言,但也在很大程度上准确反映了"安史之乱"对唐代中后期,尤其是大历时期文坛的深刻影响。通观大历文坛,其盛唐时期的慷慨之气消失了,不再有热烈蓬勃的激情、恃才傲物的狂态,为一种疲倦、衰顿、苍老而又冷淡的风貌所取代。

第二节　相对岑寂的大历文坛

大历时期,"安史之乱"被平复之后,唐王朝虽已度过最艰危的日子,却元气大伤。朝廷对于全国各地的控制力大为削弱。不少地方节镇与唐王朝分庭抗礼;西北边境的吐蕃也趁机派兵袭扰,攻城夺地、掳掠破坏,直接威胁唐王朝的统治。连年战争使农业生产和商业、交通等遭到严重破坏,经济损失巨大。总之,大历时期是处于一个百业荒废而重新振兴尚未见端倪的低谷时期。同整个社会生活氛围压抑低沉相应的,大历时期的诗文创作也十分萧条岑寂。另外的原因还有,大历初的前后几年间,高适、杜甫、岑参、元结等文坛耆宿相继亡故,而后来在元和、长庆文坛上叱咤风云、开宗立派的韩愈、柳宗元、白居易、刘禹锡、元稹诸人,或者刚刚出世,或者尚未降生。

一、难以得到长足发展的三大诗人群体

大历时期也有一批比较活跃的作家,如李益、钱起、郎士元、李嘉祐、韩翃等人。但他们的精神世界基本上处于安史之乱带来的巨大惶惑之中。他们在动荡不安的现实中深感忧危,非常留恋或向往辉煌的过去,对于国家和自身的前途,却感到十分渺茫、悲观,更缺乏那种支撑大厦、力挽狂澜的雄心和意志,因此他们的创作便失去了前辈诗人那样发自顽强信念、关切国家和人民命运的大声疾呼,而表现出逃避现实、遁入个人天地的倾向。他们既无力也无心于创作盛唐诗人那样元气淋漓、“既多兴象,复备风骨”(殷璠《河岳英灵集》评陶翰诗语)的鸿篇巨制,因此专攻字句的锤炼、格律的斟酌,追求幽微闲雅和清奇新赡风格。他们在诗艺上,尤其是在五言律诗艺术的完善上,做出了不可磨灭的贡献,但却肆力于偏锋,“才力既薄,风气复散,其气象风格宜衰;而意主于清空流畅,则气格益不能振矣”(许学夷《诗源辩体》卷二一),结果难入胜境。

大历文坛萧条,只有诗歌创作表现较为突出。根据大历诗人的身份与活动范围,明显可以划分为三个群体,即地方官诗人、台阁体诗人(以“大历十才子”为代表)、方外诗人。在安史之乱中,大历诗人虽然都面对一样的战争问题或在战乱中流离,但因生活在不同地域,面对不同的生活环境,诗歌处理的内容、处理的方式

以及诗歌的功能就发生了分化。地方官诗风、台阁诗风（或曰大历诗风）和方外诗风正是在这样的情况下各自发展起来的。其中，台阁诗人在大历初入朝的创作适应了战乱甫平朝野上下苟安休息的心理氛围和送往迎来的交际需求，在当时格外有影响，后人论“大历体”❶也总是以这批诗人为代表。

在地方官诗人中，刘长卿与韦应物是大历时期仅有的两个能在诗史上开宗立派的名家。其中，刘长卿的创作“一方面保留着盛唐的范式，一方面又最显著地体现出大历诗风的主要特征，他的诗中清楚地显示出盛唐诗向大历诗转变的轨迹”❷。刘长卿早年的诗作所表达的主要是久试不第的举子常有的希冀与失望交织的心态。他在青年时代创作的作品也见不到盛唐人惯有的那种慷慨意气。战乱中饱经流离，他的笔一再触及战后民生凋敝的惨淡现实。出仕后曾因“刚而犯上”，两遭贬谪，后愤慨地写下一系列诗作控诉“地远明君弃，天高酷吏欺”（《初贬南巴至鄱阳题李嘉祐江亭》）的黑暗现实，这在大历时期是很少见的。他早年的诗有很单纯的描述倾向，晚年愈益转向主观性的情绪表达。“愁”“悲”“怜”“惆怅”“寂寞”等直接表达情绪的词语泛滥于诗中，使他的抒情方式明显具有写意的特征。刘长卿自称“五言长城”，但他早年的长篇五古五律明显功力不足，中年以后转以律绝为主，技巧也磨炼得精纯圆熟，而七律则是他在艺术上贡献最大的诗体。韦应物少时以门荫授御前侍卫，对唐王朝今昔盛衰的对比有最深切的体认。《骊山行》《温泉行》《逢杨开府》《燕李录事》《酬郑户曹骊山感怀》等一系列作品追怀盛世、不胜俯仰今昔之感，构成大历诗一个最令人伤感的主题。而他充满波折的一生，经历了由积极进取到消沉失望，再到满足安逸的精神历程，交织着仕隐的矛盾，《赠李儋元锡》“身多疾病思田里，邑有流亡愧俸钱”一联，典型地表现了那个时代地方官诗人的矛盾心情。韦应物掌握诗体的能

❶ 严羽《沧浪诗话·诗体》举“大历体”，谓“大历十才子之诗”。

❷ 蒋寅.刘长卿与唐诗范式的演变.文学评论，1994(1).

力比较全面,既娴于长篇歌行,也擅长短篇律绝,但他最为人推崇的还是五言作品,白居易就称其“高雅闲淡,自成一家之体”。韦应物在人格、艺术理想上倾慕陶渊明,诗歌技巧则吸收了谢灵运、谢朓的优点,从而形成气貌清朗温润,意境淡远超诣,语言洗练自然,节奏舒缓不迫的风格特点。

戎昱、戴叔伦、李嘉祐几位诗人无论生平经历与诗歌创作倾向都很接近。他们长期任州县令长之职,对战争给广大农村经济造成的破坏,给人民带来的沉重苦难有深刻的体认,所以他们诗中最真切地反映了安史之乱中及乱后民不聊生的悲惨情景。在艺术造诣上,三位诗人各有不同:戎昱诗多直抒胸臆,气骨刚健,但才力稍弱,造语时有疵累,但其诗慷慨任气,在大历诗中独具个性特色;戴叔伦才能较全面,而以五律、绝句最长;李嘉祐诗风格清丽,时有齐梁余韵,但很少用典,而极力发挥景物描写的表情功能,其七律结构完整,笔调闲雅,遣词造句和对仗都达到很成熟的境地。

“安史之乱”平复以后,尽管社会矛盾重重,内外交困,但暂时的安稳使得朝野上下沉浸于“中兴”的幻觉中。正是在这个时候,以“大历十才子”为首的一批地位不高但富有才情的新进诗人入仕朝廷,充当中兴升平的歌手。据姚合《极玄集》记载,“大历十才子”是钱起、卢纶、韩翃、李端、耿沣、崔峒、司空曙、苗发、夏侯审、吉中孚。另外,郎士元虽未列名其中,也是同一流人物。饯送是“大历十才子”最擅长的题材,钱起、郎士元的送行诗竟成了一种装饰,“自丞相以下,更出作牧,二公无诗祖饯,时论鄙之”(《中兴间气集》)。这批诗人都有良好的艺术修养,擅长近体诗的写作,风格清空闲雅,韵律和谐流利,在技巧上颇为成熟。其中成就较高的是钱起、卢纶、韩翃、李端、郎士元。关于他们较为具体的诗歌创作实践情况,后文将进行详细的阐述。

大历诗坛还涌现了一批方外诗人,如诗僧灵一、皎然、灵澈,道士吴筠、韦渠牟、李季兰,隐士秦系等。方外诗人的作品大都写自己的修行、隐逸生活,以及空寂之情或山林之趣。适意放荡的生活作风决定了他们不再像早期禅僧那样一味寻求内心的空寂清净，而是处处在生活中感觉着活泼的情趣。在技巧上，他们与前两派诗人略有不同，不是侧重于写实的白描，而是侧重于写意的挥洒叙述。与此相应，他们在体式上也不像前两派诗人那样偏重于律诗，而是什么都写，作了很多杂体、俗体诗，联句中常有三言、四言、五言、六言、拟五杂俎等，带有明显的游戏性质。由于取材过于随便，抒写过于率意，他们这派诗人没能取得较高的成就，不足与前两个群体相抗衡。但凭着意诚，又有着真实的体验，他们也常常能在日常生活中捕捉到一些富有诗意的情景。

大历诗歌的产生，主要出于地方官诗人、台阁体诗人（以“大历十才子”为代表）这两大诗人群体。地方官诗人作品大多描写山水风景，台阁体诗人的作品多为题赠送别之作。就题材内容而言，他们的诗歌并没有比前人提供更多的新东西，其清雅闲淡的艺术追求，深受盛唐王、孟诗风的影响，有一脉相承的关系。然而，在与诗的风格情调和写作技巧密切相关的词语色彩和意象构成方面，大历诗歌也有自己鲜明的特色。

由于大历诗人多有生不逢时之感，意气消沉，受其特定心境和意绪支配的诗歌的词语选择，往往带有凄清、寒冷、萧瑟乃至暗淡的色彩。例如，刘长卿的“寒渚一孤雁，夕阳千万山”（《秋杪于越亭》）；“山含秋色近，鸟度夕阳迟”（《陪王明府泛舟》）；“万里通秋雁，千峰共夕阳”（《移使鄂州次岘阳馆怀旧居》）；“帆带夕阳千里没，天连秋水一人归”（《青溪口送人归岳州》）；“秋草独寻人去后，寒林空见日斜时”（《长沙过贾谊宅》）。秋风的冷色调与夕阳返照的黄昏，构成了刘长卿诗歌独特的底色，形成凄清、萧索的秋之色调。

类似秋风、落叶、夕照、寒雁等冷淡色调的词语，在大历诗人的作品中俯拾即是。例如，韦应物《自巩洛舟行入黄河即事寄府县僚友》：“寒树依微远天外，夕阳明灭乱流中。”李嘉祐《承恩量移宰江邑临鄱江怅然之作》：“惆怅闲眠临极浦，夕阳秋草不胜情。”钱起《谷口书斋寄杨补阙》：“竹怜新雨后，山爱夕阳时。”戴叔伦

《李大夫见赠因之有呈》:“江清寒照动,山迴野云秋。”卢纶《至德中途中书事却寄李侗》:“路绕寒山人独去,月临秋水雁空惊。”暗淡清冷的词语色彩,使大历诗整体上给人以凄凉衰飒的风格印象。

在大历诗中,诗人寂寞冷落的情思,多通过象征性意象或描述性意象表达出来,形成了两种意象类型。象征性的意象在刘长卿的诗里用得较多,其诗中用得最多的一个意象是“青山”,如“荷笠带夕阳,青山独归远”(《送灵澈上人》);“落日孤舟去,青山万里看”(《却赴南邑留别苏台知己》);“惆怅暮帆何处落,青山无限水漫漫”(《送子婿崔真父归长城》)。“青山”似乎成了诗人坎坷愁苦的人生之旅中的归宿地,一种内心深处向往的安宁的居所。象征性意象的特点是富于暗示性,意蕴丰富,运用时有弹性,较为方便;但也极易形成某种情绪类型的固定符号,成为程式化的表达。

相较而言,其他大历诗人更多地偏爱使用描述性意象,采用白描手法写诗,以求意象的创新。例如,钱起《湘灵鼓瑟》中的“曲终人不见,江上数峰青”;司空曙《喜外弟卢纶见寄》中的“雨中黄叶树,灯下白头人”;韩翃《酬程延秋夜即事见赠》里的“星河秋一雁,砧杵夜千家”;耿沣《晚夏即事临南居》中的“树色迎秋老,蝉声过雨稀”;李端《过谷口元赞所居》里的“重露湿苍苔,明灯照黄叶”。这些诗句均具有追求精确和具体的写实倾向,其意象多由生活中常见的山峰、寒雨、落叶、灯影、蝉声、苍苔等组成。

在诗中运用具体的描述性意象,能保证作品的新鲜感,故大历诗人的写景更多面向现实物色,甚至连日常生活中随处可见的蚁穴、蜂巢等细琐事物也成为观察描写对象。他们的眼光能深入到盛唐诗人忽略的细微角落,发现一些前人没写过的琐细幽美的自然物象和生活小情趣,开辟出新的诗境。但一味地采用白描手法作诗而偏重于描述性意象,也会使诗的境界流于浅近狭小。这也是“大历十才子”的诗往往构不成通篇浑融一气意境的原因。而且不少诗作过于讲究描写技巧而显雕琢,以致常常是有佳句而无佳篇。

二、残留盛唐特色的李益

在大历诗风的主流之外，还有一些残留盛唐特色的诗作，如李益的边塞诗。李益（750？—830?）有十多年的军旅生涯，其边塞诗写得很优秀，尤其是七绝，常常是壮烈、慷慨之中带一点伤感和悲凉，如《夜上受降城闻笛》：

回乐峰前沙似雪，受降城下月如霜。
不知何处吹芦管，一夜征人尽望乡。

诗写月下登上西受降城，望回乐峰，沙漠在月色里是一片清冷的雪白，脚下的西受降城同样是一片如霜的月色。就在这荒凉清冷的边塞之夜，引发了思乡之情。“一夜征人尽望乡”一句，是夸张之词，但又确切地表现了此时边关将士久戍思归的心境。全诗从大处着眼，大概括，大描写，重在写情思氛围。《从军北征》也类似这种写法：

天山雪后海风寒，横笛偏吹行路难。
碛里征人三十万，一时回首月中看。

同样写由乐声引起的思乡之情，末句写法也相似，却无重复之感，原因就在于其中蕴含着浓烈的乡愁和悲凉的情调。《夜上西城听梁州曲》二首、《春夜闻笛》《扬州万里送客》也有此种情调。

此外，李益还有一些写得质实明快的诗，如《江南曲》。

李益的诗带着盛唐诗的一些特色，可以看做是盛唐诗艺术上的一种残留现象。而他诗中的感伤悲凉情调应该是受大历时期的时代风貌影响的。

总体来说，大历时期是一个没有理想的时代，虽然活跃着众多的诗人，却没有第一流作家，许多诗人仅以一二名篇留名诗史，如张继以《枫桥夜泊》闻名，就是典型的例子。后人对大历诗的评价也不高，胡震亨《唐音癸签》卷七还曾评曰：

> 详大历诸家风尚，大抵厌薄开、天旧藻，矫入省净一途。自刘（长卿）、郎（士元）、皇甫（冉、曾）以及司空（曙）、崔（峒）、耿（沣），一时数贤，窍籁即殊，于喁非远，命旨贵沉宛有含，写致取淡冷自送。玄水一歃，群醲覆杯，是其调之同。而工于浣濯，自艰于振举，风干衰，边幅狭，专诣五言，擅场饯送，此外无他大篇伟什岿望集中，则其所短耳。

这段评语还是比较精当的。大历诗人创作受时代限制，总体上缺乏激情，创造力不高。它的缺陷也非常明显：首先是群体倾向鲜明而个性色彩黯淡；其次是体制欠宏阔，取材偏狭窄，意象陈熟雷同。但大历诗以自觉的意象化方式确立了古典诗歌情景交融的美学特征，并通过深刻的理论反思形成以“取境”为核心的创作论，和围绕着“景”建构起来的诗歌美学。至于题材的日常化、艺术表现的纪实化，则将杜甫诗中露出的苗头发扬光大，演化成中唐诗中占主导地位的艺术倾向。

三、长于制诰政论的陆贽

世乱多故，不仅需要诗歌来宣泄浓重的哀思，也需要文章来记录深沉的理性思考，陈述匡时救弊的良方。大历时期不少著名文学家的政论（如戴叔伦《述稿》）和文集（如刘长卿、韦应物）不幸失传，但有陆贽《陆宣公奏议》的传世。

陆贽（753—805），字敬舆，嘉兴（今属浙江）人。大历八年（773）登进士第，又应博学宏词科，授郑县尉，后调渭南主簿，迁监察御史。德宗时授翰林学士，由祠部员外郎转考功郎中。陆贽感德宗的知遇之恩，尽忠报效，朝廷政有缺失，巨细必陈。德宗的罪己诏就是在陆贽的劝谏下并由陆贽拟写的。陆贽诗做得平平，赋却写得气势充沛，条理明晰，叙事写景也得心应手。陆贽的著作，据权德舆《陆宣公文集序》载，有制诰集十一卷、秦草七卷、中书奏议七卷、文集十五卷。今文集十五卷已佚，诗只存三篇试帖诗，奏草与中书奏议后人合刻为《陆宣公奏议》，流传极广。陆贽博学多才，精于谋略，是个真正有远见的政治家。读他的奏议如《奉天论赦书事条状》《奉天论李晟所管兵马状》《奉天奏李建徽杨惠元两节度兵马状》《兴元请抚循李楚琳状》《兴元奏请许浑瑊李晟等诸军兵马自取机便状》等，可以清楚地看到他那“识大体”“有远虑”（刘辰翁语）而又见散察微的宰相风度。其他论财政之文也应时救弊，堪称治世良方。

陆贽的政论文都是骈体，语句工整、声韵铿锵，富有排宕偶俪之美，却绝无呆板僵滞之弊。《奉天论奏当今所切务状》中的一段尤有代表性：

> 顷者窃闻舆议，颇究群情：四方则患于中外意乖，百辟又患于君臣道隔；郡国之志不达於朝廷，朝廷之诚不升於轩陛；上泽阙於下布，下情壅於上闻。实事不必知，知事不必实；上下否隔於其际，真伪杂糅於其间；聚怨嚣嚣，腾谤籍籍，欲无疑阻，其可得乎？物论则然，人心可见。盖谓含宏听纳，是圣主之所难；郁抑猜嫌，是众情之所病。伏惟陛下神无滞用，鉴必穷微，愈其病而易其难，如淬锋溃疣，决防注水耳。可以崇德美，可以济艰难，陛下何虑不行，而直为此懔懔也？

虽是排偶骈俪，却流利顺畅一如散行，丝毫无牵拘生硬之感。骈文到陆贽，真可以说精纯圆熟，已到炉火纯青的境界。当然，陆贽并不因此就一律不用散句，像上引文字中末尾就是一句散句，在一段陈述结束时，它使语气变得纡徐舒畅，在整齐铿锵的韵律中制造了一点波折变化。《奉天奏李建徽杨惠元两节度兵马状》在论及处置两节度兵马的具体措施时也用散笔直叙，并不强作骈俪，由此可见陆贽以意为主，不拘泥文辞的通达态度。

陆贽不只是一个有政治家风度的文学家，也是一个有文学家眼光的政治家。他的政论文影响深远，以其“辞婉而意严，得告君之体”，所以“后世进言多学宣公一路，惟体制不必仍其排偶耳”

(《艺概·文概》)。

第三节　士人心态的转变与大历诗歌的冷落寂寞情调

大历年间是盛唐诗风向中唐诗风演变的过渡期,大历诗歌既是盛唐的延续,又是中唐的先声。大历诗人青少年时期在开元太平盛世中度过,受过盛唐文化的熏陶,但经历了"安史之乱"后,其心理状态发生了明显的变化,蓦然感到自己的无能和衰老,由此也失去了盛唐士人昂扬的精神风貌。他们对社会生活的态度由浪漫变得现实,对诗歌的趣味"移风骨之赏于情致"(胡震亨《唐音癸签》),对诗体的好尚由古体转向近体,题材多为日常生活、身边琐事,以表现宁静淡泊的生活情趣,虽有风味而气骨顿衰。这种诗歌创作风貌也被后人评为"大历诗风"。他们的诗不再有盛唐诗歌的非凡自信和磅礴气势,也少有杜甫那种反映战乱社会现实的激愤和深广情怀,而大多数是抒写冷漠寂寥情怀,追求清雅高逸的情调。

一、自成一家的韦应物与刘长卿

韦应物是地方官诗人中的一个卓异的个体,也是大历诗坛一个独特的存在。大历诗人能进名家级的仅有韦应物和刘长卿,而自成一家的只有韦应物。

韦应物(737—792),京兆万年(今陕西西安)人。他少年时期任侠负气,15 岁时成为唐玄宗的三卫近侍。"安史之乱"后,他曾入太学折节读书,于广德元年(763)出任洛阳丞。在他早期所写的一部分作品里,不乏昂扬开朗的人生意气。后又出任过苏州刺史,因此世称"韦苏州"。对于仕途,韦应物有自己独特的感受。他在《高陵书情,寄三原卢少府》中说:"直方难为进,守此微贱班。开卷不及顾,沉埋案牍间。兵凶久相践,徭赋岂得闲。促戚下可衰，宽政身致患。日夕思自退，出门望故山。君心倘如此，携手相与还。”诗作揭示了直道难进、沉迹下僚的官场，述说了吏务冗杂、执政两难的苦恼。

到任滁州刺史时，韦应物对仕宦倦怠至极，但他也未忘自己的责任，因此从某些诗作也可以看出其流连职官与思归山林的仕隐矛盾心态。而《观田家》一诗这样写道：“微雨众卉新，一雷惊蛰始。田家几日闲，耕种从此起。丁壮俱在野，场圃亦就理。归来景常晏，饮犊西涧水。饥劬不自苦，膏泽且为喜。仓廪无宿储，徭役犹未已。方惭不耕者，禄食出闾里。”不仅直接描绘了劳动人民的辛劳与苦难，表现了对劳动人民的深切同情，也对自己的“不劳而食”深感惭愧。这在传统诗词中是难能可贵的。

韦应物的绝大部分诗歌作于辞去洛阳丞一职之后，尤以大历中再度出仕任京兆府功曹，至罢滁州刺史的十余年间的吏隐诗作见称于世。在他后期的作品如《温泉行》《与村老对饮》里，慷慨为国的昂扬意气已消失不见，代之以看破世情的无奈和散淡。诗人对从政已感失望，感情退回到个人生活的天地里，欣赏山水之美和闲静乐趣，从中寻求慰藉。于是，向往隐逸的宁静，有意效法陶渊明的冲和平淡，成为韦应物诗歌创作的主导倾向。气貌高古，清雅闲淡，自成一家之体。

韦应物的五言诗数量最多，成就也最高，白居易在著名的《与元九书》中评论道：“其五言诗文，又高雅闲淡，自成一家之体，今之秉笔者，谁能及之。”“高雅闲淡”是韦应物五言诗的突出特点，甚至是其诗歌的基本特点。如《淮上喜会梁州故人》：

江汉曾为客，相逢每醉还。
浮云一别后，流水十年间。
欢笑情如旧，萧疏鬓已斑。
何因不归去？淮上有秋山。

首联回忆与梁州故人往日郊游的情景，情深意切，浓密质实，是实写，有密不透风之感；颔联将阔别十年中的情事一笔带过，意象空灵，其虚写又有疏可走马之致，且采用了流水对，自然流畅，洗练概括；颈联又转回眼前，将颔联抄底兜住，与首联相接；尾联则以诘问作结，将诗作带起，点化出“高雅闲淡”的情致。

韦应物的许多诗往往外表淡泊，意象简古，但感情强烈，神思幽远，如几首送友寄人的诗《寄全椒山中道士》《淮上即事寄广陵亲故》《赋得暮雨送李胄》《秋夜寄丘二十二员外》。其中，《寄全椒山中道士》说：“今朝郡斋冷，忽念山中客。涧底束荆薪，归来煮白石。欲持一瓢酒，远慰风雨夕。落叶满空山，何处寻行迹？”真挚的情感，出之以恬淡之语，诗境明净雅洁而意味深长。全诗如秋水一泓，泠然澄清，写来一片神行，有化工之笔。至于“落叶满空山，何处寻行迹”一句，历来备受称赏，方南堂赞其“高简妙远，大音声希”。韦应物的许多诗都有这种韵味，写得最好的是七言诗《滁州西涧》：

独怜幽草涧边生，上有黄鹂深树鸣。
春潮带雨晚来急，野渡无人舟自横。

在融融的春光中，独独怜惜涧边的幽草，在滚滚的春潮中，诗人则如孤舟自横。该诗以极简洁的景物描写，将幽微的寄托、强烈的情感和跌宕开合的节奏融合起来，传神地写出了闲适生活的宁静野逸之趣，营造出了一种秾丽古淡、新鲜而又深邃的意境。在此诗境中，有一重冷落寂寞的情思氛围。这种归结于静穆空寂的诗歌情调，表现出某种冷漠遁世的心理倾向，与其他大历诗人的创作是相同的。

韦应物写景抒情的诗作常常勾画出动静相宜的画面，表现出清冷、寂静的境界。例如，名句“杨柳散和风，青山淡吾虑”（《东郊》），“景煦听禽响，雨余看柳垂”（《春游南亭》），“寒雨暗深更，流萤度高阁”（《寺居独夜寄崔主簿》），都有这种特点。其中“景煦听禽响，雨余看柳垂”二句，分明写出一心静之人。又如其《宿永阳寄璨律师》：“遥知郡斋夜，冻雪封松竹。时有山僧来，悬灯独自宿。”一片冷寂境界，真如黄彻所说：“暑月读之亦有霜气。”（《䂬溪

诗话》)

韦应物善于描写山水景物,大有陶、谢遗风。像“云淡水容夕,雨微荷气凉”(《南塘泛舟会元六昆季》),“寒树依微远天外,夕阳明灭乱流中”(《自巩洛舟行入黄河即事寄府县僚友》),“乔木生夏凉,流云吐华月”(《同德寺雨后寄元侍御李博士》),“南亭草心绿,春塘泉脉动”(《春游南亭》),都是写景名句。韦应物的写景诗,篇末多有议论,如《园亭览物》《任鄠令渼陂游眺》等。但他也有些山水诗不着议论,而能以生动画面打动人,如前文提及的《滁州西涧》,还有《西塞山》等。其中,《西塞山》从动的角度写静止的山,又借山岚、江水加以衬托,显现出西塞山的雄浑气势。

韦应物的一些诗也体现了他辞官后自然淡泊的性情。例如,《出还》一诗:“昔出喜还家,今还独伤意。入室掩无光,衔哀写虚位。凄凄动幽幔,寂寂惊寒吹。幼女复何知,时来庭下戏。咨嗟日复老,错莫身如寄。家人劝我餐,对案空垂泪。”写爱妻去世后的内心感受,抓住了几个典型细节,娓娓道来,将凄苦、孤独、怀念和伤感之情缓缓道出,感人肺腑,有撕心裂肺之痛。韦应物为爱妻所写的悼亡诗有十多首,都具有类似的风格。

在大历诗人中,韦应物的确独树一帜。大历诗风意境窘迫促狭,语言有雕饰之弊,多尊崇谢朓,情调衰淡苦卑。但韦应物却宗承陶渊明,并突出自己的特点。他虽以古体胜,但诸体皆长;在意境上,古淡悠远,意味深邃绵长;在艺术形式上,结体浑成;在表现方式上,以白描见长,往往倾向于平铺直叙,直接抒情;在情调上,平和淡泊;在语言上,朴实、自然;在节奏上,冲和平静,舒缓优柔而又伸展自如。历史上对韦应物的诗评论甚多,而最著名的还是苏轼的评论:“韦应物、柳宗元发纤秾于简古,寄至味于淡泊。”(《书黄子思诗集后》)这也正是中国诗歌从“文以气为主”到“文以韵为主”,从“立象以尽意”到“境生于象外”审美转型的典型表现。

在反映大历时期士人的孤独冷漠心态方面,刘长卿的诗歌也很有代表性。比较特别的是,他的诗歌一方面保留着盛唐的范式,一方面又显著地体现出大历诗风的主要特征。

刘长卿(726? —786?),字文房,洛阳人,少居嵩山读书,数次应试,天宝年间进士及第,尚未释褐即逢安史之乱。肃宗至德宗年间先后摄海盐令,任监察御史、长州尉等职,后被贬岭南南巴尉,代宗年间任转运使判官等职,曾被诬以“贪赃”罪贬睦州司马。德宗年间任随州刺史,世称刘随州。刘长卿两遭谪贬,一生的大部分时光是在逆境中度过的。长期的郁郁寡欢使他的诗歌于冷落寂寞的情调中,又平添了一些惆怅衰飒的心绪,显得凄清悲凉。

刘长卿的诗歌有五百多首,题材多样,有感叹报国无门、知音难觅、怀才不遇的,有反映安史之乱的,还有边塞诗。因性格刚直、心怀经世济时的强烈愿望,敢于直面现实,刘长卿还写出了一些反映现实的作品,如《至德三年春正月……上浙西节度李侍郎中丞行营五十韵》等诗描述安史之乱的情景和收复两京的喜悦心情,悲壮慷慨,富有强烈的时代感。其《送李录事兄归襄邓》云:“十年多难与君同,几处移家逐转蓬。白首相逢征战后,青春已过乱离中。”面对战乱后到处残破凋零的景象,诗人不胜沧海桑田、人生变幻之感。刘长卿的诗风有时也沉郁苍凉,与杜甫诗风有近似之处,如《穆陵关北逢人归渔阳》:

逢君穆陵路,匹马向桑干。
楚国苍山古,幽州白日寒。
城池百战后,耆旧几家残。
处处蓬蒿遍,归人掩泪看。

本诗将中原至幽州的乱后破败情景极其鲜明地呈现出来,尤其是“幽州白日寒”一句,以白日寒光的凄冷与惨淡来形容北方的荒凉冷落,将汉魏诗的风骨和唐诗的浑成融为一体,尤见功力。再如《送李录事兄归襄邓》,不仅抒写了身经离乱的凄楚与无奈,也反映了当时的社会现实,沉郁苍凉,有杜甫的《登岳阳楼》的神韵。

时运不济的感伤和惆怅,在刘长卿的诗中是层层递进的,人生失意的凄凉之感,融入黯淡萧瑟的景物描写中,尤显浓重深长,诗作如《负谪后登干越亭作》《重送裴郎中贬吉州》。其中,《重送裴郎中贬吉州》说:“猿啼客散暮江头,人自伤心水自流。同作逐臣君更远,青山万里一孤舟。”全诗流露出一种由悲剧命运支配的孤寂惆怅的生存体验,与特定时代的衰败萧索景象相结合,汇聚成生不逢时的冷漠寂寥情调,在刘长卿诗里反复出现,以至于诗歌意象的构成也带有某种类型化的倾向。

刘长卿的五言诗写得最好,曾自许为“五言长城”,早年爱写篇幅较大的叙事性的五古五排,但意脉似不甚连贯。后来他用较短的五古和五律、五绝写离别与山水景物,颇多意象省净而极富韵味的优秀之作。如《江中对月》:“空洲夕烟敛,望月秋江里。历历沙上人,月中孤渡水。”诗境清幽冷寂,饶有澹逸闲雅之趣。他的五绝,最为著名的是《逢雪宿芙蓉山主人》:

日暮苍山远,天寒白屋贫。
柴门闻犬吠,风雪夜归人。

文字优美而意境幽远,然而弥漫着一层难以言说的冷漠寂寥的情思,透露出浓重的衰飒索寞之气。

刘长卿的七言诗也很出色,与其五言诗一样,诗境清新淡远,含蓄蕴藉,接近盛唐王、孟一派,但又能在盛唐诸公之外另开一派,值得重视,诗作如《长沙过贾谊宅》《别严士元》《过郑山人所居》《新息道中作》《春日宴魏万成湘水亭》等。其中,《长沙过贾谊宅》借贾谊的遭遇抒写诗人的迁谪之悲,使人联想到贾谊的不幸,表现出深沉的历史悲剧意识,情调沉郁而清寂。《别严士元》写别情,叹身世,整首诗在落寞与寂寥中透显出意境的浑融完整,流畅自然,略无间隔。尤其是中间两联,将清寂幽微的心境表现得丝丝入扣,实为难得。后面《过郑山人所居》等三首,或写隐居之状,或抒离乱之情,或发垂老之慨,都是情景交融,淡远深微,与前面两诗具有同样的风格。

刘长卿的诗与盛唐诸公相比,其特点十分明显:“文房(刘长卿的字)之诗,可以通津杜公,但气味犹优柔,不及杜公雄耳。……今定七律，以杜公七律为宗，而辅以文房。”（《昭昧詹言》卷十七）以刘长卿为杜甫之辅，足见评价之高。

从艺术上讲，刘长卿的诗近体优于古体，五古优于七古，但五、七言的古体和近体中都有名作。在他的五言诗中，有许多诗是描写他独往独来和幽独自处的身影的，这构成了刘长卿诗的一个显著特色。这些诗即使是写别人的形象，也往往是诗人心灵的投影。如《江中对月》：“空洲夕烟敛，望月秋江里。历历沙上人，月中孤渡水。”这也显然是借人喻己。类似的诗作还如《江州留别薛六、柳八二员外》《余干旅舍》《寄龙山道士许法棱》《赴新安别梁侍郎》，这些诗作里都带有“孤”“独”字样的句子，其本身就在一定意义上显示出刘长卿诗歌清幽淡远的意境。

刘长卿善于使用白描手法，往往在不动声色的淡淡描绘中营造出淡远幽微的意境，使人深得其味而又难以言传。例如，前文提到的《逢雪宿芙蓉山主人》，一幅水墨风雪夜归图，主贫客寂，情在画外，绵远无尽。再如《送灵澈上人》：“苍苍竹林寺，杳杳钟声晚。荷笠带夕阳，青山独归远。”娓娓道来，似无刻意着墨处，但实有韵外之致，不仅以浅语写出了深深的别情，更重要的是通过刻画灵澈上人的形象展示了虚灵的情致。

刘长卿的诗十分善于传达象外之境，因此，他的诗中多名句。清代的余成教在《石园诗话》中说：

> 随州诗如“老至居人下，春归在客先”，“古路无行客，寒山独见君”，“人来千嶂外，犬吠百花中”，“孤城向水闭，独鸟背人飞”，“寒渚一孤雁，夕阳千万山”，“得罪风霜苦，全生天地仁”，“得地移根远，经霜抱节难”，“旧浦满来移渡口，垂杨深处有人家”，“家散万金酬士死，身留一剑答君恩”，“细雨湿衣看不见，闲花落地听无声”，“帆带夕阳千里没，天连秋水一人归”，“身随敝屦经残雪，手绽寒衣入旧山”，“未知门户谁堪主，且免琴书别与人”，“多时行径空秋草，几日浮生哭故人”，皆佳句也。

细品这些佳句，使人觉得有杜诗的锤炼之感，也有沉郁之风，但更多的是在清气与工秀的氛围中透显着淡远幽微的意境，从而使人将其与盛唐气象区别开来。

对于刘长卿诗的艺术成就和历史地位，前人贺贻孙在《诗筏》中说："刘长卿诗，能以苍秀接盛唐之绪，亦未免以新隽开中晚之风。其命意造句，似欲揽少陵、摩诘二家之长而兼有之，而各有不相似处。其不相似不相及，乃所以独成其为文房也。"贺裳也在《载酒园诗话》中说："刘有古调，有新声。盛唐人无不高凝整浑，随州短律，始收敛气力，归于自然，首尾一气，宛若面语。……随州始有作态之意，实溽暑中之一叶落也。"刘长卿的诗接杜甫和王、孟而又多有新变，在开启中唐新诗境上居功甚伟。刘长卿诗也有不足之处，诗中句意相类者有很多。高仲武在《中兴间气集》卷下就说："（刘诗）大抵十首以上，语意稍同，于落句尤甚，思锐才窄也。"

二、高低不一的"大历十才子"

大历时期，在创作中以抒写冷漠寂寥情怀为主的其他重要诗人，便是"大历十才子"。他们的生平大都不详，因大历初年在长安参加重要的唱和活动而为世人所瞩目。他们的创作成就高低不一，所长亦各异。例如，钱起才能全面，工于各种诗体，被公认为十才子之冠。李端才思敏捷，善于作应酬的送行诗。卢纶曾到过边塞，其《塞下曲》云："月黑雁飞高，单于夜遁逃。欲将轻骑逐，大雪满弓刀。"不乏昂扬气势，带有盛唐余韵。此外，十才子都有反映战乱生活的诗，虽是冷眼旁观的客观记录，有的也写得较为深刻。

"大历十才子"齐名的一个重要原因，还在于主要创作倾向和诗风的相近。他们的生活态度不再像盛唐诗人那样充满兼济理想，也不志于政事，而是寄情趣于山水，寄心绪于景物。除了应酬唱和之作外，他们的诗主要写日常生活细事、自然风物和羁旅愁思，抒发寂寞清冷的孤独情怀，表现超然世外的隐逸风调。他们的一些优秀成熟之作，如钱起《送锺评事应宏词下第东归》、李端《听夜雨寄卢纶》、卢纶《与从弟瑾同下第后出关言别》、司空曙《江村即事》、韩翃《寒食日即事》，艺术表现上以谢朓为宗，讲究格律辞藻，追求清雅闲淡，工于白描写景，技巧趋于细腻雕琢，大都写得精致工整，总表现出一种冷落萧瑟的气象，带有大历诗特有的情思韵味。

“大历十才子”中，成就较高的是钱起、卢纶、韩翃和李端。

钱起(720？—783?)，字仲文，吴兴(今浙江湖州)人，曾任蓝田尉、司封郎中、考功郎中，早年和王维、裴迪有过唱和。因此，钱起的诗歌无论是写山林隐逸之情的主题取向，或是“体格新奇，理致清赡”的诗风，都与王维有着一脉相承的关系。其《蓝田溪杂咏二十二首》明显有模拟王维《辋川集》的痕迹。然而钱起与王维终究有很大的不同，他的古诗不如王维自然平淡，显得较为雕琢。王维笔下的景物大都呈现一种天然自在的意趣，看不出作者主观因素的介入。而钱起的诗虽然同样追求一种清幽宁静的趣味，描写那清空幽远的风景，却明显可以看出知觉的泛滥。不仅景物的各种形容词清楚地留下知觉的印迹，而且这些风景明显地被置于观赏对象的位置上。钱起笔下的风景都有一定的形容词修饰：板桥是“静宜樵隐度”，石上苔是“幽宜松雨滴”，砌下泉是“能资庭户幽”。推而广之，石是“幽石”，人是“幽人”，鸟是“幽鸟”，水是“清涟”，风是“清风”……钱起不仅反复突出这些景物给他的知觉印象，还要迫切地表现出他对此的欣赏：“那知幽石下，不与武陵通”(《石井》)，“谁知古石上，不染世人迹”(《石上苔》)，“幽鸟清涟上，兴来看不足”(《竹屿》)，“更喜好风来，数片翻晴雪”(《戏鸥》)。又如，《登胜果寺南楼雨中望严协律》一诗，文字都很平常，但用法、搭配和造句却别出心裁，雕琢明显，与盛唐古诗的质朴浑厚相比，显出一点尖新的味道。钱起的近体作品以五律见长，非常讲究遣词造语的精致，有一种玲珑剔透的工艺美。例如，“星影低惊鹊，虫声傍旅衣”(《秋夜梁七兵曹同宿》)，“碧空河色浅，红叶露声虚”

(《秋夜寄张韦二主簿》),“秋日翻荷影,晴光脆柳枝”(《秋夕与梁锽文宴》),“带竹新泉冷,穿花片月深”(《春夜过长孙绎别业》)等这样的诗句,无论是取意的空灵,还是造语的雅洁,在盛唐诗中都是不多见的。其中流露的一种幽冷而不安的心境,情调凄清哀怨。

钱起的近体诗不像其他人那样爱用虚字,他的诗句大都是填得实实的,意象和意义都很紧密。例如,《衡门春夜》中的“丛篠轻新暑,孤花占春晚”,《奉和中书长舍人晚秋集贤院即事寄徐薛二侍郎》中的“露盘侵汉耸,宫柳度鸦疏”,《登复州南楼》中的“客心湖上雁,归思日边花”等。这几种句式,都是钱起常用的,可以说一字一义,字字不虚。

钱起的赠别怀人之作,最能显出十才子的共同风格,如《送夏侯审校书东归》《裴迪南门秋夜对月》。但钱起却以一首试帖诗名世,诗为《省试湘灵鼓瑟》:

善鼓云和瑟,常闻帝子灵。
冯夷空自舞,楚客不堪听。
苦调凄金石,清音入杳冥。
苍梧来怨慕,白芷动芳馨。
流水传萧浦,悲风过洞庭。
曲终人不见,江上数峰青。

末二句用听曲者的独特感受写音乐魅力,语约韵远,空灵得很,前人评价甚高。由于诗人用以悲为美的审美观念称颂湘灵鼓瑟之工,故诗中境界惝恍苍茫,气象萧瑟。钱起《归雁》诗谓“潇湘何事等闲回?水碧沙明两岸苔。二十五弦弹夜月,不胜清怨却飞来”。诗中上问下答,寄慨自在言外。从描写音乐的角度看,这也是用衬托方法极言音乐之悲的好诗。和省试诗不同,此诗出语珠圆玉润,词气悠扬,显得清新、俊逸。

钱起工于诗歌各体,而他在诗型上首先值得注意的是七言歌行。钱起的七言歌行明显带有诗风转变时期的两重性格——内容和表现方式保留着盛唐感物吟志的特征，而声律形式则已体现大历古诗律化的倾向。在内容上，无非都在表达一个怀才不遇的主题：叹世遗才，希求汲引，甘于托迹高门，如《紫参歌》云："应知仙卉老烟霞，莫赏天桃满蹊径"，《玛瑙杯歌》云："世情贵耳不贵奇，谩说海底珊瑚枝。宁及琢磨当妙用，燕歌楚舞长相随"，《锄药咏》《片玉篇》《画鹤篇》也表达了同样的主题。然而，钱起的作品总缺点奇崛之气，而声律的婉转谐畅无疑是造成这种结果的重要原因。细检这些诗作，声律上都存在着严重的律化程度。除了《秋霖曲》《赋得青城山歌送杨杜二郎中赴蜀军》各含有两个典型的古诗句——平声三字尾，其他作品基本上都是律句，只有个别字句不合律。再考虑到粘对规则的基本遵循，钱起歌行反自然声调的倾向就很明显了。这与他五古的雕琢之风（七言歌行也不乏雕琢之处）恰好一致，都体现了当时古体律化的趋向。大历诗人普遍是对近体的兴趣浓于古体，相当一部分诗人不爱作古体诗；而略作古体诗的诗人，古体作品又浸淫着近体风气。钱起在这点上正是突出的代表。

大历七律的意义是在唐七律发展史上开拓了萧散娴雅的境界，并将盛唐名家如李颀的洗练工稳、王维的精工雅致发展得更加纯熟。这一结论完全适合于钱起的七律创作。钱起现存七律作品既有《乐游原晴望上中书李侍郎》《七盘岭阻寇闻李端公先到南楚》《送李九贬南阳》之类的洗练工稳之作，也有《和李员外扈驾幸温泉宫》《阙下赠裴舍人》这样的精工典雅之作。但最能体现钱起独到之处的，应该是《酬赵给事相寻不遇留赠》。此诗读起来有一种乘流直下的感觉，韵调流利而飘动。平心而论，钱起七律体格匀称，造语清雅，从技巧上说已达纯熟之境。境界虽不及刘长卿苍老阔大，但自有一种温秀之致人不可及，如《山中酬杨补阙见过》。该诗通篇殊无其五律的精工雕琢，信笔写来，却饶有意趣，如白云在天，舒卷自如。不过，因为浓重的应酬习气和内涵的贫乏，使钱起七律的作品流于肤浅，既缺乏深沉动人的情感内容，也缺乏新警卓绝的艺术表现。他的七律之所以为后代所重视，只是因为便于模仿。钱起的五言古近体、五七绝也有相当水平，在大历时代各领风骚，因前文已有剖析，这里不再专论。

卢纶（748—800?），字允言，河中蒲州（今山西永济）人。他曾在浑瑊幕府中担任过元帅判官。卢纶诗在“大历十才子”中稍具浑雄之气，而且能作富有气势的长篇歌行，如《送张郎中还蜀歌》《慈恩寺石磬歌》《萧常侍瘿柏亭歌》。特别是《腊月观咸宁王部曲娑勒擒豹歌》前半部，惊心动魄，极富戏剧性。在整个擒豹过程中，诗人对勇士搏击的场面只一笔带过，而着意渲染事前事后、场内场外的紧张气氛，使通篇作品有声有色，扣人心弦。由于诗人居军幕多年，熟悉戎马生活并深有体验，集中写边塞与军事题材的作品出手不凡，有《和张仆射塞下曲》六首。如其二云：

林暗草惊风，将军夜引弓。
平明寻白羽，没在石棱中。

其三云：

月黑雁飞高，单于夜遁逃。
欲将轻骑逐，大雪满弓刀。

“其二”写将军射术高强，突出的是他的动作敏捷、箭法准确和膂力过人。“其三”写一场追击战，但未写战斗高潮，只是勾勒将士出征前的一个典型场面。类似《和张仆射塞下曲》的边塞诗还如《送韩都护还边》《代员将军罢战后归旧里赠朔北故人》《送颜推官游银夏谒韩大夫》。卢纶还有一篇《腊日观成宁郡王部曲娑勒擒虎歌》，歌颂一位少数民族青年活捉老虎的英勇事迹，诗选材典型，叙事生动，气格紧健，气概不凡。

卢纶诗善于捕捉日常生活中的细节，赋予艺术化的表现，因而富于人情味。例如，《夜中得循州赵司马侍郎书因寄回使》中的“两行灯下泪，一纸岭南书”，《至德中途中书事却寄李僩》中的“衰颜重喜归乡国，身贱多惭问姓名”。他也善于将一些生活小景写得饶有情趣，如《送吉中孚校书归楚州旧山》写送行十分生动：“送客随岸行，行人出帆立。”又如《晚次鄂州》写水路航行：“估客昼眠知浪静，舟人夜语觉潮生。”诗人竟能在单调乏味的航行中捕捉到如此平常而又有诗意的镜头，可见其敏锐而有艺术感受力。

卢纶也有“写的逼真”而情调感伤的诗，它们可以作为“大历十才子”诗的代表，如《与从弟瑾同下第后出关言别》《逢病军人》《晚次鄂州》等。

韩翃（719—788）与李端（737—784）都是富于才情、文思敏捷的诗人，学者葛晓音在《诗变于盛衰之际——论“大历十才子”的诗风及其形成》中指出韩翃诗体现了十才子诗风繁富的一面。他们两人的七言歌行在大历诗人中值得重视，韩翃的《送孙泼赴云中》气势雄健，有李颀、崔颢遗风。有所不同的是，“崔颢时有沉雄，‘风骨凛然’，而韩翃则多流于萧疏”[1]，这方面的代表作如《送冷朝阳还上元》。该诗所表达的情绪是散淡的，喜未尽欢，思不至愁，只是淡淡的惆怅和眷恋；结构是散淡的，四联之间联系松散，情景平列展开，没有波折起伏；遣词造句也是散淡的，字句平易，少用典故，节奏平滑而舒缓。由于达成疏的具体方式不一样，韩翃与大力诗人就显出了差异。这种差异在于韩翃在诗中用了大量的专有名词，即地名和人名。例如，《送客之江宁》诗云：“朱雀桥边看淮水，乌衣巷里问王家。”朱雀桥、乌衣巷与一定的历史有关，有着丰富的内涵，但在这里它们都只是作为一个地点而不是作为典故出现的，所以联想价值并不高。类似还如《送李湜下第归卫州便游河北》《送客一归襄阳二归浔阳》《送客归江州》《送丹阳刘太真》等。这些诗作中的地名，大多是一个个普通而具体的地点，很少其他象征、暗示意义，意义范围有限。李端的《胡腾儿》敏感地关注到陇右沦陷的重大事件，是大历诗中不可多得的佳作。李端是“大历十才子”中作品题材涉及面最广的诗人。他不仅写作其他诗人较少涉笔的乐府旧题（如《古别离》《乌七曲》《折杨柳》），还咏物寄怀（如《瘦马行》《白鹭咏》《鲜于少府宅看花》），

[1] 蒋寅．大历诗人研究．北京：北京大学出版社，2007：217．

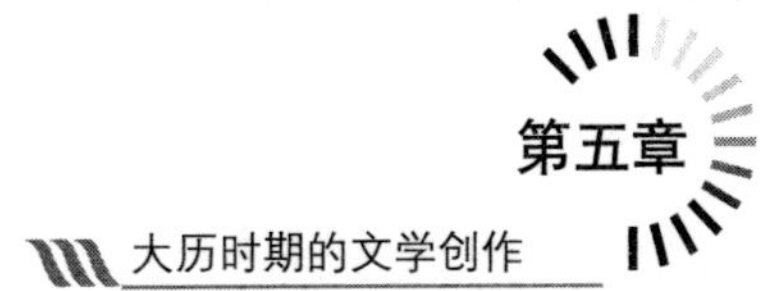

描写人物（如《赠康洽》《胡腾儿》）、讽议时事（如《杂歌》）。总之，韩翃与李端二家近体之作，“前者兴致繁富，风格洗练，后者情真意挚，朴素动人，在艺术上各有独到”❶。

“大历十才子”的其他诗人，或存诗不多，或偏工一体，成就较上述几位诗人稍逊一筹。但他们也各有特点，写过些优秀的篇章。司空曙、耿沣、崔峒都专攻近体，长于言情，司空曙的五律《云阳馆与韩绅卿宿别》《喜外弟卢纶见宿》、耿沣的《邠州留别》都是颇能反映大历诗风的出色名篇。

---

❶ 蒋寅.百代之中：中唐的诗歌史意义.北京：北京大学出版社，2013：9.

第六章　贞元至大中时期的文学创作

大历时期之后，中晚唐社会生活由于经济、文化的发展而显得十分丰富多彩，同时又由于种种矛盾的激化而出现各种社会问题。一般文士、作家在追忆和恋慕盛唐的同时，又对每况愈下的政治现实非常不满。他们想力挽狂澜，但又在冷酷的现实中屡屡碰壁，抱负无从实现，心中积郁着许多不吐不快的情愫。受传统文学观念的影响，他们认为诗文应该用于“美刺”，用于揭露时弊陈述政见，乃至用于教化人民等。同时，由于以诗赋取士的科举制度继续实行，文学创作依然是文士们步入仕途的重要途径。因此，中晚唐时代的能文之士无不以积极的态度投入诗文创作当中。至此，大历时期一度岑寂的文坛被打破，文学创作还开始重新走向繁荣。这个时期，以白居易为首的新乐府运动和以韩愈、柳宗元为首的“古文运动”相呼应，孟郊以骨寒神清的诗歌审美取向走上了以复古为新变的道路，杜牧和李商隐两人的诗歌创作成就成为唐诗绚丽的晚照。另外，传奇在中晚唐的兴起和发展标志着中国小说的成熟。从整个唐代文学史来看，贞元至大中时期[1]的文学成就为盛唐之后的又一个高峰。

---

[1] 本章论述的唐德宗贞元至唐宣宗大中(785—859)时期，相当于一般所说的中唐和晚唐的前期。

第一节　危机四伏、内外交困的唐王朝

唐德宗在位的20多年，唐朝政局始终动荡不安，尤其是最初数年间，当时安史余部表面虽已归顺朝廷，受命为地方节镇，但割据之心犹存，虽然曾经称王的朱泚、李希烈先后败死，但河北三镇的割据局面一直未变。在此期间，朝廷平藩虽也取得过一些成效，但问题却未根本解决。具有严重离心独立倾向的藩镇割据使得唐王朝统治地位岌岌可危。

藩镇割据给广大人民带来巨大的危害。各藩镇要对付朝廷的征讨和防备邻道的劫掠，便不能不加多加重赋役的征发和财帛的搜刮，而朝廷调集各地兵马讨伐藩镇更是要耗费大量的人力物力财力。百姓的经济负担日益沉重。特别是南方江淮一带，因为战争较少，相对处于和平环境，成为唐政权筹集军饷赋役的主要依靠。元和年间平藩战争频繁，江南八道140万户百姓，负担了唐朝80多万军队的供给。沉重的剥削迫使一部分破产农户当了逃民，离乡背井，这些流民一旦遇到农民起义，便是踊跃的参与者和主力军。因此，中唐以后逃户日增成为严重的社会问题，极大地动摇了唐政权统治基础。

唐代宗宝应元年(762)浙东发生袁晁起义，此后规模大小不等的农民起义便此起彼伏，接连不断。大中十三年(860)岁尾，浙东又爆发了一场规模更大的裘甫起义。以此为发端的农民起义贯穿整个晚唐，直到黄巢率领的义军于唐僖宗广明元年(880)攻克长安，建立大齐国，推翻了唐王朝。

如果说藩镇割据和接连不断的农民起义是中唐以后两个从外部对唐政权威胁最严重的社会问题，那么，宦官专权和朋党之争便是从朝廷内部危及唐政权的心腹之患。

从德宗贞元初年宦官专典禁军制度化以后，宦官专权真正对唐政权和皇帝本人造成威胁。德宗忌惮于朱泚之叛，因此对节度

十分戒惧，便把禁军之权全盘交付家奴宦官，从此形成固定制度。为了更好监视诸道节度使，又以宦官为监军使，凌驾于主将之上。后来又设立由宦官担任的枢密使、宣徽使等，执掌机要，传宣诏令，宦官俨然成了朝廷的代表。宦官掌握重权后，相伴于皇帝身旁，形成狐假虎威的态势，其危害越来越大。不但朝廷大臣的任免进退常被宦官操纵，就是皇帝的废立生死也几乎全在宦官掌握之中。德宗以下顺、宪、敬、文诸帝均由宦官所立，又均为宦官所杀。在民间，宦官大肆掠夺田产，建造园林，京城如此，州县地方更不必说。又设"宫市"，以宫中需要为名，直接在市上低价强买。至于宣徽院的"五坊小使"，更是仗势欺人，无恶不作。

唐朝官们基本上不满乃至意欲克服宦官专权。中晚唐之际，南衙（指朝官，因诸官署多在居南的皇城）北司（指宦官，因禁军衙署在北面的宫城）之争时松时紧、始终不断。王叔文、柳宗元、刘禹锡诸人"永贞革新"的一大矛头直接指向宦官。他们的新政宣布废止"宫市""五坊小儿"，裁减宫中闲杂人员，停发内侍（宦官）俸钱，委派老将范希朝、改革派韩泰接管禁军兵权。但是，宦官勾结方镇和守旧官僚猛烈反抗，"永贞革新"夭折。唐文宗统治时期两次以朝官为谋主，设法革除宦官，使南衙北司之争达到了白热化的程度。但这两次也都以朝官失败告终。

唐朝廷内部除了有南衙北司之争，还有朋党之争。起于唐宪宗元和初，直到唐宣宗大中初年才结束的牛李党争，是唐史上公认的时间最久、反复最多、影响最大的朋党之争。而文、武两朝则是两党争斗得最激烈的阶段。所谓牛党，指牛僧孺、李宗闵、杨嗣复、杜悰等，人数相当多。所谓李党，指李德裕、郑覃、郑亚等，人数相对较少。一般史书都认为元和(808)策试贤良方正直言极谏的制科考试是牛李党争之始。当时举人牛僧孺、李宗闵等尖锐指陈时政之失，语无所避，考官给予好评，置为上第，而宰臣李吉甫（李德裕之父）却以为是攻讦自己，向宪宗泣诉，贬逐考官，并压抑牛僧孺等，不予升迁。李吉甫死后，李德裕官位渐高，继续与牛僧孺等对立。在数十年的时间里，李德裕、牛僧孺、李宗闵及其党人曾几度分别入相或担任地方大僚，治绩各有长短得失，而以李德裕的“会昌之政”（武宗会昌年间独任李德裕为相）比较突出。两党人士有时你沉我浮，有时是一方独掌朝政，有时平分秋色。两党同在朝廷，但相互之间攻击排陷。关于牛李党争的性质与是非，至今学术界仍未有一致看法。需要指出的是，牛、李两党中每一个人都有自己的具体情况，切不可以党划线，尤其不能将政治观点、政绩与文学观念、文学作为相混淆。牛李党争贯穿中晚唐数十年历史，许多文士、作家不可避免地与他们发生种种关系。其中情形极为复杂，因此既不可以古人的是非为是非，亦不应简单套用今人政治路线斗争的概念。不过，可以确定的是，牛李党争绵延数十年而无法解决，从一个角度说明唐政权已从内部腐朽。

从政治上看，中、晚唐时期的统治地位已经在走下坡路。与此不同，经济生产和文化创造却依然有着向上的发展趋势。在农业生产发展的基础上，唐朝后期的手工业、商业、交通运输、对外贸易都有所进步，相当繁荣。手工业方面，制茶、酿酒、纺织、造纸、陶瓷、木版雕印、造船不但规模扩大，而且品种、质量均大为提高。物质产品的丰富必然刺激商贸和交通运输。除长安、洛阳外，全国出现许多商业集中、歌舞繁华的大都市，如扬州、广州、杭州、成都等。在那里，中外客商云集，进出口交易频繁。当时国内水陆交通相当发达，与国际联系则有多条途径。这在李吉甫所著《元和郡县图志》，特别是贾耽的《古今郡国县道四夷述》（原书已佚，宋人征引较多）等书中均有反映。

中西交通和贸易的发展，大大促进了中外文化的交流。一方面，辉煌的大唐文化使东南亚各国，尤其是日本，不断派来遣唐使节和留学生；另一方面，西域文化则从宗教、哲学、音乐、绘画各方面给唐人以滋养、启发，使这一时期唐朝的文化艺术创造带上了许多异域色彩。敦煌石窟艺术、壁画以及变文讲唱等便是具有代表性的成果。

贞元至大中时期的文士们虽然享受到了丰富的经济和文化

生活，但对每况愈下的政治现实非常不满，尤其是狭窄的仕途和浑浊的官场使他们深感压抑，面对种种不合理的社会现象既愤慨又痛心，其心中积郁的块垒转投入文学创作当中。这个时期，“新乐府运动”“古文运动”是重要的文学现象。元稹、白居易、张籍、王建、李绅等人以乐府形式创作了许多新诗，其中除部分沿用乐府旧题外，具有革新意义的是杜甫式“即事名篇，无复依傍”的新题乐府，由此形成了一股诗歌创作潮流，史称“新乐府运动”。这场运动是《诗经》、汉乐府以来比兴美刺传统的弘扬和振兴，同时也继承了杜甫、元结等人的现实主义创作精神。元、白二人，特别是白居易，以更明确的语言系统地阐发运动的纲领和理论依据：“诗者，根情，苗言，华声，实义”，“文章合为时而著，歌诗合为事而作”（《与元九书》）；“为诗意如何？六义互铺陈，风雅比兴外，未尝著空文”（《读张籍古乐府》），并且有意识地相互唱和、鼓吹宣扬。元稹、白居易之间的诗歌往来以及各自对对方诗歌的评价和推崇，更是众所周知。这样就在一定范围内造成一种气氛和声势，形成了运动。由韩愈、柳宗元带动的古文运动以隋末唐初文体改革的要求和理论为前导，其矛头指向南北朝以来已流行了数百年的骈俪文体，号召恢复先秦两汉以来的散文传统。韩愈宣布“非三代两汉之书不敢观，非圣人之志不敢存”（《答李翊书》），柳宗元也要人向《六经》《论语》、孟、荀、老、庄诸子以及《离骚》《国语》《左传》《史记》等古代经典学习（《答韦中立论师道书》），表面上是复古，但其实质则是一次文体的革新。他们之提倡古文，真正的目的还在于发扬古道。而他们所谓的“道”，其核心乃是指儒家经邦治国、为人处世、修身养性的根本原则。中唐之世，正是儒、道、释三教鼎立抗衡的时代。全社会从上而下信道、信佛的思潮很盛。韩、柳正是有感于儒教统治的危机，从而揭集儒学大旗，宣扬儒家精神。文体上的骈散之争，是其突破口，古文则是他们的“载道”之具而已。就这个意义而言，古文运动实质上是一场思想上的斗争。他们并不机械照搬经典上的古文，而是主张辞必己出，陈言务去，不蹈袭前人一言一句，要求文章写得朴实简洁，文从字顺。

韩愈写诗追求险怪，但他的文则以达意为主，力求清通晓畅。柳宗元的文章也是既洗尽华靡，又不为古所限。他们散文创作的杰出成就，大大增强了古文运动的影响。

唐传奇的兴盛也是贞元至大中时期的重要文学现象。唐传奇作品，初盛唐时代已经出现，但贞元至大中时期的中晚唐则是唐传奇的全盛期，涌现了大批著名作家和优秀作品。例如，陈玄佑的《离魂记》，沈既济的《任氏传》《枕中记》，李公佐的《南柯太守传》，元稹的《莺莺传》，陈鸿的《长恨歌传》等。传奇小说在中晚唐之所以得到兴盛，从外部而言，城市繁荣、商品经济发达、城镇居民闲暇时间增多、对文化生活要求的普遍提高、西域文化的影响、宗教宣阐讲唱活动的刺激和启发，乃至进士行卷之风和士人的爱好等，均对传奇的发达有程度不等的促进。就内部而言，则叙事意识的抬头、叙事思维的成熟、文体发展趋于细密的自然趋势、民间文学叙事传统的滋养、说话（即说书）和戏弄（即萌芽期的戏剧）的兴起和受到欢迎、古文运动和新乐府运动均对小说家创作起到了推动的作用。

除了古文运动、新乐府运动的出现和传奇小说的兴盛外，必须提到的是，这一时期作家作品灿若繁星，流派甚多。例如，高举古文运动大旗的韩愈，便和他的一班诗友形成了一派。他们作风险怪，爱用僻字、拗句，想象奇特，常常出人意表乃至令人匪夷所思，与元稹、白居易的平易晓畅迥异，文学史上习惯称他们为“险怪派”。同属这一派的还有孟郊，他诗风寒瘦，喜用冰棱、雪刃之类意象，但怪异程度则与前述诸人不同。元、白、韩、柳之后诗坛的翘楚，无疑当推杜牧、李商隐，他们合称“小李杜”，共同把唐诗艺术推上了新高峰。

第二节　时代风云变迁与“新乐府运动”

早在天宝年间，杜甫、元结等人就已经提倡写实诗风。但在大历年间和贞元前期，写实诗风消歇。贞元后期，随着社会改革思潮逐渐兴起，人们对社会现实问题越来越关心，诗歌内容开始发生重大变化，民众生活和社会问题成为诗歌题材。白居易、元稹倡导的“新乐府运动”在唐代诗歌发展史上具有划时代的意义。从白居易、元稹的文论和诗歌中可以看出，这个运动受陈子昂、杜甫以来诗坛风尚、现实主义传统的影响非常明显，但这个运动之所以产生在贞元、元和之际，还有其更深刻的社会、思想原因。

一、图变的政治氛围，革新的文学精神

依倚着政治图变氛围，贯串着文学革新精神，可以说是“新乐府运动”最重要的两大构因和最根本的表现特征。尽管安史之乱已经过去了几十年，但那时暴露出来的尖锐而复杂的社会矛盾并没有解决：中央集权未得到恢复，藩镇割据势力窥视皇权；宦官擅权，作威作福；官僚明争暗斗，政治腐败；边境少数民族统治者不断侵扰内地，封建剥削加重，人民苦不堪言。面对这样的现实，统治阶级内部的进步势力和有识之士，倡言改革、推动改革的活动不断发生。其中规模最大的便是新乐府运动起来前夕，由王叔文集团领导的政治革新。在这前后，士子文人或直言进谏，或抨击时弊，这说明揭露社会弊病已形成一种时代思潮。这反映在诗歌领域就是促使一些诗人正视现实，产生不吐不快的思想感情。元稹在《叙诗寄乐天书》里回忆元和以前现实生活对他的影响，就很有代表性。白居易在《与元九书》里的回忆也反映了类似的思想感情。

在唐代文化史上，贞元、元和之际表现出重要的变革与转型特征，作为大乱之后的整顿与自救。贞元年间推出了一系列政治改革措施，这些措施对文化的影响最重要的缘于土地关系的变化，“两税法可说是分界点，以前属力役地租形态，此后为实物地租形态，等级的划分也由此而发生变化，由自耕农分化出来的庶族地主，由于九品中正制的废除和科举制度的建立和发展，跻身

于封建统治的上层”[1]。自此，进士科举才普遍为人所重，唐后期于是进入士庶混一时代。元和时期文人早年虽都经历了建中以来的战乱以及贞元年间的社会动荡与政治风波，但是文人政治地位的提高，社会在相对安定中形成中兴气象，皆极大地刺激了元和文人求仕的热望与激情。元和元年(806)，白居易和元稹为了参加“才识兼茂明于体用科”的制举考试，潜心研究广泛的社会问题，必然会引起他们更强烈的“心体悸震”和创作冲动。这时的政治气氛对新乐府运动的产生也有刺激作用。欧阳修在《新户书》里曾肯定唐宪宗“自初即位，慨然发愤”的平定藩镇叛乱的功绩。唐宪宗的“慨然发愤”也表现在他想要效法唐太宗的纳谏上。元和二年(807)冬，他对宰相等说：“朕览国书，见文皇帝(按即唐太宗)行事少有过差，谏臣论争，往复数四。况朕之寡昧，涉道未明，今后事或未当，卿等每事十论，不可一、二而止!”(《旧唐书》卷十四)唐宪宗虽然没有唐太宗那样的政治家风度，但这个愿望的传播，客观上却促使统治阶级内部位卑而思想进步的官员大胆揭露和批评当时封建社会黑暗现实，从而形成了一种良好的政治气氛。新乐府运动诗人也承认这一点。例如白居易就在《与元九书》中说他自己“自登朝来，年齿渐长，阅事渐多，每与人言，多询时务，每读书史，多求理(治)道，始知文章合为时而著，歌诗合为事而作。是时皇帝(按指唐宪宗)初及位，宰府有正人，屡降玺书，访人急病。仆当此日，擢在翰林，身是谏官，手请谏纸，启奏之外，有可以救济人病，裨补时阙，而难于指言者，辄咏歌之，欲稍稍递进闻于上，上以广宸聪，副忧勤；次以酬恩奖，塞言责，下以复吾平生之志”。在谈论创作讽喻诗的主客观原因时，白居易强调了政治气氛的重要作用，这样也可以看到当时较为宽松的政治气氛。从以上多方面看，产生新乐府运动的一切条件都已具备。

---

[1] 韩国磐.隋唐五代史论集.北京：三联书店，1979：183.

二、渐成潮流的新乐府诗创作及理论主张

元和三、四年间(808、809),白居易、元稹的友人李绅写《新题乐府二十首》对“新乐府运动”的产生起到了触发的作用。元和四年,元稹读到李绅的诗,写了《和李校书新题乐府十二首》。诗序中他称赞李诗有意义有内容并择其“病时之尤急者,列而和之”,采用直抒胸臆的写法,不避时之忌讳。在李绅、元稹之后,白居易后来居上,写了《新乐府》五十首,其中不但包括了元稹选和过的十二首诗题,而且还增加了许多“病时之尤急”的篇章。它上承《诗经》、汉乐府、杜甫的优良传统,在艺术上则自辟蹊径,将视野朝向广阔的社会现实。因此可以说,李绅在这次诗歌革新活动中起着先锋作用,但运动的倡导者却是白居易和元稹。元、白倡导新乐府有系统而明确的理论。他们认为“文章合为时而著,诗歌合为事而作”(《与元九书》),应“雅有所谓,不虚为文”(元稹《和李校书新题乐府十二首》)。他们强调诗歌的讽喻作用:“救济人病,裨补时网”(《与元九书》),反对“嘲风雪,弄花草”(《与元九书》)的风尚。在诗歌内容与形式的关系上,他们主张“根情、苗言、华声、实义”“辞质而径”“言直而切”“体顺而肆”。在这些文艺理论的指导下,他们还通过自己的创作实践,写了一大批优秀的新乐府诗,得到社会的承认,并促使其他诗人也投入到新乐府运动中。

白居易、元稹倡导的新乐府运动是以写新题乐府开始的,但参加运动的诗人并不排斥能够“为事而作”“讽兴当时之事”的古题乐府。后来,元稹也意识到“寓意古题”可以“刺美见(现)事”,便在同时人刘猛、李馀的几十首“古乐府诗”中,选和了“咸有新意”的十九首。这些诗虽名曰“古题乐府”,但实质上都可算作新乐府诗,所以《乐府诗集》也把《田家行》《采珠行》等和张籍、王建的许多古乐府都收入“新乐府辞”里。积极支持新乐府运动的除张籍、王建外,还有唐衢、刘猛、李馀、马逢等人。前三人的乐府诗已经失传,后人只能从白居易、元稹的诗文中了解它们的情况。

元稹曾称赞马逢的作品，说他“旋吟新乐府，便续古《离骚》”(《送东川马逢侍御使回十韵》)但现存马逢的一首《新乐府》却是艳诗，其他真正的新乐府都已佚失。

晚唐乐府诗的作者队伍很大，杜牧、张祜、温庭筠、李商隐、刘驾、薛能、李昌符、曹邺、赵嘏、皮日休、陆龟蒙、聂夷中、杜荀鹤、罗隐、秦韬玉等均写过乐府诗。但是，他们有的离开了现实主义道路，有的继承了元、白的优良传统，皮日休等就是后者的代表。

从中唐至晚唐，新乐府运动波澜壮阔，成就灿烂辉煌，整个新乐府诗反映的生活面非常广泛，涉及当时社会的政治、经济、军事、文化等各个方面的问题。

三、“新乐府运动”中心人物的诗歌创作

在新乐府运动中，除了白居易、元稹之外，张籍、王建与之齐名，其新题乐府诗影响也十分深远。以下就这几个代表人物的新乐府诗歌创作展开分析，以窥见当时的社会风貌。

白居易(772—864)字乐天，号香山居士，原籍太原，后迁居夏邽(陕西渭南县)，祖、父都以明经(科举考试科目)出身。少年时代因战乱而经历了一段流离的生活，后三登科第，进入仕途。在任赞善大夫之职时，因所谓的越职奏事而被贬为江州司马。自大和三年(829)至去世，白居易先后任太子宾客、太子少傅等职，会昌二年(842)以刑部尚书致仕，此后游山玩水，直到去世。白居易自幼有“兼济”之志，但又向往所谓的“独善”，这也决定了他的诗歌的复杂性。以被贬为江州司马为界，白居易前期仕途十分顺利，此时“兼济之志”在其思想中占据了主导地位，因此也写出了许多揭露黑暗现实，同情劳动人民，讽刺权贵的讽喻诗。后期从被贬到去世，“独善”思想占据了主导地位，在此期间写出了大量的“闲适诗”和“感伤诗”。

白居易的诗歌理论集中反映在《与元九书》中，一些诗、序也偶有论及。《与元九书》是他谪居江州写给好友元稹的一封信。

当时新乐府运动的创作高潮(元和四五年前后)已过,这封信所提出的理论主张,实可看作他对自己和其他乐府诗人创作经验的总结。在信中,他用比喻说明诗的特征,也就是前文提到的"诗者,根情、苗言、华声、实义"。他把感情、语言、声韵、意义作为诗的四大要素,把抒情作为根本特征。他提出的"文章合为时而著,歌诗合为事而作"(《与元九书》),具体说就是"为君、为臣、为民、为物、为事而作,不为文而作也"(《新乐府序》)。他还认为诗歌是现实生活的反映,说:"大凡人之感于事,则必动于情,然后兴于嗟叹,发于吟咏,而形于诗歌矣。"(《策林》六十九)他的《秦中吟》就是在现实中发现了"有足悲者"的事物才写的。他还强调诗的形式要为表现内容服务,要求"篇篇无空文,句句必尽规……非求宫律高,不务文字奇"(《寄唐生》)。在语言方面,白居易主张通俗易懂。他的这些主张对于横扫"大历十才子"以来的靡弱诗风起了积极作用。

白居易一生作诗 3 000 余首,现存 2 800 多首。白居易在 44 岁时将其诗分为讽喻诗、闲适诗、感伤诗和杂律诗四类,晚年则只分为格诗(古体诗)、律诗(近体诗)两大类。

白居易的讽喻诗有 170 余首,但讽喻性强,体现兼济之志,且写得生动、深刻者,自以《新乐府》50 首和《秦中吟》10 首为最。此外,尚有不少杰作,如《观刈麦》《采地黄者》。前一首诗写农民在丰年麦收季节尚有饥馁之苦,取材典型,用事实说明赋税沉重,农民不堪负荷。诗人拿自己"吏禄三百石,岁晏有余粮"和贫妇人遭遇作比较,引出不胜惭愧之情,显得自然、真实。后一首写旱年歉收,农民无粮度日,采地黄以换取富人家马料"残粟"充饥,仅写其实而不发议论。这两首诗都是寓讽喻之义于叙事中。其他如《宿紫阁山北村》,有云:"晨游紫阁峰,暮宿山下村。村老见余喜,为余开一尊。举杯未及饮,暴卒来入门……"也是原原本本实记其事,用揭露事实鞭挞暴行。《村居苦寒》云:"八年十二月,五日雪纷纷。竹柏皆冻死,况彼无衣民。回观村闾间,十室八九贫……乃知大寒岁,农者尤苦辛。顾我当此日,草堂深掩门。褐裘复絁被，坐卧有余温。幸免饥冻苦，又无垅亩勤。念彼深可愧，自问是何人。”诗从具体时间的气象特点说起，通过实记所感、实记其事，反映民生疾苦以作讽喻。上述诗歌或作于《新乐府》之前，或作于其后，和《新乐府》艺术特色有同有异。

《新乐府》50首，即作者《与元九书》所说“自拾遗来……自武德讫元和，因事立题，题为《新乐府》者”。组诗中绝大多数诗篇，写于作者担任左拾遗的元和四年(809)。白居易作谏官，颇为耿直，以至当面对宪宗说“陛下误矣”，致宪宗与人言：“白居易小子，是朕拔擢致名位，而无礼于朕，朕实难奈!”(《旧唐书·白居易传》)而他作《新乐府》，实将其作为进谏的补充手段。白居易积极创作新乐府，也是他主张为诗当“上以纽王教，系国风，下以存炯戒，通讽喻”，“惩劝善恶”，“补察得失”而君王应“采而奖之”(《策林》六八)的反映。

《新乐府》50首，是诗人精心结构的组诗。其内容安排、组织结构，确如陈寅恪先生在《元白诗笺证稿》中所说的：“……五十首之中，以《七德舞》以下四篇为一组冠其首者，此四篇皆所以陈述祖宗垂诫子孙之意，即新乐府总序所谓为君而作，尚不仅以其时代较前也。其以《鸦九剑》《采诗官》二篇居末者，《鸦九剑》乃总括前此四十八篇之作。《采诗官》乃标明其于乐府诗所寄之理想，皆所以结束合作，而与首篇收首尾回环、救应之效也。”大抵《新乐府》前20首写史事以讽，取材于《贞观政要》一类史籍者多，后30首写时事以讽，亦有从主题出发构思故事者。《新乐府》写作取法于《诗三百》，其总序即摹《毛诗》之大序，每篇一序即仿《毛诗》之小序。又取每篇首句或首二句之义为题，即效《毛诗》取首句为题。故陈寅恪先生称其“乃一部唐代《诗经》”(《元白诗笺证稿》第五章)。

白居易在《伤唐衢》其二中说：“遂作《秦中吟》，一吟悲一事。”《新乐府》也是一事一吟，每篇题目所云即该篇所吟之事，题下小序所云即该篇题旨。如《新丰折臂翁》，题下小序谓“戒边功也”，诗即叙写新丰折臂翁故事，而以“戒边功”为题旨。各诗主题集中，取材典型，叙事往往径遂直叙到底，最后就势生发议论或抒发感慨或直作劝诫。例如，《红线毯》篇末即云："宣城太守知不知？一丈毯，千两丝，地不知寒人要暖，少夺人衣作地衣！"《涧底松》《井底引银瓶》篇末也作类似的劝诫。组诗中也有插议论、愤慨之词于叙事中的，如《杜陵叟》伤农夫之困，中言"剥我身上帛，夺我口中粟，虐人害物即豺狼，何必钩爪锯牙食人肉"。

新乐府诗叙事性强，多有人物，有故事，如《上阳白发人》，实写上阳宫中一年迈宫女16岁入宫以来（"今六十"）的经历，说出她"少亦苦，老亦苦，少苦老苦两如何"的种种细节。《新丰折臂翁》，实写新丰88岁老翁当年折臂自残以避兵役的故事。这两首诗叙述故事后都有议论。而完全以故事显示讽喻之旨，则是为"苦宫市"而作的《卖炭翁》。诗中所写当为诗人亲见亲闻，故摹写其事、其人生动之至。例如，诗句"满面尘灰烟火色"可谓形象鲜明，切合人物职业、年龄特点。而"可怜身上衣正单"云云，写老人异乎常人的心理，突出其生计的艰难，不仅写活人物，还为下言"一车炭"云云，积蓄批判力量。

白居易《新乐府》亦可称为七言古诗，其基本句式自为七言，但也常用"三三七"体式或"三七"体式，即重用两个三字句后，接以七字句，或出现一个三字句后，续以七字句。例如，《太行路》谓"行路难，难重陈，人生莫作妇人身"，《道州民》《缚戎人》《海漫漫》《上阳白发人》皆有类似的句式。这类句式安排多见于变文、俗曲，因此，陈寅恪在《元白诗笺证稿》中说白居易"作新乐府，乃用《毛诗》、乐府古诗，及杜少陵诗之体制，改进当时民间流行之歌谣"。

《秦中吟》10首均为五古，也是白居易任谏官时的作品。组诗总序谓"贞元、元和之际，予在长安，闻见之间有足悲者，因直歌其事，命为《秦中吟》"。《秦中吟》直以时事入诗，所写事和讽喻之义有与《新乐府》相同者，名篇则有《重赋》《轻肥》《歌舞》《买花》等。其中，《轻肥》中的叙事、抒慨，直率而迫切。叙事尽写"内臣"骄奢之状，可谓周详、明直；抒慨挟怒带愤，不掩其恨，可谓气盛语激。

末句“是岁江南旱，衢州人食人”，所言惊心动魄，而出语陡然，有一落千丈之势。其他诗作的末尾也有类似的愤慨之词，如《重赋》末谓“夺我身上暖，买尔眼前恩。进入琼林库，岁久化为尘”，《歌舞》末谓“岂知阌乡狱，中有冰死囚”，《买花》末谓“一丛深色花，十户中人赋”。

白居易的讽喻诗主题明确，语言通俗晓畅，明白易懂，对比鲜明，情感强烈，叙事和议论相结合，并善于以白描手法来刻画人物的心理等。这些特点在上面的引诗中都有典型的体现。

和讽喻诗意激言质不同，白居易感伤诗中的《长恨歌》和《琵琶行》，语气优柔，风致洒落，虽为长篇叙事诗，但抒情性强。《长恨歌》写于元和元年(806)冬，作者时为周至县尉，当时与陈鸿、王质夫同游仙游寺，话及唐明皇与杨贵妃事，相与感叹，于是白居易作《长恨歌》，陈鸿作《长恨歌传》。《长恨歌》具有双重主题，一是讽刺唐明皇重色误国，一是歌颂他们真挚的爱情。“汉皇重色思倾国，御宇多年求不得”，而杨贵妃“天生丽质难自弃，一朝选在君王侧”，结果是“春宵苦短日高起，从此君王不早朝”，以至于“姊妹弟兄皆列土，可怜光彩生门户。遂令天下父母心，不重生男重生女”。最后导致了安史之乱的暴发。在兵谏之下，唐明皇只好赐死杨贵妃。但在杨贵妃死后，他们的爱情进入了另一个世界：“上穷碧落下黄泉，两处茫茫皆不见。”“在天愿作比翼鸟，在地愿为连理枝。天长地久有时尽，此恨绵绵无绝期。”诗歌在艺术上语言清丽晓畅，叙事层次清楚，情感细腻真挚，又兼取材于重大的历史事件，将历史巨变与个人爱情结合起来，所以取得了很大的成功，对后世的许多文艺作品产生了影响。

《琵琶行》作于江州，写诗人由京都琵琶女“漂沦憔悴，转徙于江湖间”的遭遇所引起的“迁谪”之感。诗中“同是天涯沦落人，相逢何必曾相识”乃一篇之柱，它表现了诗人对琵琶女的同情，也流露出自己谪居外地的痛苦。诗中描写音乐极为精彩，除用比喻描摹音响、通过写听者的感受来描述音乐效果外，作者还把演奏者的弹奏动作、心理活动同描写音乐形象结合起来，使音乐成为沟通诗人和琵琶女思想感情的媒介。作为叙事诗,《琵琶行》在材料的剪裁上也是匠心独运。作者在能抒情时尽量抒情,不便抒情的情节就一笔带过。“十三学得琵琶成”,“秋月春风等闲度”,概括了十分丰富的生活内容。此外,结构严谨,描写细致,诗句和谐流转,比喻新颖贴切,情景交融,层次分明,富有极强的艺术感染力。

白居易闲适诗的思想意义不高,艺术上则表现出明朗圆熟、自然流丽之美,受陶渊明、韦应物的影响比较明显。例如,《赋得古原草送别》:

离离原上草,一岁一枯荣。
野火烧不尽,春风吹又生。
远芳侵古道,晴翠接荒城。
又送王孙去,萋萋满别情。

全诗以生生不息的野草喻感情,清新而廓大,是闲适诗中的佳作。

白居易还有不少以表现友情、山水风光为主要内容的律、绝,流传甚广,如《钱塘湖春行》《暮江吟》《问刘十九》等。

在艺术成就上,白居易讽喻诗最突出的特点首先是“一吟悲一事”。《秦中吟》组诗就是“一吟悲一事”,其他的讽喻诗也具备这样的特点,如前文提到《卖炭翁》中的“苦宫市也”,还有《杜陵叟》中的“伤农夫之困也”等都是。不仅如此,还“首句标其目,卒章显其志”,使得诗歌所要讽喻的主题特别集中鲜明,极大地增强了诗歌的现实性。其次是铺陈详尽,情节曲折完整。无论是《卖炭翁》《杜陵叟》还是《红线毯》都能将事情的来龙去脉交代得十分清楚,具有很强的叙事性,而且故事情节典型形象,曲折生动。白居易讽喻诗还善于运用心理刻画、服饰、外貌以及语言的描写来塑造鲜明的人物形象,运用寓言托物的方法来表达自己的社会政治见解,夹叙夹议;语言接近口语,既通俗易懂又锤炼精审。

白居易以《新乐府》为代表的讽喻诗以及他的诗歌理论在当时的影响并不大,“时人罕能知者”(元稹《白氏长庆集序》),但在后世却产生了巨大的影响，晚唐的皮日休、陆龟蒙、罗隐、聂夷中等人就是他的直接继承者。

元稹(779—831)，字微之，又字威明，祖籍洛阳，生于长安。25岁与白居易同以书判拔萃科登第，与白居易交往十分密切。元稹功名欲望强烈，性格刚直，好上书论事，指摘时弊。曾任左拾遗、监察御史，后贬为江陵士曹参军、唐州从事、通州司马、虢州长史等，也曾历升至知制诰、宰相，后又被罢为同州刺史，53岁卒于武昌任所。元稹与白居易终生为友，其政治见解、诗歌主张高度一致。其诗论观点，主要见于《唐故工部员外杜君墓系铭并序》《乐府古题序》《叙诗寄乐天书》《上令狐相公诗启》和《和乐天赠樊著作》等诗中。白居易诗歌革新理论的形成，也曾受到元稹诗论主张的启发和影响。

元稹的乐府诗有50余首，除《和李校书新题乐府》12首外，其《乐府古诗》19首，和《连昌宫词》《有鸟二十章》等诗，并不直接标名为新乐府，而实际上都属于新乐府。

《和李校书新题乐府》12首，均为七言古诗，是元稹从李绅《新题乐府》20首中“取其病时之尤急者，列而和之”之作。《乐府古诗》19首，以五古、七古居多，亦有三、五、七言相间杂而成者，是元稹从刘猛、李馀所赋古乐府“咸有新意”者中选和的组诗，皆反映社会问题，讽喻性强，如《和李校书新题乐府·西凉伎》《乐府古诗·田家词》。

元稹后期创作乐府，确实受到白居易新乐府的影响，但其语言风格似乎变化不大。例如，《田家词》依旧题而发新意，主题集中，却词句简练、精妙，音节入古，而思致微婉，意至沉痛，较之白氏明白说尽，更有蕴蓄之趣。《田家词》深刻地反映了农民的艰难生活，对劳动人民寄予了深切的同情：

牛吒吒，田确确。旱块敲牛蹄趵趵，种得官仓珠颗谷。

六十年来兵簇簇，月月粮食车辘辘。

一日官军收海服，驱牛驾车食牛肉。

归来收得牛两角，重铸锄犁作斤鬭。
姑舂妇担去输官，输官不足归卖屋。
愿官早胜仇早复，农死有儿牛有犊，誓不遣官军粮不足。

诗歌写得细腻、泼辣、辛酸，结尾更是用反讽的笔法谴责了官军对人民的祸害。

元稹《连昌宫词》，陈寅恪在《元白诗笺证稿》中称，乃“微之取乐天《长恨歌》之题材，依香山《新乐府》之体制改进创造而成之新作品”。该诗借“宫边老人”之口说连昌宫故事，以讽时政。诗歌通过对连昌宫的兴废变迁的描写，对安史之乱前后唐代朝政的得失进行了考察。诗歌的前半部分从“连昌宫中满宫竹，岁久无人森似束”写起，引出“宫中老翁”对连昌宫盛衰的追述；后半部分借作者与老人的问答探讨“太平谁致乱者谁”，最后归纳出了“老翁此意深望幸，努力庙谋休用兵”的主题。诗歌叙议结合，将史实与传闻糅合在一起，蕴含着强烈的情感色彩。《连昌宫词》与《长恨歌》取材大体相同，但劝诫之意明显。《长恨歌》亦有讽喻之义，只是隐含于叙事中，人当思而得之；《连昌宫词》直言时政，明作劝诫，读之即能震动人心。虽然《连昌宫词》轻隽，《长恨歌》婉丽，但铺写细密，宛如画出，语词明丽、富艳。元稹另有一首短诗《行宫》：“寥落古行宫，宫花寂寞红。白头宫女在，闲坐说玄宗。”前人谓《长恨歌》一百二十句，读者不厌其长；《行宫》诗才四句，读者亦不嫌其短，二者各臻其妙。

元稹的恋爱诗和悼亡诗也是很著名的，如恋爱诗《会真诗三十韵》《杂忆》《梦游春七十韵》《古决绝词》，悼亡诗《六年春遣怀》《遣悲怀》《江陵三梦》。元稹曾在《叙事寄乐天书》中云：“不幸少有伉俪之悲，抚存感往，成数十首，取潘子《悼亡》为题。又有以干教化者，近世妇人，晕淡眉目，绾约头鬟，衣服修广之度，及匹配色泽，尤剧怪艳，因为艳诗百余首。词有今、古，又两体。”艳诗既有写男女爱恋情事者（包括写夫妻“离思”之情），也有借写男女情爱事以作讽喻者。艳诗在当时影响大，仿效者多，且称其作为“元和诗体”。

总的看来，虽然元稹与白居易在创作主张等方面持相同的主张，但元的诗在反映生活的深度、广度、思想性和艺术性等方面与白居易的诗还有一定的距离。

张籍（766？—830?)，字文昌，原籍苏州人。贞元十五年(799)进士及第，曾任太常太祝、水部员外郎、国子司业，人称张水部或张司业。张籍所做多为散官，一生清贫，但其诗作很少描述个人的状况，多反映劳动人民的困苦，言之有物，充满正气。白居易在《读张籍古乐府》中称赞他说：“尤工乐府诗，举代少其伦。……风雅比兴外，未尝著空文。”张籍在贞元后期就写作新乐府，其诗歌成就也主要表现在乐府诗的创作上。当时，与张籍同享盛名的乐府诗人有王建，二人所作被后人称为“张王乐府”。张、王写作乐府诗的意义和特点，或如高棅在《唐诗品汇·七言古诗叙目》中所说的：“大历以还，古声愈下，独张籍、王建二家，体制相似，稍复古意，或旧曲新声。或新题古义，词旨通畅，悲欢穷泰，慨然有古歌谣之遗风，皆名为乐府。虽未必尽被于弦歌，是亦诗人引古以讽之义欤，抑亦唐世流风之变而得其正也欤?”总之，张王乐府所代表的写实诗风，是大历诗风新变、渐趋于古的重要表现。

张籍有乐府诗80多首，古题、新题参半。他的诗取材十分广泛，反映现实也比较全面深刻，其中以反映农民苦难生活的诗歌成就最为突出。例如，《野老歌》：

老农家贫在山住，耕种山田三四亩。
苗疏税多不得食，输入官仓化为土。
岁暮锄犁傍空室，呼儿登山收橡实。
西江贾客珠百斛，船中养犬长食肉。

诗歌以平易的语言，简约的诗风反映了农民一年的艰辛，对官僚商人的奢侈进行了无情鞭挞和揭露。

张籍的乐府诗往往以一种曲折的方式来讽喻，如上面的《野老歌》就是铺陈式的描述，没有像白居易的讽喻诗那样直陈其弊。又如《征妇怨》不直写战争给人民带来的灾难，而是写“夫死战场子在腹”；《牧童词》不写苛捐杂税之重，而是借牧童的喝牛之语说“牛牛食草莫相顾，官家截尔头上角”；《促促词》不直接写战争的灾难和社会破败的状况，而是写“家中姑老子复小，自执吴绡输税钱”等。这些都表现了张籍乐府诗的特点。

张籍有些乐府诗讽喻之义明显，但也有以俗言、俗事、俗情为诗的特点。其乐府诗极少作点题式的议论，而所写事实，多为人们不大注意的普通民众（多为农民）生活中的小事，即“俗事”，如《樵客吟》《江村行》《白鼍吟》等。其中，《白鼍吟》里一句“夜闻鼍声人尽起”，把人们闻雨将至的欣喜和往日为旱所苦的焦虑写得十分生动。诗人只是客观叙写其事，但从诗中却能看出他与民同忧同喜的心情。《江南曲》也是以“俗事”入诗：

江南人家多橘树，吴姬舟上织白苎。
土地卑湿饶虫蛇，连木为牌入江住。
江村亥日长为市，落帆度桥来浦里。
清莎覆城竹为屋，无井家家饮潮水。
长干午日沽春酒，高高酒旗悬江口。
娼楼两岸悬水栅，夜唱《竹枝》留北客。
江南风土欢乐多，悠悠处处尽经过。

诗用白描手法，绘出“一幅江南水乡小镇的民俗画”（罗宗强语），张籍写实之工于此可见，因此姚合称其为“妙绝”之作。

张籍乐府多是自制新题，偶尔也用旧题写今事，如《短歌行》《凉州词》《白头吟》等。但对无论新题、旧题，均将古风、乐府合为一体，风格则显得朴淡、婉曲，能以冷语发其深意。其诗风婉曲、颇得古乐府神韵的名篇，如《节妇吟寄东平李司空师道》。当时，张籍已为他镇幕僚，郓帅李师道又以重币辟之，不敢峻拒，故作此诗以谢。诗用比体，托节妇之言以达意。难得的是，诗以节妇口吻言情之词（如“感君缠绵意，系在红罗襦”“还君明珠双泪垂，何不相逢未嫁时”等)，既能拒其聘，又不绝其情，深婉之至。从此诗也可看出，张籍乐府还有善于言情的特点。其实，这一特点也表现在他其他诗体(如五律、七绝等)的作品中。

王建(766？—?)，字仲初，颍川(今河南许昌)人。出身寒微，未进士及第，元和年间为昭应县尉，时已年近50。曾任县丞、校书郎、太府寺丞等闲官，官终陕州司马。王建与张籍契厚，二人唱答之作甚多。所作乐府，也是自制新题者多，偶用古题写今事。其诗不乏俗言、俗事、俗情、俗意，叙事实实在在，而讽喻之义明显。

王建所作诗歌古题乐府约30首，新题乐府170多首。王建的诗在题材方面有新的开拓，如《水夫谣》写一个“官家使我牵驿船”的水夫“辛苦日多乐日少”的生活，描写细腻生动，将一个水夫的痛苦生活刻画得栩栩如生。张、王乐府多为七言古诗，都有写实、尚俗的特点，但张诗多含藏，王诗多外露；张诗婉曲、蕴藉，王诗痛快、直截；张诗善言情，王诗善征事；“王促薄而调急，张风流而情永”(毛先舒《诗辩坻》)。然而，在描写人民生活的艰辛时，王建的诗往往并不显得直接和激烈，有时喜欢以一种语重心长的情态来加以表现。如《田家行》：

男声欣欣女颜悦，人家不怨言语别。
五月虽热麦风清，檐头索索缫车鸣。
野蚕作茧人不取，叶间扑扑秋蛾生。
麦收上场绢在轴，的知输得官家足。
不望入口复上身，且免向城卖黄犊。
田家衣食无厚薄，不见县门身即乐。

全诗写收获时的农村场景和农家心境，虽显得平和恬淡，但结尾二句还是道出了题旨。

当然，若论以俗事入诗，描叙细腻、生动，王建不在张籍之下，如《镜听词》。该诗写年轻夫妇分别，“镜听”以慰相思之心，即为当时民俗，而描叙女主人公举止、心态的笔触十分细微、真切。又如《新嫁娘词》其三云：

三日入厨下，洗手作羹汤。
未谙姑食性，先遣小姑尝。

这是用朴素语写民间极小事，“道出便妙，只是一真”（黄生《唐诗摘抄》）。若论以俗语为诗，张籍似有化俗为雅以求古淡的倾向，王建则一味从俗。这一点不单表现在乐府中，其他诗体作品亦有其例。例如，《田家留客》说“丁宁回语屋中妻，有客勿令儿夜啼。双冢直西有县路，我教丁男送君去”，《园果》说“雨中梨果病，每树无数个。小儿出户看，一半鸟啄破”。

受乐府写实诗风影响，王建五律、七绝亦多就事直书之作，如《原上新居》其三、《雨过山村》。二诗同以“俗事”入诗，但“俗情”“俗意”有异，故前者词气沉重，后者出语清新。王建七绝也有以唱叹口气抒发情怀的，如《十五夜望月寄杜郎中》云：

中庭地白树栖鸦，冷露无声湿桂花。
今夜月明人尽望，不知秋思落谁家。

诗中“秋思”为琴曲名。诗写自己感秋之思，却不明说己之感秋，而问月下听琴而动秋思者何在，且为之感慨无限。情致空灵，美在意境，自与写实者异。

王建还写了一些边塞题材的作品，如《饮马长城窟》《辽东行》《送衣曲》等，还有《宫词》百首，其中也有一些优秀的篇章。

第三节　孟郊诗骨寒神清的审美取向

唐诗史的初唐阶段是“宫廷诗歌”的时代，诗人们仍走在六朝“缘情绮靡”的道路上，而盛唐诗人则用骨气充实缘情，用风神改造绮靡。其后“大历之风尚浮”，素日气骨顿衰，力量薄弱，但传统的美学精神并没有发生多少变化。时至贞元、元和时期，社会的一体化格局被打破，思想文化的多元因素逐渐显现，诗歌创作的局面再难以用传统的美学观念作支撑，由“正”而“变”，由“同”而“异”成为潜在趋势。在此当中，孟郊走上了以复古为新变的道路，以表现穷愁贫苦而脱俗自立著称。

唐代诗歌将穷愁作为强烈的生活感受加以表现并体现出审美意识，是从杜甫开始的。在杜甫的时代，忧与愁的表现并不为时尚所认同，因此他力图在传统的领域中得到思想和艺术的高度统一，创造出诗歌美学的极致，但并无意以抒写穷愁而标新立异。这一情况到了孟郊那里，就发生了变化。

孟郊生活的时代社会秩序混乱，衰象毕现，后代诗评家认为“盛世尚同，而衰世尚异”（许学夷割《诗源辩体》卷三十四），盛衰之变确乎如此，而“穷愁”无疑是最能立异偏激的表现内容之一。孟郊具有前人所未曾经历过的真正意义上的终生穷愁生活。他早年丧父，少隐于嵩山，后周游各地，多处寄寓。《往河阳宿峡陵寄李侍御》是孟郊写作甚早的一首投献诗，从“暮天寒风悲屑屑，啼鸟绕树泉水噎。行路解鞍投古陵，苍苍隔山见微月”的情景中已可见早年的穷窘贫寠。后来当他踏上了科举之路时，却久困场屋，屡试不售，而偏偏“恶诗皆得官，好诗空抱山”（《懊恼》）。孟郊洞悉科场的关节，要想获取功名，必须要请托干谒，但这恰恰是孟郊最不肯苟且的。在失名落第的命运中，他独立持行，直到 46 岁才中进士。50 岁任溧阳尉，56 岁时作水陆转运从事，试协律郎。元和五年(810)以后，友人卢殷、刘言史先后在饥寒中死去，他哭吊道：“诗人多清峭，饿死抱空山”（《吊卢殷》）；“诗人业孤峭，饿死良已多”（《哭刘言史》），这是饱含了自身忧伤体验的扼腕悲歌，也可以看出他对穷苦的终极态度。在一贫如洗中，孟郊义无反顾地坚守节操，维护传统的伦理规范，追求自我道德的完善。实际上，孟郊之“奇”首先是从固守穷困中体现出的捐介孤傲的奇人品格。元和九年(814)，郑余庆奏请孟郊为兴元军参谋、试大理评事，孟郊赴任途中，暴病殁于阌乡县。孟郊坎凛终生，身后萧条。韩愈与樊宗师为之经营后事。如果不是孟郊自己在诗里描写出来，人们很难想象他会穷困到什么样的地步。《借车》诗说：“借车载家具,家具少于车。”《秋怀》诗说:“秋至老更贫,破屋无门扉。一片月落床,四壁风入衣。”诗句很朴素,情景很真实。但如果说这仍不免有点夸张,那么,《答友人赠炭》诗里的描述:“吹霞弄日光不定,暖得曲身成直身。”那就真正是“非其身备尝之不能道”(欧阳修《六一诗话》)的了。

孟郊在自己的生命里,似乎承受了世间的所有不幸和灾难。在《孟东野诗集》中,随手翻阅可见“秋至老更贫”“老骨惧秋月”的老态;“秋草瘦如发”“瘦攒如此枯”的瘦形和“惊步恐自翻”“臬臬一线命”的人命危浅。这种垂危哀鸣化成悲不胜寒的冷寂弥漫到孟郊笔下,酿出一种阴寒冷峭、悲苦凄凉的情调,而种种具有悲怆感的造境要素熔铸凝聚在一起,便形成了一种唐诗史上前所未有的充满奇特寒意的诗歌意境。

以往论者评孟郊诗时特别重视其“寒”的一面,却没有注意其“清”的一面。罗时进在《唐诗演进论》中称孟郊诗寒于其骨,清于其神,甚为贴切。“清”不但是孟郊诗“寒”的补充,也是风韵的体现。孟郊正是以操行与气质的脱俗、立意与表现的新颖、意境与情趣的凄洌和古雅,向世人展示其诗篇既奇且清的诗美内涵和风韵。

综观孟郊平生的文学活动和立身应世,其都是在“以古律今”的原则上展开的。在近体诗的应用价值高于古体诗更多的时代,他执着于古体写作,在轻艳的时调大可取宠的诗坛,他追慕朴实平易的古风。孟郊久困至贫而又不肯屈己应世,然而,也正是倔强的异俗禀性、坚定的向古脱俗让他终身在“有鹤冰在翅”的人生祭坛上苦吟,也使他的诗歌保持着高度的清质:“零落雪文字,分明镜精神。坐甘冰抱晚,永谢酒怀春。”(《自惜》)这种如雪之清、如镜之明、如冰之洁的诗,实为世间少有。

孟郊的诗,九成为五言古诗,主要内容则是诉说自己的贫寒,表现自己的不得意,有时也反映民众疾苦。《寒地百姓吟》以自愿扑火的飞蛾比喻饥寒交迫的百姓。《织妇词》也是为穷苦人说话。他写自己的不得意,言辞尤为凄苦。例如,《长安道》云:“胡风激秦树，贱子风中泣。家家朱门开，得见不可人。”《长安旅情》云：“尽说青云路，有足皆可至。我马亦四蹄，出门似无地。”《长安羁旅行》云：“万物皆及时，独余不及春。失名谁肯访，得意争相亲。”仕进无门的苦恼，世情的浇薄，都被孟郊体验到了。他写自己“食荠肠亦苦，强歌声无欢。出门即有碍，谁谓天地宽”(《赠崔纯亮》)，终日“承颜自俯仰，有泪不敢流。默默寸心中，朝愁续暮愁”(《卧病》)。他贫穷到骨，感受深，苦思苦吟，发苦语而为苦诗，十分动人。

孟郊发苦语而为苦诗，显出一种审美倾向，即以用语奇古为美，以造境险怪、枯槁、苦涩为美。所写诗题材平常，而所写感受和表达感受的场景、物象以及种种联想，却异乎寻常。早在建中元年(780)，孟郊作诗已有这种倾向。其《往河阳宿峡陵寄李侍御》，写冬日暮天投宿所处环境：

> 暮天寒风悲屑屑，啼鸟绕树泉水噎。
> 行路解鞍投古陵，苍苍隔山见微月。
> 鸮鸣犬吠霜烟昏，开囊拂巾对盘飧。

景物描写，气氛渲染，已有尚怪特点。十余年后，他作《京山行》，谓“众虻聚病马，流血不得行。后路起夜色，前山闻虎声”，仍是有意展现陷人于困苦、恐怖境遇的异常景象，以至发展到以丑为美，入篇就将众虻噬马、血污淋漓的恶心场面摆在读者眼前。孟郊和韩愈都有争难好险的癖好，但韩诗险怪有雄奇、豪放的一面，孟诗险怪则偏于寒俭、枯槁、苦涩一路者多。特别是言苦述愁之诗，征服人心的，正是诗中表现的枯槁、苦涩之美。

应该看到的是，孟郊还有许多关心民生疾苦的诗，如著名的《寒地百姓吟》。诗文对贫富悬殊做了强烈的对比，对劳动人民的悲惨命运表现出深切的同情。不仅如此，对于现实的黑暗与不公，他甚至切齿咒骂。如在《择友》中说：“兽中有人性，形异遭人隔。……恶人巧谄多，非义苟且得。”另外，《寒溪九首》(其六)、《伤春》《吊国殇》《杀气不在边》等诗也很有代表性。这正是孟郊与贾岛的不同之处，也是元和前期诗风与元和后期诗风的重要区别。

孟郊有的诗也写得平易通畅，如著名的《游子吟》；有的写景诗也给人以雄奇愉悦之感，如《洛桥晚望》。韩愈在《送孟东野（孟郊）序》中说“物不得其平则鸣”，孟郊正是通过“不平则鸣”的方式使他体味到的不平与苦难在诗作中有了真切而深入的表现。

虽然，孟郊诗中也有“南山塞天地，日月石上生。……山中人自正，路险心亦平”（《游终南山》），“天地唯一气，用之自偏颇。忧人成苦吟，达士为高歌”（《送别崔寅亮》）一类出语雄壮、意兴高远的诗句，但总的特点仍是鸣饥叫寒、言愁诉苦居多，诗意不丰，诗境局促，显得枯槁、蹇涩。孟郊选择的是一条既不同于时调，又异于中和美学传统的道路，这就使得人们在阅读和理解他的作品时容易产生心理障碍。故苏轼《读孟郊诗》，一方面肯定孟郊“诗从肺腑出，出辄愁肺腑”，另一方面又嫌其诗诗味不多，所谓“夜读孟郊诗，佳处时一遭”。实际上，孟郊将自己的创作面向了一个特定的阅读群体，他力图将读者引入自己的思维空间；他用最具有衰萎色彩的意象创造气氛，并极力将读者带进这种特殊的语境。显然孟郊在有意识地突破人们习惯的阅读方式和审美心理，而当他那冷峭的思绪触角掠过接受者敏感的心灵时，能使人感受到孤鹤立于险峰峻壑之上的危棘、幽凄与孤高。可以说，后人将孟郊诗特点概括为“骨寒神清”“清奇僻苦”是相当有识见的。

第四节　政治改革与“古文运动”

骈文在齐梁时代已在文坛占有统治地位，到唐朝仍具有继续发展的趋势。不过，对抗骈文发展的“古文运动”在唐朝却也逐渐发展起来。“古文运动”，亦即散文的文体文风改革。文体文风的改革，自内容言，是明道载道，把散文引向政教之用，和当时的政治形势有密切的关系；自形式言，是由骈体而散体，是散文自身发展的一种要求。唐代“古文运动”的先驱人物，自陈子昂以后，还有萧颖士、李华、颜真卿、贾至、元结、独孤及等人。紧接着，从贞元到大中时期出现的又一批重要的古文作家是柳冕、梁肃、权德舆、欧阳詹、李观、韩愈、柳宗元、吕温、刘禹锡、白居易、元稹、李翱、皇甫湜等人。这批作家以他们的创作与理论使古文运动终于进入成熟与兴盛的时期。其中，韩愈与柳宗元是杰出的代表，而韩愈更是这一运动的中心人物。这是一次有目的、有理论主张、有广泛参与者并且有深远影响的文学革新运动。

一、士人的中兴愿望和儒学的复兴促成政治改革

早在西魏、隋代就有人（苏绰、李谔）提出过文体复古的主张，但没有产生什么影响。初唐的陈子昂也提倡风雅兴寄，影响较大，但最终没有形成文体文风改革的普遍风气。文体的由骈而散，在开元时期已有相当的发展，而作为一种改革思潮出现，则是在安史之乱以后。历时 8 年的安史之乱，使唐代迅速走向衰落，产生了藩镇割据、佛老蕃滋、宦官专权、民贫政乱以及吏治日坏、士风浮薄等一系列问题。面对严峻的局面，一部分士人怀着强烈的忧患意识，慨然奋起，思欲变革，以期王朝中兴。韩愈就曾在《龊龊》中宣称：“大贤事业异，远抱非俗观。报国心皎洁，念时涕汍澜。”除韩愈外，陆质、王叔文、吕温、柳宗元、刘禹锡、裴垍、李绛、裴度等都在贞元、元和之际积极参政议政，研讨治国方略，与邪恶势力斗争，表现出改革现实的强烈愿望。

与强烈的中兴愿望相伴而来的，是复兴儒学的思潮。唐初修《五经正义》，重章句之学，而疏于义理之探讨。安史之乱后，随着社会形势的急剧变化，儒学开始出现一种新倾向，就是重大义而轻章句。独孤及、柳冕、权德舆等都持这种主张，而这种新倾向的代表，是啖助、赵匡、陆质的《春秋》学派。他们对《经》的理解，是越过传注而回归《经》本义。这就从章句之学回到义理的探讨上来，促成了儒学的复兴和致用。元和年间的士子们大多具有政治

家与文学家的二重身份，他们既不同于专意词章的雅士，也不同于一心从政的政客，而是一方面以文人的特有视角看政治，于是提出复古道，以三代之道作为政治改革的理想模式；另一方面又以政治家的立场要求文学，提出以先秦两汉盛行的文学体式作为文学的范式，以古文载古道。这样，以儒家政教文学观为内核的有着鲜明理论主张的文学复古运动便在元和年间蓬勃兴起。

当然，就儒家思想的兴衰演进本身看，贞元、元和之际也正是儒学全面复兴的时代。一方面，士大夫鉴于安史之乱后的沉痛反思，认为朝政败坏乃“儒道之不举”所致，因而韩愈在《原道》中清理出由尧、舜、汤、文、武、周公、孔子、孟轲构成的正宗儒家道统。另一方面，元和儒学复兴又带有鲜明的时代特色，大体说来，传统儒学偏重章句、训诂，而元和儒学则舍章句而重义理。正是这样的时代性要求，促使韩愈对儒家之“道”做出新的阐释，他针对承认社会不平等的佛性说，提出性三品说，不仅认为“布衣之士”与“王公大人”在道德人格上应当一律平等，而且主张由科举出身的德才兼备者来担任廊庙之具以治国平天下。可见，韩愈的道统学说不仅改变了传统儒学的内容与方法，而且为广大庶族文人要求凭道德修养与才能学问跻身卿相的政治愿望提供了理论根据。由此，元和年间的儒学复兴，正是为适应新兴庶族政治力量现实斗争需要而建立的思想体系，而适当其时的文学复古运动，显然也就是这一思想体系的直接反映与生动体现。

将复兴儒学思潮推向高峰的是韩愈(768—824)、柳宗元(773—819)。《旧唐书·韩愈传》说：“大历、贞元之间，文字多尚古学，效扬雄、董仲舒之述作，而独孤及、梁肃最称渊奥，儒林推重。愈从其徒游，锐意钻仰，欲自振于一代。”韩愈最突出的主张是重新建立儒家的道统，越过西汉以后的经学而复归孔、孟。他以孔孟之道的继承者和捍卫者自居，在《与孟尚书书》中声言：“使其道由愈而粗传，虽灭死而万万无恨。”当然，韩愈弘扬儒家道统的基本着眼点，是在于“适于时，救其弊”(《进士策问》其二)，解救现实危难。在韩愈看来，当时最大的现实危难乃是藩镇割据和佛老蕃滋，前者导致中央皇权的极大削弱；后者与儒家思想对立，使得人心不古，同时寺庙广占良田，僧徒不纳赋税，严重影响了国家的财政收入。对此，韩愈还撰写了以《原道》为代表的大量政治论文，大力对之进行抨击。

柳宗元也是重新阐发儒家义理的重要理论家，与韩愈有所不同的是，他更重视的是源于啖助、赵匡学派不拘空名、从宜救乱的经世儒学。柳宗元在《送徐从事北游序》中指出："得位而以《诗》《礼》《春秋》之道施于事，及于物，思不负孔子之笔舌。能如是，然后可以为儒。儒可以说读为哉?"这鲜明地体现了柳宗元等人通经以致用的治学特点。

由通经致用到改革现实，是贞元至大中时期的一大变局。贞元二十一年(805)，以王叔文为首，柳宗元、刘禹锡、吕温等为中坚的一批进步士人，发起了一场旨在打击宦官集团的政治革新运动，实施了一系列改革措施，也就是前文述及的"永贞革新"。这场运动在多种政治势力的联合打击下虽然很快就失败了，但它致力于王朝中兴的内在精神却直接影响到此后元和一朝的政治方向。元和一朝，继续推行了永贞时期的一些改革措施，如禁止供奉、减免赋税、精简冗官，并在一定范围内抑制了宦官的权势。与此同时，倾全力解决藩镇问题。唐宪宗先是采纳宰相杜黄裳"以法度整顿诸侯"(《旧唐书·杜黄裳传》)的意见，先后平定了平西川、夏绥、镇海诸处叛乱，后又倚重宰相裴度，平定了淮西叛乱。这些变革有力地促使唐王朝走向中兴，而又无不体现了广大士人志在改变现状的强烈要求。

中兴的愿望促成了儒学的复兴，促成了政治改革。正是在这样的背景下，文体文风的改革得到了发展。

二、"古文运动"及其理论主张

可以说，经世致用的需要促成了文体文风改革高潮的到来。韩愈、柳宗元明确提出"文以明道"的主张。韩愈一再说自己

“修其辞以明其道”(《争臣论》),其主要目的,除了致力于建立儒家道统外,便是用“道”来充实文的内容,使文成为参与现实政治的强有力的舆论工具。柳宗元最初“以辅时及物为道”(《答吴武陵论非国语书》),将全副精力都投入到了更具实效性的政治改革运动中去,改革失败后才转主张以文来明其“道”。他在《报崔黯秀才论为文书》中说:“然圣人之言,期以明道,学者务求诸道而遗其辞。……道假辞而明,辞假书而传,要之,之道而已耳;道之及,及乎物而已耳。”由此可见,韩、柳二人出于相同的政治目的,不约而同地走向了以文明道、反对不切实际的文体文风的路途。他们将文体文风的改革作为其政治实践的组成部分,赋予文以强烈的政治色彩和鲜明的现实品格,去其浮靡空洞而返归质实真切,创作了大量饱含政治激情、具有强烈针对性和感召力的古文杰作。韩愈还以文坛盟主的地位,对从事古文写作的人予以大力扶持和称赞,在他周围聚集了张籍、李翱、李汉、皇甫湜、樊宗师、侯喜等一大批古文作者,声势颇为强盛。柳宗元当时身在南方贬所,但因其创作古文的声势和影响,吸引了很多进士前去拜访。据《旧唐书》本传载:“江岭间为进士者,不远数千里皆随宗元师法,凡经其门,必为名士。著述之盛,名动于时。”至此,由儒学复兴和政治改革所触发、以复古为新变的“古文运动”高潮便到来了。

文体文风的改革高潮一方面固然缘于前述儒学思潮和政治改革的触发,另一方面也与文章发展的内部规律密切相关。以骈文而论,它发端于先秦,形成于魏晋,至南北朝大盛,此后一直延续不衰,但发展到后来,弊端也随之而生。如对偶惟求其工,四六句型限制了内容的充分表达;用典惟求其繁,不少篇章晦涩难懂;一意追求华丽辞藻,内容空虚浮泛。骈文发展到中唐陆贽那里,已达变化的极致。他的奏议较彻底地去除了此前骈文的丽辞浮藻,不用典,不征事,而代之以充分的散体文气。骈文去赘典浮辞,走向平易流畅的过程,反映出文风正在不知不觉的变化之中。文风的这种变化反映了散文领域中要求改革的愿望。天宝中期以后,元结、李华、萧颖士和继之而起的独孤及、梁肃、柳冕、权德舆等人，或友朋游从，或师生相继，形成了若干个文人群落。他们以复古宗经相号召，以古文创作为旨归，从文体的角度倡导改革。其中，柳冕的理论主张比较系统，也更为集中。他有大量的论文专篇，其理论主张整体上可归结为两点。一是以文明道，极力突出文章的教化功用："文章之道，不根教化，别是一枝耳。当时君子，耻为文人。"(《谢杜相公论房杜二相书》)"君子之儒，学而为道，言而为经，行而为教。"(《答荆南裴尚书论文书》)二是由教化论出发，对文学史上与教化无关的文学性作品一概否定："屈宋以降，则感哀乐而亡雅正；魏晋以还，则感声色而亡风教；宋齐以下，则感物色而亡兴致。教化兴亡，则君子之风尽。"(《与滑州卢大夫论文书》)究其实质，仍然是要由文返质，倡导复古。从李华、萧颖士到独孤及、梁肃，再到柳冕，围绕文体文风的改革进行了反复的理论探讨，他们那些一味强调教化乃至否定一切文学性作品的态度，显然是偏颇的，但他们提出的宗经复古、以道领文、充实文章内容而反对浮靡文风等观点，在当时却具有积极意义。于是，在继承前人的基础上，韩愈、柳宗元提出了更为明确、更具有现实针对性的古文理论，也可以归结为以下几方面。第一，"文以明道"。第二，在倡导"文以明道"的同时，也充分意识到"文"的作用，为写好文章而博采前人遗产。韩愈曾在《上兵部李侍郎书》中说："沉潜乎训义，反复乎句读，砻磨乎事业，而奋发乎文章。"柳宗元也在《答吴武陵论非国语书》中提道："言而不文则泥，然则文者固不可少耶！"这种重道亦重文的态度，已与他们之前的古文家有了明显的区别。由此出发，他们进一步主张广泛学习经书以外的各种文化典籍，对《庄》《骚》《史记》、相如、子云之赋等"百氏之书，未有闻而不求，得而不观者"(韩愈《答侯继书》)，并借此"旁推交通而以为之文也"(柳宗元《答韦中立论师道书》)。而且他们也并未全然否定一再指斥的"骈四俪六，锦心绣口"(柳宗元《乞巧文》)的骈文，而注意吸取其有益成分。第三，为文宜"自树立，不因循"，贵在创新。韩愈认为：学习古文辞应"师其意不师其辞"(《答刘正夫书》)。在文章体式上，他主张写"古文"，但在具体写法上，却坚决反对模仿因袭，指出："惟古于词必己出，降而不能乃剽贼。"（《南阳樊绍述墓志铭》）柳宗元提倡创新的力度虽不及韩愈，但也一再反对"渔猎前作，戕贼文史"（《与友人论为文书》）。第四，韩愈论文非常重视作家的道德修养和文章的情感力量，认为这是写好文章的关键。他一再指出："夫所谓文者，必有诸其中，是故君子慎其实。"（《答尉迟生书》）在此基础上，韩愈还发展了孟子的"养气说"和梁肃的"文气说"，提出了一条为文的普遍原则："气盛则言之短长与声之高下者皆宜。"（《答李翊书》）由此出发，韩愈进一步强调"郁于中而泄于外"的"不平之鸣"（《送孟东野序》），主张"喜怒窘穷、忧悲愉佚、怨恨思慕、酣醉无聊"等"勃然不释"（《送高闲上人序》）之情的畅快宣泄。柳宗元也主张人的气质"独要谨充之"，情感要"引笔行墨，快意累累"（《复杜温夫书》）地尽兴抒发。

韩、柳虽然规定了"明道"是为文的目的，"为文"只是明道的手段，但其古文理论的精华却在于对"文"的论述，也就是说，他们论"道"只关系到写什么，而论"文"则重在解决怎么写，怎样才能写好。如果从文学发展史的角度来考察，便会发现，韩、柳的古文理论之所以重"道"亦重"文"，甚至有时重"文"超过重"道"，实在是受到了自唐代以来逐渐复归了的杂文学观念的影响，同时也是杂文学观念在特定时期的集中表现。

三、"古文运动"中心人物的散文创作

作为"古文运动"的中心人物，韩愈、柳宗元的散文创作可谓别开生面，气象为之一变。韩、柳在散体文创作上有着众多的开拓。首先，他们在勇于创新的基础上建立了新的散文美学规范。如前所述，他们在文学观念上否定了六朝的"文笔"之分，把散文引入了杂文学的发展路途；但在创作实践中却颇为重视辞采、语言和技巧，突破了一切文体的界限和陈规旧制，把大部分应用文写成了艺术性很强的文学散文。其次，他们将浓郁的情感注入散文之中，大大强化了作品的抒情特征和艺术魅力，把古文提高到

了真正的文学境地。韩文如长江大河，澎湃流转，作者横绝奔放的气魄借其滔滔雄辩而溢诸行墨之间。更重要的是，韩愈在应用文中感怀言志，以感激怨怼奇怪之辞，发其穷苦愁思不平之声，既变“笔”为“文”，又使“文”具备了源于现实的情感力度。与韩文相比，柳文则如崇山峻岭，简古峭拔，立意精警。他的书信，充溢着椎心泣血的身世之悲；他的游记，渗透了人与自然的亲和之情。

韩、柳二人先后创作了800多篇散文，种类有政论、书启、赠序、杂说、传记、祭文、墓志、寓言、游记乃至传奇小说。

韩愈的论说文从内容上可分为两类，一类重在宣扬道统和儒家思想，如《原道》《原性》《原人》等，但因其思想陈旧且少文学色彩，故价值不高；另一类也或多或少存在着明道倾向，但重在反映现实，揭露矛盾。在这类论说文中，《师说》最有代表性。它针对当时士大夫阶层耻于从师、轻视学习的社会风气，开篇便提出“古之学者必有师”的中心论点，接着层层深入，借用古今、幼长、下层艺人与上层官僚等多方位的对比，从正反两方面申说“必有师”的道理，提出了崭新的师道思想：

> 是故无贵无贱，无长无少，道之所存，师之所存也。
>
> 是故弟子不必不如师，师不必贤于弟子，闻道有先后，术业有专攻，如是而已。

这一观点，强调能者为师，既赋予“师”以“传道、授业、解惑”的具体职责，又打破了传统师法森严的壁垒，把老师与弟子的关系社会化了。

韩愈的《原毁》《讳辩》《争臣论》《论佛骨表》，都是反映时代精神、抒发愤慨不平、对社会现实深刻批判的佳作，大气磅礴、笔力雄健、排宕顿挫、感情激烈是其共同特点。《讳辩》是为李贺鸣不平的文字。针对当时社会舆论认为李贺必须避父名之讳、不得参加进士考试一事，韩愈以极大的义愤尖锐指出：“父名晋肃，子不得举进士；若父名仁，子不得为人乎？”凌厉斩截，笔无藏锋，在蓄积已久勃然喷发的情感浪潮推动下，文章援引古事，证以今典，追源溯流，横出锐入，步步进逼，有力地抨击和嘲笑了“避讳”的不合情理和提倡“避讳”者的可笑可怜亦复可恶。

韩愈论说文有为而发，不平则鸣，情感激流滔滔，雄辩气势夺人。与之不同，他的杂文更为自由随便一些，或长或短，或庄或谐，文随事异，各当其用，如《进学解》《送穷文》重在发牢骚、泄怨气，后期是后者，该文借五个穷鬼对主人的讥笑和侮弄，嘲骂当时社会。在写法上，两篇作品均采用问答对话体，将叙事、议论、抒情熔于一炉，嬉笑怒骂，而赋的铺排和骈偶的杂用更给文章增添了浓郁的文采。

韩愈杂文中最可瞩目的是那些嘲讽现实、议论犀利的精悍短文，如《杂说》《获麟解》《伯夷颂》等，形式活泼，不拘一格，有很高的文学价值，对后世也颇有影响。其中最为人称道的是《杂说四》中的“世有伯乐，然后有千里马。千里马常有，而伯乐不常有……”之说。文章通篇以马喻人，表现作者对人才受压抑的悲愤，构思精巧，寄慨遥深。

韩愈不少序文言简意赅，形式多样，表达对现实社会的各种感慨，如《送李愿归盘谷序》《送石处士序》《送董邵南序》《祭十二郎文》等。其中，《祭十二郎文》围绕家庭、身世和生活琐事，尽情抒写作者对亡侄的伤痛，缠绵悱恻，凄切无限。

除了上述文体和特点外，韩愈还在传记、碑志中表现出状物叙事的杰出才能，其传记文《张中丞传后叙》记叙张巡、许远守睢阳事，杂以议论和抒情，其中写南霁云向贺兰进明求援一段最为精彩：

> 霁云慷慨语曰：“云来时，睢阳之人不食月馀日矣，云虽欲独食，义不忍；虽食，且不下咽。”因拔所佩刀，断一指，血淋漓，以示贺兰。一座大惊，皆感激为云泣下。

仅寥寥数语，人物声貌如见，其刚烈忠义之性格也在拔刀断指的动作描写中鲜明地展现出来。

至于韩愈的碑志，则仿佛是一组组生动形象的人物画廊，历来为人所称赏，如《唐河中府法曹张君墓碣铭》《考功员外卢君墓铭》《殿中少监马君墓志》《国子助教河东薛君墓志铭》《试大理评事王君墓志铭》等。韩愈碑志不唯叙墓主事迹，时亦借以发议论，寓讽刺，表现强烈的爱憎之情，如《柳子厚墓志铭》《集贤院校理石君墓志铭》《殿中侍御史李君墓志铭》《唐故监察御史卫府君墓志铭》等。

“古文运动”的高潮期，柳宗元在偏远的贬所从另一角度冷静地思考着各类哲学、政治、社会、人生问题，写出了《贞符》《封建论》《时令论》《断刑论》《天说》等一系列哲学论文，也写出了一批闪耀着思想火花而又意味隽永的短篇杂文。柳宗元的杂文，一类是正话反说，借问答体抒发自己被贬被弃的一怀幽愤，《答问》《起废答》《愚溪对》等均属此类作品；另一类是巧借形似之物，抨击政敌和现实，如《骂尸虫文》《宥蝮蛇文》《憎王孙文》《斩曲几文》等，或以动物的阴险邪恶来比喻奸毒小人，或以物体的攲形诡状来象征现实社会，语言辛辣，笔无藏锋，嬉笑怒骂，痛快淋漓。

柳宗元的寓言文大都结构短小而极富哲理意味，如《三戒》（《永某氏之鼠》《临江之麋》《黔之驴》）、《罴说》《蝜蝂传》等。其中，《三戒》借麋、驴、鼠的故事，写三件应该警戒的事情。这三则寓言用笔精到而细节刻画非常生动，其意在于讽刺那些“不知推己之本，而乘物以逞，或依势以干非其类，出技以怒强，窃时以肆暴，然卒殆于祸”（《三戒序》）者，但作为一种人生哲理，它的意义还要广泛得多。《罴说》写一“能吹竹为百兽之音”的猎人，虽吹出罴、虎的声音吓退了虎和貙，但当最凶猛的罴到来时，他已无兽音可吹，只好被罴所食。故事有力地讽刺了那些无真实本领、虚张声势欺世惑众而终必败灭者。《蝜蝂传》的讽刺矛头直指“日思高其位，大其禄”而智若小虫的贪得无厌者，用语精警，立意深刻，给人留下深长的思考和回味。

柳宗元的传记文与抒情文也颇有佳者，如《捕蛇者说》《段太尉逸事状》《童区寄传》《宋清传》《种树郭橐驼传》等。《祭吕衡州温文》是柳氏抒情文中最动人的一篇。该文以沉痛的笔墨来抒发对亡友吕温的哀悼之情，一开篇就是“呜呼天乎，君子何厉，天实仇之！生人何罪，天实仇之！”以对天的责问领起全文，气势凌厉至极。文中反复呼天抢地，或叙或议，或骈或散，随着感情的起伏变化而跌宕有致，荡气回肠。文末以“幽明茫然，一恸肠绝”收束全篇，可谓只见泪痕，不睹文字。

山水游记是柳宗元散文中的精品，也是作者悲剧人生和审美情趣的结晶，如《囚山赋》《永州龙兴寺东丘记》《小石城山记》《钴潭西小丘记》《至小丘西小石潭记》。在描写山水的过程中，作者有时采用直接象征手法，借“弃地”来表现自己虽才华卓荦却不为世用而被远弃遐荒的悲剧命运，如《小石城山记》对小石城山的被冷落深表惋惜和不平。但多数情况下，作者则是将表现与再现两种手法结合起来，如《至小丘西小石潭记》开篇未见小潭，先闻水声，因闻水声，转觅小潭，即表现出行文的曲折变化；篇中写水之清却于水着墨不多，而是借石之底、鱼之游、日光之影来表现，可谓匠心独具；至于篇末对清冷寂寥之境的描摹和气氛的渲染，更隐然展示出被贬者凄楚悲苦的心态，令人读后为之动容。柳宗元的山水游记是真正的艺术性的文学、美的文学。他善于选取深奥幽美型的小景物，经过一丝不苟的精心刻画，展现出高于自然原型的艺术之美。

在韩愈、柳宗元倡导文体文风改革并从事散体文创作的同时，中唐文坛还活跃着一大批古文作家。他们或自出机杼，或受韩、柳影响，纷纷投入散体文的写作。如刘禹锡早在贞元十年之前，即已写了不少散体之作，被贬之后所作的文章富于才辩，批判性甚强。白居易、元稹之文以平易畅达为特色，在元和、长庆年间自树一帜。其他如李观、张籍、吕温、裴度、欧阳詹等人都在其列。

第五节　唐诗绚丽的晚照——杜牧与李商隐

杜牧与李商隐是晚唐诗坛上杰出的代表，杜牧的诗出入于

“雄姿英发”与“伤春”“伤别”之间，充分体现了时代的特点；而李商隐的爱情诗则以心象熔铸物象，具有深情绵邈、绮丽精工的特点，体现了重要的审美转向。无论从诗旨、诗情还是诗境上讲，杜牧与李商隐的诗歌创作都是唐诗绚烂绮丽的晚照。

一、杜牧的诗歌

杜牧(803—853)，字牧之，京兆万年(今陕西西安)人。因居长安城南樊川别墅，世称杜樊川。杜牧是中唐名相杜佑之孙，为人性格豪爽，文武兼备，志在经济，爱谈兵论政。23岁时就写了著名的《阿房宫赋》，大和二年(828)进士及第，受牛僧孺器重，征辟为淮南节度掌书记，后来受李德裕排挤，做过黄州、池州、睦州刺史和司勳员外郎。李党失势后，官终中书舍人。杜牧秉性刚直，有济世之志。

杜牧的诗歌风华流美、雄姿英发，在萎靡的晚唐文坛上以俊迈雄健的气概“独持拗峭”。之所以会形成这种风格，与他对时事的独特看法有关。晚唐时很多人对国家的命运和前途失去信心，但杜牧始终幻想着否极泰来、衰而复兴的政治局面。

杜牧的诗有相当一部分反映了现实的政治和社会生活，表现了其忧国忧民的情怀。例如，《河湟》：

元载相公曾借箸，宪宗皇帝亦留神。
旋见衣冠就东市，忽遗弓剑不西巡。
牧羊驱马虽戎服，白发丹心尽汉臣。
唯有凉州歌舞曲，流传天下乐闲人。

这首诗表达了诗人渴望解除边患，收复失地，报效国家的心愿，对边地人民的苦难表示同情，对朝廷的软弱无能表示愤慨。再如，《早雁》：

金河秋半虏弦开，云外惊飞四散哀。

仙掌月明孤影过，长门灯暗数声来。
须知胡骑纷纷在，岂逐春风一一回。
莫厌潇湘少人处，水多菰米岸莓苔。

诗歌运用比兴手法，借咏雁反映了在胡人侵扰下逃亡到南方的边民的痛苦生活，表现出对人民的同情，也隐含着对朝廷不能御侮安民的强烈不满。诗人劝早雁滞留潇湘暂时安居，更说明收复边地的无望。

杜牧的咏史诗也十分著名，他不拘历史陈见，有些咏史诗往往翻历史旧案，令人产生振聋发聩之感。例如，《赤壁》：

折戟沉沙铁未销，自将磨洗认前朝。
东风不与周郎便，铜雀春深锁二乔。

前人对周瑜在赤壁之战中以少胜多、以弱胜强给予极高评价，杜牧则认为周郎实际上是依靠天时侥幸取胜而已。诗歌后两句将周郎不得天时的后果幻化为春深时大小乔被锁在铜雀台里幽怨又美丽的场景，令人耳目一新。又如《题乌江亭》：

胜败兵家事不期，包羞忍耻是男儿。
江东子弟多才俊，卷土重来未可知！

学界向来认为项羽兵败垓下，乌江自刎，是英雄悲壮之举，但这首诗一反常论，认为项羽自杀，算不上是真正的英雄。诗歌指出胜败乃兵家之常事，真正的男儿要能够包羞忍辱，要能屈能伸，只有这样才能够重整江山。这些具有独特思想的咏史诗理趣隽永，情韵深长，但又往往从正面抒发议论，言尽意尽，余韵较少。杜牧的这些诗对后世影响很大，如宋代的王安石、苏轼就写了不少这样的诗，以致七绝成为翻案诗的主要形式之一。

杜牧咏史诗的另一重要内容是对历史上帝王将相荒淫误国的尖锐揭露和辛辣讽刺。杜牧善于在历史的得失成败中总结教训，表现出自己鲜明的观点和爱憎。例如，《过华清宫绝句三首》

其一：

长安回望绣成堆，山顶千门次第开。
一骑红尘妃子笑，无人知是荔枝来。

杜牧借用典型的历史情景，艺术地再现了唐明皇、杨贵妃骄奢淫逸的生活，也揭示了安史之乱产生的根源。再如，其二：

新丰绿树起黄埃，数骑渔阳探使回。
霓裳一曲千峰上，舞破中原始下来！

紧承上首，再次表现了荒淫误国的主题，而以"舞破中原始下来"作结，极为精警，令人回味无穷。杜牧有的咏史诗除了进行揭露和讽刺以外，还对历史进行了深入的追寻和思考，表现出深沉的历史感。如《汴河怀古》：

锦缆龙舟隋炀帝，平台复道汉梁王。
游人闲起前朝念，折柳孤吟断杀肠。

诗歌讽刺隋炀帝和西汉梁王的奢侈和恣意横行，并借游人的闲思对历史表现出无限的伤感。

此外，杜牧的咏史诗更多地表现其人生与历史的感慨。如《金谷园》：

繁华事散逐香尘，流水无情草自春。
日暮东风怨啼鸟，落花犹似坠楼人。

《晋书・石崇传》记载：金谷园是东晋石崇的别墅，绿珠是其宠姬，孙秀使人求绿珠，不得，矫诏收崇，"崇谓绿珠曰：'我今为尔得罪。'绿珠泣曰：'当效死于官前。'因自投于楼下而死"。咏史诗通常是前两句写景，后两句抒情，而这首诗是四句将写景与抒情融合在一起，蝉联而下，铺展了繁华事散、流水无情、日暮东风、落花坠楼等情景，一气贯通，使惜春与惜人、叹时与叹史相互融合，引人深思。

杜牧的咏史诗在内容和艺术风格上表现出的特点，与他的政治抱负和对现实的关怀有着密切的关系。这些诗以诗论史，议论精到，见解独特，情感鲜明，表现出了“豪纵”“雄姿英发”的特点，开创了咏史诗的新的风格。

杜牧写景抒怀、纪行咏物的七言绝句也涌现出许多佳作，体现出清丽明朗、深情细腻甚至多愁善感的艺术风貌。例如，《将赴吴兴登乐游原一绝》：

清时有味是无能，闲爱孤云静爱僧。
欲把一麾江海去，乐游原上望昭陵。

诗歌通过爱孤云之闲见自己之闲，爱和尚之静见自己之静，这就把闲静之味这样一种抽象的感情形象地显示了出来。他既表现了自己的寂寞与无奈，同时也写出了离世隐居的愤懑情绪和对唐初盛世的向往。又如《江南春》：

千里莺啼绿映红，水村山郭酒旗风。
南朝四百八十寺，多少楼台烟雨中？

诗人以巨大的魄力集中了最富有江南特色的景物，突破画面空间的局限，概括了整个江南历经兴亡盛衰而繁华依旧的风貌，而这烟雨迷蒙的春色中又渗透着诗人对国运的忧虑。再如《山行》：

远上寒山石径斜，白云生处有人家。
停车坐爱枫林晚，霜叶红于二月花。

这首诗通过寒山、石径、白云、人家、枫林、霜叶、二月花等意象，描写了山中高爽绚丽的秋色，通过秋叶之红与二月花的比较，赞美了枫林经霜之后越发艳丽红火的生命力，使秋林呈现出一种热烈而又生机蓬勃的景象，是秋的赞歌，也是诗人英爽俊拔之气的表现。

杜牧的一些送别、酬答以及伤春的诗也写得十分出色，这些诗表现了杜牧内心世界的另一面。例如，《寄扬州韩绰判官》：

青山隐隐水迢迢，秋尽江南草木凋。
二十四桥明月夜，玉人何处教吹箫。

诗人本是与故人调侃，问他在此秋尽之时，每当月明之夜在何处教妓女吹箫取乐，但由于诗人巧妙地将美人吹箫于二十四桥上的传说与江南秋尽时依然山清水秀的特点融合在一起，可谓风调悠扬，意境优美，将江南的绰约风姿与对远方友人的似水柔情表现得十分生动。又如《赠别二首》：

娉娉袅袅十三余，豆蔻梢头二月初。
春风十里扬州路，卷上珠帘总不如。
多情却似总无情，惟觉樽前笑不成。
蜡烛有心还惜别，替人垂泪到天明。

虽写青楼之迹，但形容少女"娉娉袅袅十三余，豆蔻梢头二月初"的绝妙比喻，以及"蜡烛有心还惜别，替人垂泪到天明"的新颖构思，却将妓女的情感纯洁化了。

杜牧诗如其人，一方面具有"豪纵""雄姿英发"的特点；另一方面也具有更为丰富的艺术特质，如深情与纤细、清丽与明朗等特点，都带有晚唐的色彩，与李商隐有许多共同之处。

二、李商隐的诗歌

李商隐(813—858)，字义山，号玉溪生，怀州河内(今河南沁阳)人。16岁著《才论》《圣论》等，以古文知名。从祖父起，迁居郑州(今属河南郑州市)。父亲李嗣曾任获嘉(今河南获嘉县)县令。文宗大和三年(829)，李商隐谒令狐楚，受到赏识。18岁时，受牛党天平军节度使令狐楚之辟，聘入幕府，且亲自指点文章，助其中进士。令狐楚病逝后，泾原节度使王茂元爱其才并将女儿嫁给他。当时牛李党争激烈，狐父子和王茂元分属牛李两党，因而李商隐被牛党骂为“背恩”。此后牛党一直执政，李商隐辗转幕府，潦倒终生。

政治苦闷、身世之感和唐王朝衰落时期封建文人普遍的没落情绪融合在一起，形成了李商隐诗歌的感伤基调，他的诗歌中最具特色的是政治讽刺诗和爱情诗两大类。

李商隐没有杜牧那种补天的幻想，对唐王朝走下坡路的趋势看得十分清楚。他的政治讽刺诗议论透辟尖刻，而态度则悲观消极。其中有一部分长诗善于从历史发展的角度分析现实政治。例如，《行次西郊作一百韵》追溯唐王朝自贞观以来由治到乱的政治变迁过程和深刻教训，分析了安史之乱的远因和近因，认为这场祸乱已使国家元气大伤。同时列举中唐以来的种种弊政，指出“又闻理与乱，系人不系天”的根本原因。可见使他丧失信心的不是天运，而是黑暗的现实以及统治的腐败。

李商隐还有一部分直接针对现实而发的批评政治的诗，表现了他在政治斗争中的正义感。特别是面对宦官的势焰，连杜牧都有所退缩，而李商隐却在“刘黄事件”和“甘露事变”这两件大事中表现了鲜明的态度。刘黄在考贤良方正科时对策，因极言宦官之祸而落第，又被远谪。李商隐写了《哭刘黄》《哭刘司户黄》等诗，为之鸣冤叫屈。“甘露事变”是由于文宗依靠两个暴发的野心家李训、郑注清除宦官势力，反被宦官仇士良利用，诛杀满朝大臣，文宗自己也终生受制。李商隐为此写了著名的《有感》和《重有感》诗，肯定此举“清君侧”的动机，甚至希望借强镇之手压制宦官。这类诗大都忠愤激烈、痛哭流涕，往往明言直指、毫无隐讳。

咏史诗是李商隐政治讽刺诗中艺术成就最高的一类，其中讽刺君王荒淫误国的最多。例如，《隋宫》：

紫泉宫殿锁烟霞，欲取芜城作帝家。
玉玺不缘归日角，锦帆应是到天涯。
于今腐草无萤火，终古垂杨有暮鸦。

地下若逢陈后主，岂宜重问后庭花？

隋炀帝南游扬州，大造宫殿，留恋不归，又征集了几斛萤火虫，夜里游山时放出照明，并且开运河通扬州，沿河筑堤，种植杨柳。《隋遗记》载隋炀帝在扬州梦见陈后主和他的宠妃张丽华，炀帝请张丽华舞《玉树后庭花》，舞毕，遭到陈后主的讽刺。这首诗集中了以上几件事，以夸张的口吻渲染扬州经隋炀帝取作帝居后的一片荒凉景象。末句由《隋遗记》故事进一步推想炀帝若在地下重逢陈后主，当无言以对，尖刻地指出了隋炀帝重蹈陈后主亡国覆辙。诗歌刻薄的讽刺通过调侃的语气表达出来，对仗又极工整精致，颇能代表李商隐七律的特色。又如，他的七绝咏史诗《贾生》：

宣室求贤访逐臣，贾生才调更无伦。
可怜夜半虚前席，不问苍生问鬼神。

贾谊被贬为长沙王太傅后，汉文帝曾将他召回长安，在祭祀完毕后接见他，谈论鬼神一事，一直到夜半，文帝不觉促近前席。谈完后文帝很欣赏贾谊的才华。李商隐却由文帝与贾生谈论的是鬼神之事这一点生发感想，先大力渲染文帝求贤的诚恳和虚心，然后以“问”与“不问”的对比，点出文帝关心的并不是苍生之事，从而形成了令人啼笑皆非的艺术效果。

对后世影响最大的还是李商隐的爱情诗。李商隐的爱情诗用“无题”或者首句的头两个字作为诗题，这些无题类诗的内容和表现手法相似，都写得迷离隐约，历来对其内容无法确解，因而有“政治寄托说和纯写恋情说的不同诠释”[1]，至今没有定论。至于所寄托的主旨是什么，恋情所写又是什么事，说法不一。不少人同意其中最美的一些篇目与他年轻时和女冠（女道士）及贵家姬

---

[1] 葛晓音.唐诗宋词十五讲（第二版）.北京：北京大学出版社，2003：163.

妾恋爱的情史有关。由于这类爱情诗多用比喻、典故、象征，甚至借咏物来暗示，有些比兴不仅有咏物寄兴两层意思，甚至还含有借指某事的第三层意思，所以格外索解不易。尽管如此，人们仍能欣赏这些诗中的朦胧美，因为诗人通过许多互不连贯的意象将他爱情生活中的痛苦、惆怅和思念表现得这样深切美丽，仍然概括了很多人共同体验过的情绪，所以仍能为一般人所理解。如著名的《无题》：

相见时难别亦难，东风无力百花残。
春蚕到死丝方尽，蜡炬成灰泪始干。
晓镜但愁云鬓改，夜吟应觉月光寒。
蓬山此去无多路，青鸟殷勤为探看。

诗中以“东风无力百花残”象征其爱情遭到摧残，借用南朝乐府向来以“丝”双关“思”的比喻，扣住“春蚕到死丝方尽”的特点，用来比喻人至死才能终结的绵绵相思，又以蜡烛剪心和蜡脂融化犹如泪行的特点比喻离别之后痛苦煎心以及化灰之后泪才能干，作为生死不渝的盟誓，写出了刻骨铭心的柔情。诗写得缠绵悱恻、凄苦柔弱，而意境极美。又如，《无题》四首其一：

昨夜星辰昨夜风，画楼西畔桂堂东。
身无彩凤双飞翼，心有灵犀一点通。
隔座送钩春酒暖，分曹射覆蜡灯红。
嗟余听鼓应官去，走马兰台类转蓬。

这首诗应该是写诗人与一位贵家姬妾的暗恋。首联写与心上人相会时的情景，温馨而绮靡；颔联宕开一笔，写自己对非同寻常的恋爱有着极其深刻而独特的感受，因其比喻新颖贴切而成为不朽的名句。颈联兜底抄回，再写二人在宴会上传递爱意的种种微妙举动，将心神相会、情意相通的情景描绘得栩栩如生。尾联写诗人不得不走马从公，点卯应官，“类转蓬”的慨叹表现出他对恋人的依恋之情。诗作创造了一个开放性的深情绵邈的艺术境界。

其中,《锦瑟》是无题类诗中最难解的一首名作:

锦瑟无端五十弦,一弦一柱思华年。
庄生晓梦迷蝴蝶,望帝春心托杜鹃。
沧海月明珠有泪,蓝田日暖玉生烟。
此情可待成追忆,只是当时已惘然。

这首诗历来有着不同的解读,有的说是悼亡,有的说是一生的回忆。联系李商隐全部作品来看,诗中追悼的应是他早年爱过、后来死于江湘水中的一位女冠。诗中大意是写年华逝去之后回忆这段爱情悲剧的怅惘,犹如庄生梦蝶般恍如隔世。“望帝春心托杜鹃”“沧海月明珠有泪”分别用杜鹃啼血和鲛人泣珠的典故,想象那女子孤魂无依的痛苦寂寞。“蓝田日暖玉生烟”则追忆他们相爱的地方。“沧海”与“蓝田”两句以死别的凄凉和欢爱时最好的光景相对照,用有关典故作暗喻,取其中最富有象征意义的意象构成优美而又迷惘的境界,即使不知所悲何事,也能为它忧郁而又迷乱的深情所打动。

仕途的失意、时代的没落感、多愁善感的性格、难言的爱情悲剧,使李商隐对许多即将消逝和已经消逝的美好事物具有特殊的敏感,他的诗歌中充满了浓厚的感伤情调。此外,用典深僻、想象奇丽、风格纤浓、语言精工也是他在表现上刻意求新的一些主要特点。

第六节　中国古典小说成熟的标志——唐传奇的繁荣

中国古典小说的原初因素蕴含于诸子寓言和史部著述之中,到了魏晋以后,志怪体小说和轶事体小说兴起,出现了干宝的《搜神记》、王嘉的《拾遗记》、刘义庆的《世说新语》等代表性的作品,它们内容丰富,“或述怪记异,或载录历史人物的妙语遗闻,故事性增强，形象刻画益佳，但大抵仍按实录精神行事，因而尚未从根本上脱离子、史的范围”[1]，因此，并没有形成一种具有独立意义的小说文体。唐人开始有意识地创作小说，取历史上或现实中人物的命运遭际为题材，对其进行想象虚构，采用集中、夸饰、移花接木、铺张描写等各种艺术手法，构成完整的、足以乱真的生活场景和故事情节，从而使小说突破了子、史的叙事规范，成为一种崭新的文学体裁，这就是具有划时代意义的唐传奇。

唐传奇作品在初盛唐时代就已经出现，到了中唐以后出现一派繁荣景象，涌现了大批著名作家和优秀作品，文学史上一些重要的唐代传奇小说几乎都产生于这一时期。传奇小说之所以在中唐以后出现繁荣局面，是文学外部和内部两种因素共同作用的结果。从文学外部因素来看，城市繁荣、商品经济发达、城镇居民闲暇时间增多、对文化生活要求的普遍提高、西域文化的影响、宗教宣阐讲唱活动的刺激和启发，乃至进士行卷之风和士人的爱好等，都从不同程度上促进了传奇的发展。从文学内部因素来看，叙事意识的萌芽、叙事思维的成熟、文体发展趋于细密的自然趋势、民间文学叙事传统的滋养、说话（即说书）和戏弄（即萌芽期的戏剧）的兴起等推动和帮助了小说家的创作。

这一时期的作品多以现实生活为题材，涉及历史、政治、爱情、豪侠、梦幻、神仙等诸多方面，代表性的作品有陈玄祐的《离魂记》、沈既济的《任氏传》和《枕中记》、李公佐的《南柯太守传》和《谢小娥传》、元稹的《莺莺传》、陈鸿的《长恨歌传》、蒋防的《霍小玉传》、白行简的《李娃传》、李朝威《柳毅传》等。此外，这一时期还出现了重要的传奇小说合集，如牛僧孺的《玄怪录》、薛用弱的《集异记》、李复言的《续玄怪录》等，其中尤以牛、李二书思想、艺术成就最高，对后世影响也最大。无论从社会意义还是艺术水平看，这些作品都是唐传奇高峰的体现。这些传奇小说中，爱情小说成就最为突出，下面具体对《莺莺传》《李娃传》《霍小玉传》《柳

---

[1] 吴庚舜．唐代文学史（下）．北京：人民文学出版社，1995：89．

毅传》进行分析。

元稹的《莺莺传》在唐代传奇中可以说是影响最大的作品，后世用这个题材编写了大量的戏曲，实际上已经大大超过了它本身的作用。《莺莺传》叙述了张生与莺莺的相见、相悦、相欢的全过程，但小说的结局却是张生的“始乱终弃”，这使得整个故事由喜到悲，也使得人物性格得到了较为突出的体现。

张生是个性格温茂、容貌俊美的才子，“年二十三未尝近女色”，寓居于蒲州的普救寺，恰好遇上他的表姨母崔家孀妇全家也借住在普救寺。这年，蒲州发生兵变，张生请托蒲州的将军派人保护了崔家。崔夫人设宴酬谢张生，让她女儿莺莺出来见客。莺莺在几经催促之后，才出来拜见张生。张生一见莺莺，就爱上了她，“稍以词导之”，她傲慢地闭口不对。红娘告诉张生说：“崔之贞慎自保，虽所尊不可以非语犯之。”接着又指点张生，可以给莺莺投送情诗。张生写了两首诗送去，果然换来了莺莺的答诗：“待月西厢下，迎风户半开。拂墙花影动，疑是玉人来。”从诗意来看，似乎莺莺已经允诺了张生的求爱，可是当张生跳墙而闯入西厢的时候，她却又端服严容、义正词严地对张生进行了一番数落。为了要当面劝导张生，她还对酬诗约会的举动进行了周详的解释。然而过了几天，她又通过红娘和张生见面，愿意委身于他。这与前面那一次“赖简”的严词正论完全相反，可见她内心的冲突，以及最终“情”战胜了“礼”。他们偷偷在西厢同居了一段时期。最后张生要去长安，崔莺莺没有挽留。几个月后，张生又来蒲州和崔莺莺相会，逗留了一段时间。不久，张生考试的日子到了，将要西去，临走前，崔莺莺知道真正离别的时候到了，于是满足了张生的愿望，弹了一曲《霓裳羽衣曲》序，却终因心中悲哀，曲不成调。第二年，张生考试失利，没有回蒲州，写信给莺莺说明还要在京进修，暗示诀绝，可是又寄信赠物示殷勤，更拨动了她痛苦的心弦，莺莺给张生的复信写出了她的哀怨，文情并茂，凄婉动人。她倾诉自己的衷情，交织着各种情感。她没有埋怨张生欺骗了她，只是委婉地说是“婢仆见诱，遂致私诚”；她不恨张生“有援琴之挑”，而恨自己“无投梭之拒”。她不说是自己瞎了眼睛，只是说自己“不能定情，致有自献之羞”。她恨的是自己，实际上是恨张生。然而又对张生充满了爱，也寄予了幻想。爱和恨的交织，这是多大的折磨！这封信细致婉转地剖析了崔莺莺的心理，把她的思想性格、器量、见识、情操、才智都表现出来了。一年后，莺莺嫁了别人，张生也另有所娶。后来张生还以表兄的身份上她丈夫家要求会面，莺莺拒不出见，最后赋诗一章以谢绝云：“弃置今何道，当时且自亲。还将旧时意，怜取眼前人。”在感情和理智的斗争中，她终于摆到了理智这一边，而且在诗里明白地说出了“弃置”二字，对张生提出了指责，可见恨的分量压过了爱的分量。

小说成功地塑造了崔莺莺这个典型的女性形象，她是现实社会里传统妇女的代表。她的确知书达礼，又富于文才，然而爱情往往是会战胜理智的，因而造成了终身遗恨。当她初见张生的时候，“以郑之抑而见也，凝睇怨绝，若不胜其体者”，完全是一个“娇”“骄”二气兼备的少女，但后来她在红娘的陪伴下和张生私订终身。可惜他们的欢乐像梦境一样短暂，不久张生又赴西京应考，就和莺莺分手了。从后面崔莺莺的几封信件中可以看出她怨而不怒，充分体现了温柔敦厚的诗教传统，也可以看出莺莺的性格越来越坚强。从这篇小说中，我们能看到作为封建伦理束缚下的莺莺的动摇性。对于爱情的向往，使得莺莺能够接受张生的爱慕，但畏于封建礼教又使得她无法摆脱自责的心理，正是由于这种自责心理的存在，使得她与张生最终没能够走在一起。张生则是被作者美化了的男性形象。文中始终没有对他进行批判，甚至还称其为“善补过者”。作者对张生始乱终弃的行为进行文过饰非，“予之德不足以胜妖孽，是用忍情”。张生离弃莺莺，据说“尤物”就是“妖孽”，能够“溃其众，屠其身”，害人祸国，实际上是如莺莺信中所说的“以先配为丑行，以要盟为可欺”，怕这段婚前艳遇会玷污了他的声誉，影响他的前途。张生称莺莺为“尤物”“必妖于人”，完全撇清了他与莺莺之间的关系，最终使得一份美好的爱情成为封建礼教下的牺牲品。

总体而言,《莺莺传》具有很高的真实性,并没有因为作者的倾向性而破坏它的艺术成就。关于张生与莺莺的故事,也被后人改成了诸多的艺术形式,至晚在董解元的笔下,把《西厢记》编成了团圆结局,把矛盾的中心转移到老夫人身上。这是出于对崔莺莺这个人物的爱惜和同情,希望能弥补她的遗恨,让她得到幸福。最为有名的是元人王实甫所作的《西厢记》,在这部作品中,人物的性格得到了更为丰满的刻画,特别是其中的红娘形象,更是为人所称道。

《李娃传》约作于唐贞元十一年(795),主要写的是妓女李娃与荥阳生的爱情故事。荥阳生爱上了美貌的妓女李娃,结果受了鸨母的骗,弄得金尽囊空,做了丧葬店唱挽歌的歌手。一次他与其父荥阳公相遇,被父亲痛遭鞭笞,差点被打死。后来,荥阳生沦为了乞丐,在一个风雪天倒在了街上,在冻饿濒死时又遇到李娃。李娃感到十分痛心、悔恨,决心不顾一切来照顾荥阳生,还资助他读书。最终荥阳生考中了进士,又考上直言极谏科第一名,做了官。李娃却决定要离开他,让他另娶高门。这时,荥阳公出面做主了。在家长的主礼下,二人终成眷属。这个故事深刻地揭露了封建社会的门第观念和家长统治制度。荥阳公在儿子落魄时将他置于死地,毫无父子之情,这正是封建家长制的极端表现。而在小说最后,作者请出荥阳生的父亲来做主,一变初衷,让他们正式结婚。最后还赞扬李娃"妇道甚修,治家严整","封汧国夫人"。这样的结局在现实生活中是很少见的。《李娃传》的喜剧结尾,在一定程度上表达了人民群众的理想。

小说塑造了一个光彩夺目的女性形象——李娃。她是一个聪明、美丽而又坚强、热情的妓女,她一出场就以妖艳的姿色吸引了荥阳生。后来,当荥阳生上她家借居时,她又殷勤接待,为鸨母赢得了厚重的钱财。到了荥阳生资财耗尽的时候,鸨母就设下倒宅计把他赶走。李娃深知自己不可能与身为富家子弟的荥阳生有结果,于是她跟大部分的妓女的选择一样,顺从了鸨母的安排。但当荥阳生流落街头时,李娃见到这个"枯瘠疥疠,殆非人状"的旧情人，不禁产生了悔恨和爱怜，“前抱其颈”，“失声长恸”，不顾一切地把他收留下来，为此与鸨母进行了一番巧妙而坚决的斗争。她晓之以道义，动之以利害，终于争取到了人身的自主权。她全力照顾、支持荥阳生，并最终使他功成名遂。这时，李娃完全有权利得到荥阳生的爱情，做他名正言顺的夫人，享受家庭生活的幸福。可是她却决定给荥阳生自由，因为她清醒地认识到在门第观念极重的社会里，他们是不可能结合的。这种过人的清醒、明智、坚强、练达、善良和宽宏，也构成了李娃性格中最有特色的闪光点。如果故事到此结束，当然是一个很深刻的现实主义的悲剧，它表现了封建社会里婚姻制度和青年男女的爱情相矛盾，也和广大群众的感情相矛盾的事实。但是，作者却安排了一个完满的结局，让有情人终成眷属。

作为小说的中心人物，荥阳生始终处于从属地位。荥阳生幼稚单纯，又庸碌无能，作者精细地写出了他怎样由一个世家公子沦落为挽歌郎和乞丐，后来又折节读书，成为回头的浪子。他一见李娃，就失魂落魄，不惜千金买笑，终于上当受骗，流落街头，只有在赛歌一场中才表现了他的才华。作者对这一场面描写得非常精彩，竭力烘托了荥阳生的歌艺高超，而实际上正是写他的不幸。因为正是他落到了山穷水尽的悲惨境地，所以唱挽歌时悲从中来，唱出了自己的心声，能够“曲尽其妙，虽长安无有伦比”。历尽了种种磨难，当再遇李娃时，他“忿懑绝倒，口不能言，颔颐而已”，表明他满腔怨恨，不是语言所能表达的。最后托庇于李娃的绣襦之下，他开头那种轻狂的纨绔子弟作风已经消磨尽了，在李娃的诱导管教下，回到了读书上进的“正路”上来。他一直处于被动状态，直到李娃要离开他时，尽管“勤请弥恳”，还是同意李娃送到剑门就分手的约言，并没有和她生死与共的坚决行动。要不是他父亲坚持挽留李娃，恐怕只能就此分手了。荥阳生的情节很多，而性格并不十分鲜明。

《李娃传》通过写李娃与荥阳生的爱情、婚姻关系，展现了广阔的社会生活。这篇小说在中国文学史上影响很大，首先表现为在塑造妓女形象上有独特的成就，李娃的性格和感情很丰满，她的自我牺牲精神甚至比法国小仲马笔下的茶花女更为伟大。其次，故事的情节构思有一定的开创性，后世小说、戏曲中有不少“落难公子中状元”的题材就滥觞于此。团圆结局在一定范围内也有冲击封建婚姻制度的积极意义。

蒋防（792—835）的《霍小玉传》是中唐传奇的压卷之作。小说中的女主人公霍小玉原为霍王之女，但因为她的母亲是霍王侍婢，地位低下，因此小玉被众兄弟赶出了王府，沦为了妓女。她与出身名门望族的陇西才子李益热恋，“引谕山河，指诚日月”，誓同偕老。但唐代“民间修婚姻，不尚官品而尚阀阅”（《新唐书·杜兼传》）。士人皆以与崔（清河、博陵）、卢（范阳）、王（太原）、郑（荥阳）、李（赵郡、陇西）五大姓联姻为荣，希图有利仕进。出自贱庶的霍小玉一开始就意识到她与出自陇西大姓的李益的阶级差距，已预感到自己可能要遭受“一旦色衰，恩移情替”的命运，因此“极欢之际，不觉悲至”，只求与李益共度八年幸福生活，而后任他“妙选高门，以谐秦晋”，自己则甘愿出家为尼。但现实是残酷的，曾发誓要与小玉“死生以之”的李益一回到家就背信弃约，选聘大族卢氏为妻。小玉相思成疾，百般设法以求一见，但李益却总是避不见面。幸亏遇到路见不平的黄衫客，将李益强行拉至小玉处，小玉才得以当面质问李益。小玉将内心的悲愤之情转为对李益的怒斥：

> 我为女子，薄命如斯；君是丈夫，负心若此！韶颜稚齿，饮恨而终；慈母在堂，不能供养；绮罗弦管，从此永休。征痛黄泉，皆君所致。李君李君，今当永诀！我死之后，必为厉鬼，使君妻妾，终日不安！乃引左手握生臂，掷杯于地，长恸号哭，数声而绝。

通过对情态、动作细节和临死前的诀辞的描写，表现了小玉对负心郎的愤恨，也传达出她见到昔日情人时的复杂心情。这里有决绝和谴责，也未尝没有执着和眷恋。正是这种情感的复杂性，才使小玉的痴情性格得以最后完成。胡应麟评《霍小玉传》说：“唐人小说，绰有情致。此篇尤为唐人最精彩动人之传奇，故传诵弗衰。”（汪辟疆《唐人小说》引）其得力于人物描写，是显然的。霍小玉死后，李益“至墓所，尽哀而返”，迎娶了卢氏之后，也“伤情感物，郁郁不乐”，受小玉临死之言的影响，李益终日怀疑妻子，导致婚姻不和，遭受到了报应。小说把伦理批判和社会批判成功地结合起来，具有深刻的思想意义。

李朝威（766？—820）的《柳毅传》主要讲述了人、神相恋的故事。柳毅是一个具有豪义性格的人，当他在泾阳遇到远嫁异地、被逼牧羊的洞庭龙女，得知她悲惨的遭遇之后，顿时“气血俱动”，毅然决定为她千里传书。当钱塘君将龙女救回洞庭、威令柳毅娶她时，柳毅昂然不屈，严词拒绝。这次龙女没有屈从于父母之命，再嫁给濯锦小儿，她不像以前那么懦弱温顺，而是敢于违抗门第相当的婚姻制度，一片痴情地等待柳毅。其自尊自重的凛然正气，赢得了龙王的敬佩。经过几番周折，柳毅最终与龙女成婚。小说中的龙女完全是封建社会里妇女形象的典型，她不是来自天上，也不是来自水府，而是来自现实生活。她虽然是洞庭龙君的女儿，但是远嫁异乡之后，却受尽丈夫和公婆的虐待，以至被迫去野外牧羊。因此当柳毅问到她的时候，不禁含泪倾诉自己的身世。

龙女孤苦无援，行动不能自由，连家信也没法寄，根本不像是有神通变化的龙。幸而遇到了侠义的柳毅，替她送信回家，她才被解救出来。她对于柳毅的感激之情铭心刻骨。龙女回宫后，钱塘君恃酒使气，偏要用威势强求柳毅和龙女结婚，不料引起了柳毅的拒绝。但龙女已经爱上了柳毅，这不是天命宿缘，也不是一见倾心，而是建立在感激和信任上的感情。最后她假托卢氏，嫁给了柳毅，直到生了儿子以后，才吐露衷情。这样卑微的态度表现了龙女的自卑感。龙女到了人间，就成了异类，也是远离家乡的弱女子，不像别的神女那样飘然而来，忽然而去，行动自由，恋爱主动。在古代男尊女卑的社会里，妇女从属于丈夫，在生子之前，她在夫家的地位还不稳固，还怕柳毅像以前那样嫌弃她。况且她又是再婚之妇，因此怕再次为夫婿厌薄，“愁惧兼心，不能自解”。这种刻画入微的性格描写，充分体现了古代妇女深受压迫的痛苦。

唐代小说多数以描塑女性形象见长，在爱情故事里，男主角的形象往往是软弱的、消极的、黯淡的。《柳毅传》却不同，不仅写出了龙女的性格，而且更着重写出了柳毅的性格。柳毅是一个落第儒生，个性却很刚强豪爽。当钱塘君救回龙女之后，在酒席上提出把龙女许配给他，当听到钱塘君说“如可，则俱在云霄；如不可，则皆夷粪壤”，正直的柳毅心生厌恶，不为强暴所屈，慷慨陈词，一番严正周密的言论把粗暴刚强的钱塘君也说服了。他路见不平，仗义相助，毫无私心，因此坚决拒绝了婚事。然而当龙女到宴席上亲自拜谢又殷勤话别的时候，柳毅也不免“殊有叹恨之色”。后来有情人终成眷属时，柳毅也做了真诚的表白，表现出他性格中感情丰富的一面。除了柳毅之外，小说中还塑造了勇猛暴烈、知错即改的钱塘君，文中把钱塘君的勇猛强悍也描写得非常突出。他虽粗暴而不蛮横，所以能够接受柳毅的责难而改变自己的态度，还和柳毅结为知心朋友。在这篇小说中，灵怪、侠义、爱情三者得到了有机的结合，展现出了奇异浪漫的色彩，是唐传奇中不可多得的佳作。

李朝威采用龙宫传书的情节，加以扩展，把神怪和爱情、婚姻、家庭等多方面的题材结合起来，构成了一个内容丰富的故事。神女与人相会和相爱的故事，在汉魏以至唐代的小说里，也是屡见不鲜的。《柳毅传》对后世影响很大。唐人的《灵应传》已经引为故实。宋人有《柳毅大圣乐》官本杂剧，元人有尚仲贤的《柳毅传书》杂剧，明代有许自昌的《桔浦记》、黄维楫的《龙绡记》传奇，清李渔又把它和《张生煮海》故事合而为一，改编成《蜃中楼》。何镛亦改编为《乘龙佳话》戏曲八出。《聊斋志异》的《织成》篇也引作典故。烟霞主人则据以改编为章回小说《跻云楼》。

除了爱情外，唐传奇在其他题材类型中也有很多的佳作。例如，梦幻寓言类的有李公佐的《南柯太守传》，历史类的有陈鸿的《长恨歌传》等。从整体上看，此时期的唐传奇作品颇多，大量的创作实践既提高了唐传奇的地位，也扩大了唐传奇的影响。

唐传奇以其巨大的文学价值和高度的文学成就宣告了小说这一重要文体已从子、史孕育之中脱胎而出，并且昭示了它无限美好的发展前途。小说文体的独立，是一个里程碑和分水岭，它标志着以抒情议论为主的诗歌散文将不再能够完全代表中国文学，以叙述故事、塑造人物形象为特长的小说一旦形成，便表现出极强的生命力，便一定会向文坛的中心逼近。小说与随后产生并成长起来的戏剧，共同成为中国文学的主要样式，从而使中国古典文学体制真正地完善起来。

第七章　咸通以后的文学创作

咸通以后，行将没落的唐王朝已无法激发起作家们创作的激情，这一时期文学创作相对衰落，许多作家在创作实践上并没有惊人的成就，他们的作品中已经不见初唐、盛唐、中唐时期的恢宏气势，只是浅吟低唱地为唐王朝唱着挽歌以及抒发着对自身生不逢时的感伤。本章内容就对咸通以后的文学创作情况进行具体分析。

第一节 黄巢起义的爆发与唐王朝的灭亡

大中十三年(859),唐宣宗李忱去世,残暴骄奢而又昏庸无能的唐懿宗李漼继位;次年,改元咸通。这使得日薄西山的唐王朝变得更加黑暗腐朽,加快了其走向彻底崩溃的步伐。从咸通元年到唐哀帝李柷天祐四年(907)这段时间,唐王朝出现了藩镇割据、宦官专权、宦官与朝官之争,以及朝官内部的朋党之争等各种不可调和的社会政治矛盾。这些社会矛盾发展到咸通之后呈现出不可收拾的事态:统治阶级内部集团争斗的最终目的是最大限度地向人民掠夺榨取,以满足他们的贪欲。因此,统治阶级之间矛盾越激烈,社会就会越黑暗、动荡,转嫁到人民,尤其是农民身上的灾祸也就越惨重。于是,激发了人民的武装起义。大中十四年(860)初以浙东裘甫为首的农民起义和咸通九年(868)以庞勋为首的桂林戍兵暴动,是懿宗时期规模和影响较大的两次人民起义。虽然起义被先后镇压了下去,但更大的反抗浪潮正在酝酿之中。僖宗乾符初年,爆发了王仙芝、黄巢领导的农民大起义。王仙芝、黄巢先后起义,后协同作战,活动范围主要集中在今山东、河南、湖北一带。不久,王仙芝、黄巢又分兵作战。乾符五年(878),王仙芝战死,其众投奔黄巢,黄巢的队伍不断壮大。黄巢军转战将近半个唐朝江山,建立了大齐政权,坚持斗争长达十年之久,导致晚唐势力大衰。广明元年(880)七月,黄巢抓住时机,迅速向北渡过长江,于同年十一月占领东都洛阳,十二月攻入长安,唐僖宗逃往成都。这次农民起义给唐王朝带来了致命的一击,最终导致了唐朝统治的瓦解。叛变投降的朱温成为左右唐末政局的人物,他将内侍省数百名宦官全部杀掉,出使在外的宦官也就地正法,结束了宦官专权的局面。天祐四年(907),朱温废唐哀帝自立,改国号为梁,定都开封。唐王朝灭亡了。

晚唐时期的举国动乱、民生多艰,在很大程度上影响着文学家们的精神世界及其创作活动。咸通至天祐的近五十年，对于日薄西山的唐王朝来说，夕阳已经没入地平线之下，文人们的眼中已看不到光明，他们耳闻目睹的是“千家数人在，一税十年空”（黄滔《书事》）的乱离景象；所亲身体验的是“蝴蝶梦中家万里，子规枝上月三更”（崔塗《春夕》）的流亡生活；痛切感受的是“大道将穷阮籍哀，红尘深翳步迟回”（李咸用《途中逢友人》）的暗淡前程。在灾难与痛苦不断的社会中，文人们四顾茫然，不知所措，他们的内心充满了空前浓重的忧患意识，这使得他们的作品中无法再现初唐的雍容华丽和盛唐的乐观昂扬，也无法摹拟中唐企望中兴、一心“挽狂澜于既倒”的悲壮精神，甚至也没有了晚唐前期残存的那点匡救衰世末俗的热情，剩下的只有茫然的喟叹与绝望的哀吟了。因此，咸通以后的文学缺乏一种令人感奋愉悦的精神力量。这一时期文坛的黯淡景象是与社会政治、经济和文化领域的混乱而萧条的景象相符的。

咸通以后，受到历史环境和文人心理的制约与影响，作为文学创作主要形式，诗歌和散文都在不同程度上表现出感伤与愤世两大思想特征，感伤是一种注定了没有出路而倍感无奈的幻灭性的感伤；而愤世更是一种看不到时代曙光而诅咒其快些灭亡的绝望。在这种思想倾向影响下，文人创作出现了两种看似矛盾、实则统一的基本内容：归隐求静与激烈骂世。这两种内容在当时大多数作家的创作中是同时并存的，比如罗隐一方面对于黑暗世界进行着深刻揭露，另一方面又热切希望超脱于这浊世之外；司空图一方面宣称“自此致身绳检外，肯教世路日兢兢”（《退栖》），另一方面却“愁看地色连空色，静听歌声似哭声”（《淅川二首》之二），对那衰乱之世难以完全忘怀。由此可见，这一时期的作家都有一种彼此相近的悲观失望的心理情态，对大势已去的唐帝国深感绝望。这种相近的心理决定了这一时期美学追求的主要倾向：“作家的兴趣由现实转向历史，由外界转向内心，由广阔的社会转向江湖山林或闺阁庭院，极力在乱世之外觅出一小块净土，求得自己痛苦心灵的暂时平静与慰藉。”❶这种风尚的转移决定了这一时期的文学创作风格，除了一些骂世刺时之作外，大多数风格趋向绮靡或淡泊，意境趋向幽微和纤丽，技巧变得细巧以至琐碎。从体裁样式的采用上来看，这一时期的诗人已无法写出李白、杜甫、白居易乃至李商隐、杜牧那样大气包举的长篇歌行，而只能局促地创作一些短小的五七言律绝了；作家们写文章时也无法写出像韩愈、柳宗元那样操纵自如，长短、大小皆宜的作品，而只能创作出几百字甚至不足百字的即兴小品。这一时期的文坛之所以黯淡无光，并非是这些作家缺乏才气与风度，而是现实社会已经无法引发作家悲壮宏阔的激情远志，他们只能转移艺术的目光，去低声细吟地为行将灭亡的唐王朝唱一些短小的挽歌，或发出几声生不逢时的叹息。这是时代的不幸，也是文学的不幸。

第二节　黑暗中的烛光——皮日休与陆龟蒙

皮日休、陆龟蒙的诗歌创作直接继承和发扬了中唐新乐府诗风，从多个方面反映社会现实与民生疾苦，具有批判性和民主精神，同时，他们的诗歌创作又追求淡泊情思与通俗平易的境界，从而取得了一定的艺术成就，成为晚唐时期诗坛上的一抹亮色。

一、皮日休的诗歌

皮日休(834？—883)，字袭美，一字逸少，曾居住在鹿门山，因此自号鹿门子，又号间气布衣、醉吟先生，与陆龟蒙齐名，世称“皮陆”，今湖北天门人(《北梦琐言》)。咸通八年(867)进士及第，但他并没有因此获得官职。咸通十年(869)，崔璞以谏议大夫为苏州刺史，聘皮日休为州军事判官。在这之后，皮日休结识了陆

❶　吴庚舜.唐代文学史(下).北京：人民文学出版社，1995：421.

龟蒙。咸通末或僖宗乾符初,皮日休又到长安,任太常博士。黄巢起义后,他重回吴中,任毗陵节度副使。后参加黄巢起义,起义失败后不知所踪。

皮日休具有鲜明而系统的文学主张,他在《正乐府十篇》的序中明确地强调乐府诗的政治作用:“乐府,盖古圣王采天下之诗,欲以知国之利病,民之休戚者也。……诗之美也,闻之足以观乎功;诗之刺也,闻之足以戒乎政。”又批评晚唐颓靡诗风说:“今之所谓乐府者,唯以魏晋之侈丽,陈梁之浮艳,谓之乐府诗,真不然矣。”这些主张,直接继承了白居易的现实主义诗歌理论和中唐新乐府运动的进步传统,并与汉乐府民歌“缘事而发”的精神遥遥相通。

皮日休现实主义诗篇的思想性主要体现在对苦难人民充满同情,以及对剥削者、压迫者进行愤怒控诉上。唐末由于封建统治阶级加重了对人民的剥削和压迫,加上连年天灾无法抗御,平民百姓陷入水深火热之中。例如,皮日休在《三羞诗》之三中以沉痛的笔触写出了淮右蝗旱、民多家破人亡的惨相:

天子丙戌年,淮右民多饥。
就中颍之汭,转徙何累累。
夫妇相顾亡,弃却抱中儿。
兄弟各自散,出门如大痴
……
荒村墓鸟树,空屋野花篱。
儿童啮草根,倚桑空羸羸。
斑白死路傍,枕土皆离离。

这首诗描绘了一幅惨不忍睹的灾民流离图。诗的后半部分,诗人沉痛地指出:“厉能夫人爱,荒能夺人慈”并将灾民的苦难与自己“一身既饱暖,一家无怨咨”的小康日子进行对比,感到深深的惭愧和不安。

皮日休所处的时代,正是唐王朝面临内忧外患、战祸频仍的时期，将帅们靠打仗发财升官，人民却承受了全部苦难。皮日休的悯民之作，愤怒控诉了战争给人民带来的深重苦难。例如，《三羞诗》之二：

军庸满天下，战将多金玉。
刮则齐民痈，分为猛士禄。
……
昨朝残卒回，千门万户哭。
哀声动闾里，怨气成山谷。

《正乐府十篇》中的《卒妻怨》更是声泪俱下地为死难士卒的家庭进行哀悼：

处处鲁人髽，家家杞妇哀。
少者任所归，老者无所携。
况当札瘥年，求粒如琼瑰。
累累作饿殍，见之心若摧。
其夫死锋刃，其室委尘埃。

以上作品大都是从大画面上来表现人民的疾苦，而《橡媪叹》一诗则通过具体人物及其很有代表性的遭遇，深刻地反映了人民的悲惨命运：

秋深橡子熟，散落榛芜冈。
伛偻黄发媪，拾之践晨霜。
移时始盈掬，尽日方满筐。
几曝复几蒸，用作三冬粮。
山前有熟稻，紫穗袭人香。
细获又精舂，粒粒如玉珰。
持之纳于官，私室无仓箱。
如何一石余，只作五斗量？
狡吏不畏刑，贪官不避赃。

农时作私债，农毕归官仓。
自冬及于春，橡实诳饥肠。
吾闻田成子，诈仁犹自王。
吁嗟逢橡媪，不觉泪沾裳。

这首诗主要讲述了一个老农妇辛勤生产的粮米被官府剥削光了，只好拾橡子充饥的故事。橡媪的悲惨遭遇是当时农民受剥削受压迫命运的一个缩影。诗中反映出的封建官府对人民的掠夺以及人民痛苦的生活，具有高度的典型性和真实性。作品的思想内容和语言风格都具有民间歌辞的特色。

皮日休清楚地知道人民的疾苦从何而来，因此他在忠实地反映人民苦难生活的同时，把犀利的笔锋指向造成人民不幸的统治阶级。《橡媪叹》中强烈谴责了“不畏刑”的狡吏和“不避赃”的贪官，指出唐末的统治者连“诈仁而王”的田成子都不如。另外，《哀陇民》也是皮日休反映现实，同情人民疾苦、揭露统治阶级罪恶的代表作，诗中写道：

陇山千万仞，鹦鹉巢其巅。
穷危又极险，其山犹不全。
蚩蚩陇之民，悬度如登天。
空中觇其巢，堕者争纷然。
百禽不一得，十人九死焉。
陇川有戍卒，戍卒亦不闲。
将命提雕笼，直至金堂前。
彼毛不自珍，彼舌不自言。
胡为轻人命，奉此玩好端。
吾闻古圣王，珍禽皆舍旃。
今此陇民属，每岁啼涟涟。

诗人满怀悲痛地写出了陇山人民被迫捕捉鹦鹉进贡，以致“十人九死焉”的惨景，并质问只知荒淫取乐、不顾人民死活的权贵富豪:“彼毛不自珍,彼舌不自言。胡为轻人命,奉此玩好端”,对地方官吏为了进奉这种玩好之物讨好上司而轻视人命,使人民堕入苦难的深渊进行了强烈谴责,充分体现了富于正义感的诗人对人民的深切同情。

《贪官怨》一诗更是集中地批判了代表统治阶级腐朽性、寄生性的贪官污吏,诗中前面一部分写道:

国家省阅吏,赏之皆与位。
素来不知书,岂能精吏理?
大者或宰邑,小者皆尉吏。
愚者若混沌,毒者如雄虺。

诗中形象地描绘出窃踞封建国家机器的大大小小蛀虫的贪残昏庸之相,具有强烈的针对性。此诗的后面一部分是作者为改变这一弊政而提出的改良之策,反映出作者思想的历史局限性。

诗人在另一类诗中将“尽日一菜食,穷年一布衣。清似匣中镜,直如琴上丝”(《七爱诗·元鲁山》)的清官树为表率,希望多有这样的德行高洁之士出来挽回封建国家的危局。然而这只是作者一厢情愿的痴想。唐末时期,整个统治阶级都腐朽了,单凭个别清官廉吏的力量又怎么能够挽救唐王朝于危亡之中,因此,他的歌颂不如他的揭露来得深刻。不过皮日休比同时代作家高出一筹的是,他能尖锐地看出贪残凶狠是整个官僚富豪阶层的共性,而不只是个别官吏和财主的罪行,所以他能在《偶书》一诗中得出“为富皆不仁”这样闪光的结论。

皮日休还有一些咏物诗,借自然之物发端,寄托了自己对财产占有者的憎恶和对穷人的同情,如《金钱花》:

阴阳为炭地为炉,铸出金钱不用模。
莫向人间逞颜色,不知还解济贫无?

他还有一些咏史的短章,时标伟论,发表自己大胆的政治见解,这与其现实主义诗歌精神是一致的,如《汴河怀古二首》之二:

尽道隋亡为此河，至今千里赖通波。
若无水殿龙舟事，共禹论功不较多。

这首诗立论警策，诗人对隋朝开凿大运河之事发表了自己的看法。隋炀帝时，发河南淮北诸郡民众，开掘了名为通济渠的大运河，消耗了大量民力物力。唐诗中有不少作品是以这个历史事件为题材的，大都从隋亡于大运河着手。皮日休却反其道而行之，在批判隋炀帝开运河的主观动机的同时，也不抹杀这一工程在客观上的积极作用，这是很有见地的。

皮日休出身“寒门”，非常接近人民，当他青年出游时，又广泛接触了社会现实，看到阶级矛盾的尖锐，因此他前期的诗很自然地接受白居易的影响。这些诗在艺术上与白居易的讽喻诗非常相近，主要表现为以下几点：第一，主题的专一和明确。一首诗只集中写一件事，不涉及其他事件，不另出新意，在题材上采取与《秦中吟》相似的“一吟悲一事”的写法。第二，叙事和议论相结合。每一首叙事作品总是先叙事，然后发表为议论，对所写之事做出明确的评价，“卒章显其志”。有的诗议论比较成功，如《橡媪叹》篇末略略数语，对官府痛加谴责；《三羞诗》之二、三通过灾民与自己生活的对比和议论，自然引出“羞愧”之意。但也有的诗议论过多，且流于呆板、枯燥的说教，成为败笔。第三，由于以立意为主，因此风格比较朴素，语言通俗、质朴、真切、不事雕绘（当然也有的诗句缺乏锤炼，且太尽太露）。这些都是有意采用的手段，以达到讽喻当事者的目的。

以咸通八年中进士为界，皮日休的诗分为前后两个时期。现存他的诗中没有参加农民起义后的作品，所谓后期诗是指他在吴中的作品。这类诗与前期作品风格迥异。其中的优秀之作也值得一提。比较出色的如《鲁望读襄阳耆旧传见赠五百言过褒庸材靡有称》，开头“汉水碧于天，南荆廓然秀”，以洗练的字句概括地描写出襄阳山水的秀美。下面先略举楚汉历史人物屈原、诸葛亮，然后着重写襄阳的当代名流张柬之、孟浩然，对他们的功业和品格赞颂备至，从而表现了作者对“民安而国富”的盛唐景象的向往和对唐朝中兴的渴望。此诗辞旨丰美，章法严密，情文并茂。又如，《太湖诗》十二首，以精心锤炼的文字，历历叙写其亲身探赏太湖风光的所得，辞藻清丽，意境深美。但也应看到，皮日休的应酬作品有不少专门玩弄技巧、掉书袋和玩文字游戏的作品，既缺乏真情实感和深刻的思想，也缺乏生动鲜明的形象。

二、陆龟蒙的诗歌

陆龟蒙（？—881），字鲁望，别号天随子、江湖散人、甫里先生，江苏吴县人。陆龟蒙出身官僚世家，其父陆宾虞曾任御史之职。到他掌家时，门庭冷落，只能算是一个藏身乡间的小地主。在荒年或者农活吃紧的时候，陆龟蒙还亲自参加一些农业生产劳动。早年的陆龟蒙热衷于科举考试。他从小就精通《诗》《书》《仪礼》《春秋》等儒家经典，自称有“致君术”“活国方”（《村夜二篇》），但又认为“命既时相背，才非世所容”（《自和次前韵》）。屡试不第之后往从湖州刺史张博游，曾被聘为其幕僚。后来他就到松江甫里隐居。陆龟蒙曾与颜荛、皮日休、罗隐、吴融等人为友。其中，与皮日休的关系非常亲近，两人频繁交游，互相推许，经常唱和。陆龟蒙性情耿介孤高，隐居之后，只是喝茶饮酒，以读书论撰为乐。朝廷曾以高士征召，他辞而不就。陆龟蒙生平著述勤奋，但历年不整理。僖宗乾符六年（879）底，他才将自己的部分诗赋杂文编纂为《笠泽丛书》，并亲自作了序。中和初年因病去世。昭宗光化三年（900），韦庄上表请求追赐陆龟蒙等不及第才子进士及第，并赠官职。于是，陆龟蒙得到了进士空名和“右补阙”的虚衔。

陆龟蒙的现实主义诗歌与皮日休的精神是一致的，通过抒情述志来表达对黑暗现实的强烈不满。《村夜二篇》《杂讽九首》《五歌》（《放牛歌》《水鸟歌》《刈获歌》《雨夜歌》《食鱼歌》）等组诗就是他愤慨时事、同情人民的优秀代表作品。比如《村夜二篇》之二里，就揭露了阶级对立，反映了当时劳动人民的悲惨生活：

所悲劳者苦，敢用词为诧。

只效刍牧言，谁防轻薄骂？
嘻今居宠禄，各自矜雄霸。
堂上考华钟，门前伫高驾。
纤洪动丝竹，水陆供鲙炙。
小雨静楼台，微风动兰麝。
吹嘘川可倒，眄睐花争姹。
万户膏血穷，一筵歌舞价。
安知勤播植，卒岁无闲暇。
种以春鳸初，获从秋隼下。
专专望穜稑，搰搰条桑柘。
日晏腹未充，霜繁体犹裸。
……

诗中的“万户膏血穷，一筵歌舞价”警句揭示了统治阶级的淫乐是建立在对人民的敲骨吸髓的剥削基础之上的。组诗《杂讽九首》乃刺世诗，其对黑暗的唐末社会里各种腐朽和不合理的现象进行了猛烈的抨击，同时表达了自己怀才不遇的牢骚苦闷。最后一首尤为愤激：

朝为壮士歌，暮为壮士歌。
壮士心独苦，傍人谓之何。
古铁久不快，倚天无处磨。
将来易水上，犹足生寒波。
捷可搏飞狖，健能超橐驼。
群儿被坚利，索手安冯河。
惊飙扫长林，直木谢樀科。
严霜冻大泽，僵龙不如蛇。
昔者天血碧，吾徒安叹嗟。

诗中的慷慨悲歌，大笔淋漓，具有陶渊明“刑天舞干戚，猛志固常在”的“金刚怒目”之态。《五歌》之三《刈获歌》更具体地描述了灾荒之年农民的苦难:“自春徂秋天弗雨,廉廉早稻才遮亩。芒粒稀疏熟更轻,地与禾头不相拄。我来愁筑心如堵,更听农夫夜深语。凶年是物即为灾,百阵野凫千穴鼠。平明抱杖入田中,十穗萧条九穗空。”并说:“今之为政异当时,一任流离恣征索。”对统治者不顾人民死活,大灾之年还要横征暴敛的野兽之行,提出了愤怒控诉。这些愤世之作,在强烈的主观抒情气氛中写出了那个时代遭遇坎坷的正直知识分子的精神面貌。

陆龟蒙以高士自居,隐于松江甫里,追求的淡泊境界。他的一些绝句,如《钓矶》三十首《自遣诗》,或抒写自己的高洁情操,或描摹如画的自然风光,或怀古、或忆旧,表现了多方面的生活情趣和内容,艺术上很见功夫,具有很高的美学价值。比如《白莲》:

素蘤多蒙别艳欺,此花端合在瑶池。
无情有恨何人觉,月晓风清欲堕时。

这是一首酬和皮日休的咏物诗,寄托深远,所咏的花遗貌取神,成了自拔于流俗、出污泥而不染的作者自我形象的化身。前人赞它为“取神之作”(《唐诗别裁》)。另一首与皮日休的酬和诗《和袭美春夕酒醒》又别开生面:

几年无事傍江湖,醉倒黄公旧酒垆。
觉后不知明月上,满身花影倩人扶。

这首诗很典型地表现了诗人淡泊为心、了无牵挂的情怀。诗人不写红烛等物,不为原唱所拘,径自用闲放自然的笔调,写诗人放达潇洒的情怀和风度。“无事傍江湖”的处境中,推出一副“满身花影倩人扶”的悠然醉态,把诗人那种带世俗色彩的“江湖散人”形象表现得很逼真。又如《怀宛陵旧游》:

陵阳佳地昔年游,谢朓青山李白楼。
惟有日斜溪上思,酒旗风影落春流。

这首诗笔触清丽，意境幽远，尤其末句写景绝妙传神，有"佳句，诗中画本"(《唐诗别裁》)之誉，显出作者深厚的艺术功力。

当然，陆龟蒙的诗也具有一定的不足之处，其与皮日休唱和的作品，流于文人间无聊的相互吹捧，属于浪费才华的平庸之作。此外，他的一些诗刻意追求险怪，语言每每纤巧冷僻，缺乏优美的意境和健康的风格。

第三节　末世的光彩:晚唐杂文

唐代古文运动在韩愈、柳宗元的时代达到高峰，它标志着中国散文的成熟。唐代古文既不同于文学特征不充分的先秦、两汉的诸子哲理散文和史传散文，也不同于六朝时期内容空洞、情感浮泛的骈文，唐代古文作为一种新文体，它具有自身突出的优点。然而，它在取得了辉煌的成就之后，却在唐末跌到了低谷。

皮日休、陆龟蒙、罗隐等散文家曾使古文"回光返照"，他们的一些小品文独放异彩。鲁迅在《小品文的危机》中说:"唐末诗风衰落，而小品放了光辉。但罗隐的《谗书》，几乎全部是抗争和愤激之谈;皮日休和陆龟蒙，自以为隐士，别人也称之为隐士，而看他们在《皮子文薮》和《笠泽丛书》中的小品文，并没有忘记天下，正是一塌糊涂的泥塘里的光彩和锋芒。"他在这里所说的晚唐的那些"小品文"，按照我们现在的看法和分类，也就是"杂文"。这一时期，有名的杂文作者，主要有刘蜕、孙樵、皮日休、陆龟蒙、罗隐等。

刘蜕(821—?)，字复愚，号文泉子，长沙人。大中四年(850)进士，累迁左拾遗、中书舍人。后被贬为华阴令，官终商州刺史。著有《文泉子》10卷，已佚。现在只有《刘蜕集》一卷流传于世。他是一个多年沉沦下潦的穷愁之士。

例如，他在《投知己书》中对自己怀才不遇发出了深深的感慨:

蜕生二十余年，已过当时之盛，栖迟困辱者，未遇当时之人。书成而尝乐乎其时，出车满于道路。而才高于蜕，忌蜕侵己；才下于蜕，畏蜕擅名。是以深知之者，不得终其朝；欲振之者，又自无其力。

再如，他在《上礼部裴侍郎书》中发出自己的穷愁之苦：

今者欲三十岁矣，所望不过抱关输力、求粟养亲而已。何者？家在九曲之南，去长安近四千里。膝下无怡怡之助，四海无强大之亲。日行六十里，用半岁为往来程，岁须三月侍亲左右，又留二月乞假衣食于道路。是一岁之中，独留一月在长安。王侯听尊，媒妁声深，况有疾病寒暑风雨之不可期者杂处一岁之中哉！……呜呼，蜕也才不良、命甚奇，时来而功不成，事修而名不副，将三十年矣。

从他的这些文字中可以感受到他所发出的不平之气。刘蜕的文章通常采用议论的表达方式，往往阐述很多道理，有的忧虑国家前途，有的劝诫好友，有的批评时政，有的则是表达心中的愤懑和不满。虽然以议论为主，但由于大多抒发希望得到重用的情感，因此文章大都感情真挚，用词委婉，行文曲折。

孙樵（生卒不详），字可之，关东人，大中九年（855）进士。在入世之前，有“十年屡穷”的经历，也有“学理守拙”的素志。他在《序陈生举进士》一文中写道：“君子学道以循禄，端己以售道。”《逐痁鬼文》说：“学勤而吾道益穷，业修而知己日消。”他有用世之志，敢于直言极谏，文章成就主要在史笔，代表作有《书何易于》《书田将军连事》等。

例如，《读开元杂报》的立意就非常新颖：

樵曩于襄汉间得数十幅书，系日条事，不立首末，其略曰：某日皇帝亲耕籍田，行九推礼。某日百僚行大射礼于安福楼南。某日安北诸蕃君长请扈从封禅。某日皇帝自东还，赏赐有差。某日宣政门宰相与百僚庭争十刻罢。如此凡数十百条。樵当时未知何等书，徒以为朝廷近所行事。有自长安来者，出其书示之，则曰："吾居长安中，新天子嗣国，及穷虏自溃，则见行南效礼，安有籍田事乎？况九推非天子礼耶？又尝入太学，见丛甓负土而起若堂皇者，就视得石刻，乃射堂旧址，则射礼废已久矣。国家安能行大射礼耶？自关以东，水为败田，则旱败苗。百姓入常赋不足，至有卖子为豪家役者。吾尝背华走洛，遇西戎还兵千人，县给一食，力屈不支。国家安能东封？从官禁兵，安所仰给耶？北虏惊啮边甿，势不可控，宰相驰出责战，尚未报功。况西关复警于西戎，安有扈从事耶？武皇帝以御史窃议宰相事，望岭南走者四人，至今卿士齚舌相戒，况宰相陈奏于仗罢乎？安有廷奏争事耶？"

语未及终，有知书者自外来，曰："此皆开元政事。盖当时条布于外者。"樵后得《开元录》验之，条条可复云。然尚以为前朝所行，不当尽为坠典。及来长安，日见条报朝廷事者，徒曰今日除某官，明日授某官，今日幸于某，明日畋于某。诚不类数十幅书。樵恨生不为太平男子，及睹开元中事，如奋臂出其间。因取其书帛而漫志其末，凡补缺文者十三，正讹文者十一。是岁大中五年也。

文章开篇似纪实，通过一系列的"事实"说明朝廷和皇帝的政绩，后来笔锋一转，原来所说的是开元之事，而并非发生在本朝。这一转变，在对比中指出了本朝的问题所在。

皮日休除了在诗歌方面取得了一定的成就之外，还创作了一些优秀的杂文，他反对佛老，尊崇韩愈，但为文主张与韩愈不同，不提倡"明道"而讲究"穷理"："文贵穷理，理贵原情。"(《文薮序》)其"穷理"不是空谈心性，而是有所讽喻。他提出写作的目的是"上剥远非，下补近失"，即有为而作，为他进步的政治主张服务。

在《桃花赋序》中，他说自己即使是“状花卉，体风物”，也是“非有所讽，辄抑而不发”的。他继承的是白居易“为事”“为时”而作的讽喻传统。其代表性作品是《九讽》《十原》《鹿门隐书》等。

例如，《十原》之《原谤》中写道：

> 天之利于民，其仁至矣，未有美于味而民不知者，便于用而民不由者，厚于生而民不求者。然而暑雨亦怨之，祁寒亦怨之；己不善而祸及，亦怨之；己不俭而贫及之，亦怨之。是民事天，其不仁至矣。天尚如此，况于君乎？况于鬼神乎？是其怨訾恨讟蓰倍于天矣。有帝天下、君一国者，可不慎欤？故尧有不慈之毁，舜有不孝之谤，殊不知尧慈被天下，而不在于子；舜孝及万世，乃不在于父。呜呼，尧、舜大圣也，民且谤之；后之王天下、有不为尧舜之行者，则民扼其吭，捽其首，辱而逐之，折而族之，不为甚矣。

在这里，皮日休所说的是民性本恶，对于行王道的君王尚且心存怨恨，更不要说不行王道的君王了。他写这篇文章主要是为了对在位的君王提出警告，劝诫他行尧舜之道，否则会引起民众的不满情绪，甚至会引起“扼其吭，捽其首，辱而逐之，折而族之”的后果。

再如，他在《鹿门隐书》中对社会问题的揭露：

> 民之性多暴，圣人导之以其仁；民性多逆，圣人导之以其义；民性多纵，圣人导之以其礼；民性多愚，圣人导之以其智；民性多妄，圣人导之以其信。若然者，圣人导之于天下，贤人导之于国，众人导之于家。后之人反导为取，反取为夺，故取天下以仁，得天下而不仁矣；取国以义，得国而不义矣；取名位以礼，得名位而不礼矣；取权势以智，得权势而不智矣；取朋友以信，得朋友而不信矣。尧、舜导而得矣，非取也，得之以仁。殷、周取而得

也，得之亦仁。吾谓自巨君、孟德已后，行仁义礼智信者，皆夺而得者也。悲乎！

皮日休通过在文章中运用对比和排比，说明尧舜得仁义礼智信，是通过“导”而完成；而后人行仁义礼智信者，都是“反导为取，反取为夺”，从中可以看出世风日下。他对当代政治和道德的沦丧进行了猛烈的批判，抒发了一种悲愤之情。

陆龟蒙在杂文创作上也有一些优秀的作品传世，著有《笠泽丛书》，宋人辑有《甫里先生文集》，他自撰的《甫里先生传》写得非常精彩，表现了一种隐者心境：

甫里先生者，不知何许人也。人见其耕于甫里，故云。先生性野逸，无羁检，好读古圣人书。探六籍，识大义，就中乐《春秋》，抉摘微旨。见文中子王仲淹所为书：“三传作而《春秋》散”，深以为然。……先生平居以文章自怡，虽幽忧疾病中，落然无旬日生计，未尝暂辍。点窜涂抹者，纸札相压……先生之居，有地数亩，有屋三十楹，有田畸十万步，有牛不减四十蹄，有耕夫百余指。而田污下，暑雨一昼夜，则与江通，无别己田他田也。先生由是苦饥，仓无斗升蓄积，乃躬负畚锸，率耕夫以为具。……性不喜与俗人交，虽诣门不得见也。不置车马，不务庆吊。……先生性狷急，遇事发作，辄不含忍。寻复悔之，屡改不能矣。

陆龟蒙的杂文多讽喻之作，表现的是用世之心，代表作有《送小鸡山樵人序》《记稻鼠》《蠹记》《冶家子言》《招野龙对》《野庙碑》等。如《送小鸡山樵人序》中的一段文字：

及笑曰：吾年余八十矣，元和中尝从吏部游京师，人言国家用兵，帑金窖粟不足用，当时江南之赋已重矣。迨今盈六十年，赋数倍于前，不足之声闻于天下，得非专地者之欺甚乎？吾有丈夫子五人，诸孙亦有丁壮者，自盗兴以来，百役皆在，亡无所容，又水旱更害吾稼，未即死，不忍见儿孙寒馁之色。虽尽售小鸡之木，不足以濡吾家，况一二买名为偷乎？今子一炀灶不给而责吾之深，吾将欲移其责于天下之守，则吾死不恨矣。

文章主要是樵人对陆龟蒙责其“老而欺”的回答。说的是天灾人祸的责任在于“天下之守”，一介樵夫并没有责任。因此，作者最后感叹：“余叹之曰，汝之言信也。然不当发于余。”

罗隐(833—909)，字昭谏，余杭新城(今浙江桐庐)人，本名横。《旧五代史·梁书》中对他的记载为：“诗名于天下，尤长于咏史，然多所讥讽，以故不中第。”他在《投铁盐裴中郎启》说：“濩落单门，蹉跎薄命，路穷鬼谒，天夺人谋。营生则饱少于饥，求仕则落多于上。”他非常渴求入仕，仕进并非仅为功名，志在行道是其门标，如他在《君子之位》中写道：

禄于道，任于位，权也。食于智，爵于用，职也。……先生之所以张轩冕之位者，行其道耳，不以为贵。大舜不得位，则历山一耕夫耳；不闻一耕夫能剪四凶而进八元。吕望不得位，则棘津一穷叟耳；不闻一穷叟能取独夫而王周业。

与皮日休、陆龟蒙相比，罗隐杂文的艺术成就更高，可以说是晚唐杂文创作的高峰。《谗书》是他的杂文集，共五十九篇。这些杂文构思新巧，表达生动，运用比喻、夸张、联想、象征等手法，借历史故事、民间传说或社会现象为由头，加以引申发挥，常常得出出人意表、发人警醒的结论。其自序云：“有可以谗者则谗之，亦多言之一派也。而今往后，有诮予以谗自矜者，则对曰：‘不能学扬子云寂寞以诳人’。”鲁迅称他的《谗书》“几乎全部是抗争和愤激之谈”。内容涉及面甚广，其中的历史短评最有价值。如《英雄之言》：

物之所以有韬晦者，防乎盗也。故人亦然。

夫盗亦人也，冠履焉，衣服焉。其所以异者，退让之心，贞廉之节，不恒其性耳。

视玉帛而取者，则日牵于饥寒。视国家而取者，则曰救彼涂炭。牵于饥寒者，无得而言矣；救彼涂炭者，则宜以百姓心为心。而西刘则曰："居宜如是。"楚籍则曰："可取而代。"噫！彼必无退让之心，贞廉之节，盖以视其靡曼骄崇，然后生其谋耳。

为英雄者犹若是，况常人乎？是以峻宇逸游，不为人之所窥者，鲜矣。

文章针对的是唐末乱世中的"英雄之言"——视国家而取者，则曰救彼涂炭，中心论点是大家熟知的庄子的"窃钩者诛，窃国者诸侯"的观点的推衍。他认为，如真是以"救彼涂炭"为己任，就应该"以百姓之心为心"，否则，就只能是"无退让之心，无贞廉之节"的表现，其真实动机，无非是满足个人私欲而已。作者针对现实，有感而发，感慨深沉。

《谗书》中的《越妇言》，也是一篇愤世嫉俗之作：

买臣之贵也，不忍其去妻，筑室以居之，分衣食以活之，亦仁者之用心也。

一旦，去妻言于买臣之近侍曰："吾秉箕帚于翁子左右者有年矣。每念饥寒勤苦时节，见翁子之志，何尝不言通达后以匡国致君为己任，以安民济物为心期。而吾不幸离翁子左右者亦有年矣，翁子果通达矣。天子疏爵以命之，衣锦以昼之，斯亦极矣。而向所言者，蔑然无闻。岂四方无事使之然耶？岂急于富贵未假度者耶？以吾观之，矜于一妇人，则可矣，其他未之见也。又安可食其食！"乃闭气而死。

朱买臣出妻是一则非常有名的历史故事。班固在《汉书·朱买臣传》中，对朱买臣妻不能安于贫困进行无情的批判，同时也对朱买臣发迹之后的富贵荣华做大肆渲染。罗隐在文中，对这一古老的故事进行新的解说。通过买臣前妻这一个屈辱者之所见所感，对富贵骄人的官僚阶层进行了无情的嘲讽。那些热衷于功名富贵的封建士大夫们，当他们不得志的时候，口口声声不离"匡国致君""安民济物"，一旦通达，早把当年标榜的宏大抱负忘得干干净净。

《荆巫》写一位巫师最初因为专心事神，为人祈福很灵验。后来私心杂念多了，祈福不但不灵，反而给人们带来灾害，讽刺统治者以私害公。其他杂文也各有新意，各有特色。这些杂文在社会上流传后，自然受到达官贵人的忌恨，罗隐本人也为他们所不容，所以他的朋友说他："《谗书》虽胜一名休！"

晚唐杂文是王朝末期黑暗现实的折光，正是从这个角度上，鲁迅称它们是"一塌糊涂的泥塘的光彩和锋芒"。同时，它们也是唐代古文运动的一个光彩夺目的尾声。散文在唐末的杂文作家手中有过短暂的辉煌，但毕竟大势已去，散文已成颓势，骈文重新抬头，"四六文"崛起。

第四节　唐传奇的衰落与俗讲变文的兴起

一、唐传奇的衰落

唐传奇在经过发轫期的准备、兴盛期的繁荣之后，在晚唐时进入退潮期，呈现出了由盛转衰的局面。在题材方面，晚唐传奇小说大多远离现实，写剑侠、鬼神、灵异故事的较多，呈现志怪色彩。因此，从总体上说，这一时期唐传奇的演变并不是新的发展，而是在一定程度上向六朝志怪为代表的古小说的回归。它反映了晚唐文学创造精神的衰落和小说发展的曲折。这一时期传奇呈现出两个特点。

一是大量传奇作品特别是专集的出现，表明唐传奇的创作仍处于繁荣阶段，其数量甚至超过中唐。传奇专集，有袁郊（咸通间人）的《甘泽谣》一卷，薛用弱（长庆大和时人）的《集异记》三卷（原书已佚，今辑八十八篇），薛渔思（生卒年不详）的《河东记》三卷，皇甫枚（咸通光启时人）的《三水小牍》三卷（佚一卷，今辑六十一则），康軿（僖宗乾符进士）的《剧谈录》（今有《学津讨原》本），皇甫氏（名不详，唐末人）的《原化记》一卷（今存五十余则）等。但是这些专集中所包括的作品大多篇幅短小，内容单薄，或搜奇猎异，或言神志怪，在思想和艺术成就方面都比不上兴盛时期的作品。单篇如房千里（约 840 年前后在世，文宗大和进士）的《杨娼传》、薛调的《无双传》、无名氏的《郑德磷传》及传为杜光庭（懿宗咸通进士）所作的《虬髯客传》等。这类传奇的内容涉及扶危济困、除暴安良、快意恩仇、安邦定国等方面，突出了豪侠人格的坚韧刚毅、武功的出神入化和功业的惊世骇俗，从而展现出一种高蹈不羁奔腾流走的生命情调。

二是这个时期又出现了数量众多的笔记杂录体的志怪和轶事小说集，如志怪小说集有段成式的《酉阳杂俎》二十卷、续集十卷，柳祥的《潇湘录》十卷，张读的《宣室志》十卷、补遗一卷；轶事小说集有李肇的《唐国史补》三卷，张固的《幽闲鼓吹》一卷，范摅的《云溪友议》三卷（一为十二卷本），孙棨的《北里志》一卷，苏鹗的《杜阳杂编》三卷等。实际上，作为文学体裁的唐传奇已逐渐模糊其自身特征，出现与六朝笔记体小说相混合或融合的趋势。鲁迅评《杜阳杂编》等“虽间有实录，而亦言见梦升仙，故皆传奇，但稍迁变”，《剧谈录》等“虽若弥近人情，远于灵怪，然选事则新颖，行文则逶迤，固仍以传奇为骨者也”。

《无双传》是唐代后期单篇传奇中的佳作，写王仙客与他舅舅刘震的女儿无双的爱情故事。王仙客和无双青梅竹马，两小无猜。王仙客母病危托孤，与无双的父亲刘震约定二人婚姻。但当仙客服丧期满，回到京师之后，刘震依然待以舅甥之礼，否认曾经许婚。这时，节度使李希烈、姚令言反叛，皇室及百官奔逃。危急中，刘震疾召仙客称："与我勾当家事，我嫁与尔无双。"而等仙客先押送财物逃出城外，刘震全家却被关在城里。三年后，叛乱平定，仙客回到京城，遇见刘家老仆塞鸿，才知道舅父因任朱泚的伪官已被处极刑，无双被收入后宫。但王仙客并没有死心，因金吾将军王遂中推荐，做了富平县尹，知长乐驿，继续探听无双的下落。功夫不负有心人，有一次宫中派三十名宫女到园陵去，途经长乐驿，王仙客终于探听到了无双的下落。而仙客则假作理桥官，与无双相会。无双在床褥下留书给仙客，告诉他富平县的古押衙是人间有心人，可去求他设法。王仙客果然去求了古押衙。古押衙老谋深算，耐心等待时机，先从茅山道士那里弄来了麻醉药，再让无双的婢女采苹假作中使，说无双是逆党，赐药令她自尽。当时死去，再把尸体赎出来，让她复生。古押衙把所有参与这个行动的人，包括塞鸿都杀死灭口，最后自杀，一共死了十余人。仙客不知其术，初以为无双已死。直到最后王仙客与刘无双团聚才知始末，逃回故乡，终为夫妇五十年。小说并没有神怪的内容，但富于神奇色彩。它的特点在于古押衙救出刘无双的密谋险举，并不是用奇袭强夺，而是采用假死的手法，把爱情和豪侠的题材结合在一起，构成了曲折离奇的情节，有强烈的传奇性，这正是唐代传奇的特征之一。小说塑造古押衙这个人物，他感于王仙客优厚的礼遇，不惜以死相报，是一个奇特的豪侠。小说采用了倒叙法揭开谜底，救人的情节都是在事成之后才告诉王仙客的，也是一种比较新颖的结构。《无双传》在艺术上很有特色，比前期的传奇更注重于情节构思，显示出作者有自觉的创造意识，因此可以说是唐后期传奇的杰作。

《甘泽谣》虽然全书只有九篇，但也有不少名作。其中《红线》最为著名。小说的背景是唐代魏博节度使田承嗣与潞州节度使薛嵩两个藩镇进行相争，田承嗣飞扬跋扈，骄横凶戾，残民以逞，叛逆朝廷、妄图吞并邻镇，薛嵩则拥护皇室，想要守住封疆以报国恩。红线是潞州节度使薛嵩的侍女，善于弹阮咸（近似琵琶的乐器），又通经史，学有异术。当薛嵩感到魏博节度使田承嗣对他有威胁的时候，红线自告奋勇，挺身而出，说她可以为主人解忧。她当夜就改装打扮：

> 乃入闺房，饰其行具。梳乌蛮髻，攒金凤钗，衣紫绣短袍，系青丝轻履。胸前佩龙文匕首，额上书太乙神名。再拜而倏忽不见。

她以异术潜入到戒备森严的田府中，巧妙地从田承嗣枕旁取回了他供神用的金盒，教薛嵩立即派人骑着快马送回三百里外的魏郡，附上一封给田承嗣的信，暗示恐吓。这一有节制的威吓行动迫使田承嗣收敛了自己的狂妄气焰，回书给薛嵩表示悔过自新，并遣散了他手中强悍骄纵的亲军"外宅男"。不久，红线在"两地保其城池，万人全其性命，使乱臣知惧，烈士安谋"之后，就辞别薛嵩，要去山林隐居修炼。她说，前生本是男子，职业是医生，因为误用药酒治死了孕妇，被阴司罚为女子。现在可以将功赎罪，就要恢复她的本来面目。薛嵩知道无法挽留，就宴集宾客，为她饯行。以后红线就失踪了。

红线盗盒的故事，不仅反映了唐代藩镇之间的矛盾斗争，还反映了当时人们对平息藩镇纷争，维护国家安定的愿望。小说塑造了红线这样一个智勇兼备的侠女形象，她行动十分奇突，给人以一种神秘感。小说塑造人物，较多地运用人物对话，很少由作者进行客观的叙述和描写。如红线盗盒的活动，就是由红线自己说出来的。不过在对话里用了不少骈偶句，造成语言的典雅呆板，实际上削弱了小说的真实性。试看红线叙述田承嗣寝帐内的情形：

> 时则蜡炬光凝，炉香烬煨，侍人四布，兵器森罗。或头触屏风，鼾而亸者；或手持巾拂，寝而伸者。某拔其簪珥，縻其襦裳，如病如昏，皆不能寤，遂持金合以归。既出魏城西门，将行二百里，见铜台高揭，而漳水东注，晨鸡动野，斜月在林。忧往喜还，顿忘于行役；感知酬德，

聊副于心期。所以当夜漏三时,往返七百里;入危邦一道,经过五六城。冀减主忧,敢言其苦。

虽然文字工整优美,但不是个性化的语言。因此,周亮工《书影》曾指出:"《红线传》'铜台高揭,漳水东流;晨鸡动野,斜月在林'四语,何等冷劲。而下接云:'忧往喜还,顿忘于行役;感知酬德,聊副于心期。'便是村学究语。乃知为文单行者易工,而俪偶者难妙也。"[1]这种骈俪化的倾向,是晚唐小说的特点之一。

《聂隐娘》和《红线》情节相似,风格也很相似。聂隐娘为魏博大将聂锋之女,10岁时被一女尼用法术"偷去",并随她学习剑术,能白日刺人而人莫能见。五年之后,女尼送其还家。身怀绝技的聂隐娘自己择一个只会磨镜子的少年为丈夫。聂父死后,魏博主帅与陈许节度使刘昌裔不和,欲令聂隐娘去暗杀刘昌裔。刘昌裔算出聂隐娘会来,于是做了防范,聂隐娘得知之后,认为主帅不如刘昌裔,因而转投到了刘昌裔的麾下。后来,主帅又先后派精精儿与妙手空空儿前往暗杀刘昌裔,聂隐娘皆以法术破之并将其杀死。几年之后,刘昌裔从陈许调到京师,聂隐娘不愿跟随去京,于是告别而去。虽然本篇小说内容诡异荒诞,但聂隐娘的女侠形象却跃然纸上。学艺归来后,聂隐娘没有受到父权的束缚,可以"遇夜即失踪,及明而返",可以自选丈夫,可以经过道德判断来选择自己效忠的对象。聂隐娘的行动非常神奇,个性却不是很鲜明。故事里写到她用法术保卫刘昌裔时,只抓住了刺客妙手空空儿的性格特征,"一搏不中,即翩然远逝,耻其不中",从此避免了祸害。"妙手空空儿"这个名称也就和这种高傲而奇特的形象一起流传于世了。聂隐娘和红线这两个女侠都为藩镇效力,已经为《龙图耳录》等书里为清官服务的武侠树立了楷模,形成了武侠小说的一个流派。

《虬髯客传》以杨素宠妓红拂私奔李靖的爱情故事为线索,综合了豪侠、爱情、历史、志怪几个方面的题材,写成一篇绚丽多彩

[1] 程毅中.唐代小说史.北京:人民文学出版社,2011:273.

的传奇,充分体现了一个“奇”字。红拂和李靖在赴太原途中与隋末豪侠虬髯客相逢,结为至交。虬髯客志向甚大,欲谋帝位,但见到李世民后,为其英气所折服,遂与李靖、红拂慨然辞别,退避海上,另谋出路。《虬髯客传》里的对话写得生动紧凑,有助于展开情节和刻画人物。虬髯客是小说的主角,作者着力描写了他的神异事迹,然而红拂妓的性格更为突出,似乎真实性也更强一些。她的预见,是以一定生活经验为基础的,并不像虬髯客和道士的预见,是靠相面望气的方术。可见,在太原三侠中,红拂妓是中心人物。她赏识李靖,主动私奔,结为夫妇;又是她识别了虬髯客,结为兄妹,从而得到厚重的资助,又支持了李世民的事业。红拂妓的智慧,加上勇敢和热情,就成了唐代小说中的一个奇特的女性形象。相比之下,虬髯客这个人物却离奇失真,难以令人理解,实际上降为次要角色了。

总而言之,唐传奇到了退潮期虽然也出现了一些名篇佳作,但整体的质量远不及兴盛期。

二、俗讲变文的兴起

公元7世纪末以前,唐代寺院盛行一种说唱体通俗文学,叫做“俗讲”。这种“俗讲”的底本就是“变文”。寺院僧侣在宣讲佛教经义和故事时,一面讲唱一面展开一种称为“变相”的图画相配合,“变文”的名称也由此而来。变文,或简称“变”,由韵文和散文交错组成,内容原为佛经故事,后来范围扩大,包括历史故事、民间传说等。在敦煌遗书中,标名“变文”或“变”者有《破魔变文》《降魔变文》《大目乾连冥间救母变文》《汉将王陵变》《舜子变》《前汉刘家太子变》等。这些作品,形式不完全一致,《舜子变》基本为六言韵语,而《前汉刘家太子变》则以散体叙述为主,其他则为说唱相间,同时,有的还辅以图画的提示语。

俗讲是在唐代社会崇佛风气盛行和城市经济繁荣的历史条件下出现的通俗化的文艺宣传形式,其目的首先是把佛教经典艺术化、形象化。在南北朝时,就已经出现了“唱导”这种形式。唱导是一种声文并茂的宗教说唱形式,具有一定故事性和娱乐性。《高僧传》卷十三称:

> 倡导者,盖以宣唱法理,开导众心也。……或杂序因缘,或傍引譬喻。……夫唱导所贵,其事四焉:谓声、辩、才、博。非声则无以警众;非辩则无以适时;非才则言无可采;非博则语无依据。至若响韵钟鼓则四众惊心,声之为用也;辞吐后发,适会无差,辩之为用也;绮制雕华,文藻横逸,才之为用也;商搉经论,采撮书史,博之为用也;若能善兹四事,而适以人时,如为出家五众,则须切语无常,苦陈忏悔;若为君王长者,则须兼引俗典,绮综成辞;若为悠悠凡庶,则须指事造形,直谈闻见;若为山民野处,则须近局言辞,陈斥罪目。凡此变惑,与事而兴。可谓知时知众,又能善说。

可见,佛教的“唱导”要具备“声、辩、才、博”四个方面。就内容而言,则要从出家僧众、君王长者及普通百姓等的身份、修养出发,因人而异。

唐以后出现了“俗讲”的形式。所谓俗讲就是一种连说带唱、绘声绘色的讲经方式。当时仅长安一地就有保寿寺、菩提寺、景公寺、惠日寺等十几个寺院设有俗讲。从事这种宣传的俗讲把梵呗、转读、唱导等佛教宣讲形式和中国古代的说唱文学传统融合起来,变文就这样产生了。为了吸引听众,扩大宣传效果,除佛经故事以外,俗讲僧也不断加进一些历史故事、民间传说和其他现实内容,并使说唱形式逐渐完善。韩愈《华山女》描述了当时佛道都利用俗讲争夺群众,造成“听众狎恰排浮萍”“骅骝塞路连辎軿”“观中人满坐观外,后至无地无由听”的热烈场面。段成式的《酉阳杂俎》续集卷五记载长安平康坊菩萨寺:“佛殿内槽东壁维摩变,舍利佛角而转睐,元和末,俗讲僧文淑装之,笔迹尽矣。”这反映了俗讲的一个重要特点,即在说唱的同时,还有图画配合。现藏于法国巴黎博物馆的敦煌写经中的《降魔变文》叙舍利佛降六师的故事，其卷子背后就有舍利佛与劳度叉斗胜的图画，与变文内容对应。

佛教的这种形式后来又为民间艺人所接受，除寺庙以外，还在民间娱乐场所演出，甚至深入宫禁。于是，讲唱变文就从一种宗教通俗宣传变成了大众娱乐形式。赵璘《因话录》记载晚唐俗讲僧文溆讲唱时，“假托经论，所言无非淫秽鄙亵之事，不逞之徒转相鼓扇扶树，愚夫冶妇，乐闻其说，听者填咽寺舍，瞻礼崇奉，呼为和尚教坊，效其声调，以为歌曲”。这些显然并非宗教狂热，而是说明讲唱变文满足了广大市民的文化娱乐需求。

俗讲变文的内容有的来自于前代小说，如敦煌文学中的《舜子变》《董永变》等都可以在前代小说中找到出处。敦煌发现的句道兴所撰的《搜神记》中就有几个故事来自干宝的《搜神记》以及宋刘义庆的《幽明录》。与原作相比，句道兴的改写在语言风格及情节上都有所变化，如写易脚再生故事的《幽明录》中的“士人甲”：

> 晋元帝世，有甲者，衣冠族姓，暴病亡。见人将上天诣司命，司命更推校，算历未尽，不应枉召。主者发遣令还。甲尤脚痛，不能行，无缘得归。主者数人共愁，相谓曰：“甲若卒以脚痛不能归，我等坐枉人之罪。”莲相率具白司命。司命思之良久，曰：“适新召胡人康乙者，在西门外，此人当遂死，其脚甚健，易之，彼此无损。”主者承敕出，将易之；胡形体甚丑，脚殊可恶，甲终不肯。主者曰：“君若不易，便长决留此耳。”不获已，遂听之。主者令二并闭目，倏忽，二人脚已各易矣。仍即遣之，豁然复生。具为家人说，发视，果是胡脚，丛毛连结，且胡臭。甲本士，爱玩手足，而忽得此，了不欲见，虽获更活，每惆怅殆欲如死。旁人见识此胡者，死犹未殡，家近在茄子浦，甲亲往视胡尸，果见其脚著胡体，正当殡敛，对之泣。胡儿并有至性，每节朔，儿并悲思驰往，抱甲脚号啕；忽

> 行略相逢，便攀援啼哭。为此每出入时，恒令人守门，以防胡子。终身憎秽，未尝娱视。虽三伏盛暑，必复重衣，无暂露也。

这个故事没有记录主人公的姓名，而是以“甲”代替。再看句道兴的《搜神记》中所写：

> 昔有李信者，陈留信义人也。为人慈孝，善事父母。年三十八，夜中梦见伺命鬼来取，将信向阎罗王前过，即判付司依法处分。信即经王诉云：“信与老母偏苦，小失父荫，今既命尽岂敢有违。但信母年老孤独，信今来后，更无人看侍，伏愿大王慈恩，乞命於后。”问信母年命合几许，鬼使曰：“检信母籍年寿命，合得九十，更餘二十七年未尽。”王曰：“少在二十七年，亦矜放之。”鬼使更奏曰：“如信之徒，天下何限，今若放之，恐获例者眾。”王闻此语，还判从死。鬼众嗔信越诉，遂截头手，抛着镬中煑之。于时大王使人唤来，却欲放信还家，侍养老母。鬼使曰：“你头手已入镬中煑损，无由可得。可借你别头手，着过王了，却来至此，与你好头手将归，慎勿私去。今缘事逼，且与你胡头，王且放归家侍养老母。”信闻放归，心生欢喜，便即来还，忘却放鬼使边取好头手。[忽]然梦觉，其头手并是胡人，信即烦恼，语其妻曰：“卿识我语声否?”妻曰：“语声一众，有何异也?”信曰：“我昨夜梦见异事，卿若晓起时，将被覆我头面。若欲送食至床前，闭门而去，自取食之。”其妻即依夫语，捉被覆之而去，及送食来，语其夫曰：“有何异事?”忽即发被看之，乃有一胡人床上而卧。其妇惊惧，走告姑曰：“阿家儿昨夜有何变怪，今有一婆罗门胡，在新妇床上而卧。”姑闻此语，即将棒杖乱打信头面，不听分疏。邻里闻声者走来，问其事由，信方始得说委曲，始知是儿，遂抱悲哭。汉帝闻之，怪而问曰：“自古至今，未闻此事，虽则假托胡头，孝

道之至，通於神明。”即拜信為孝义大夫。神梦之威乃至如此，异哉！

从文中可以看书，作者不仅给予主人公确定的姓名，而且改变了他还阳的原因——不再是“枉召”，而是因为他为人慈孝所以才得到了阎王的宽恕。也正是因为他得到了阎王的宽恕，引起了鬼使的嗔怒，被鬼使截其头手，抛镬中煮之，等到他复苏，忘记取好头手，才有了胡人头手的事，醒来之后的事情也比《幽明录》中多了更为生动的情节。小说语言通俗，形象鲜明，表现了与原作志怪小说迥然不同的艺术风格，为小说的发展提供了一种新的思路。

俗讲变文主要可以分为两类：一是以佛经故事为主的，这类变文通过佛经故事的说唱，宣传佛家的基本教义，但不直接援引经文，如《破魔变文》《降魔变文》《大目乾连冥间救母变文》等；一类以历史题材为主，多以某一历史人物为中心，将历史记述与民间传说相结合，如《舜子变》《前汉刘家太子变》《伍子胥变文》等。另外，在变文中也有一些作品取材于当地当时重大事件与人物，如《张议潮变文》《张淮深变文》，分别以唐末收复河湟地区的民族英雄张义潮、张淮深叔侄为主人公，表现了他们抵御异族侵扰、保境安民的英雄业绩。这些变文虽然从形式上模仿说经变文，但能根据内容表现的需要处理说与唱的关系，特别是重视人物形象的刻画。例如，《伍子胥变文》中的唱词，只有少数是对情节的简要复述，多数则用来描写人物对话或独白，以细致地刻画人物的内心活动。文中写到渔人送子胥渡过吴江后，覆舟自沉，“子胥愧荷渔人，哽咽悲啼不已”，遂作悲歌而叹曰：

大江水兮淼无边，云与水兮相接连。痛兮痛兮难可忍，苦兮苦兮冤复冤。自古人情有离别，生死富贵总关天。先生恨胥何勿事？遂向江中而覆船。波浪舟兮浮没沉，唱冤枉兮痛切深。一寸愁肠似刀割，途中不禁泪沾襟。望吴邦兮不可到，思帝乡兮怀恨深。傥值明主得迁达，施展英雄一片心。

唱词主要抒发伍子胥的震惊痛苦和英雄抱负。由于说和唱有了较明确的分工，故能充分发挥散文的叙事功能和诗歌的抒情功能。这是变文的进步。它对后代戏剧和说唱文学产生了良好的影响。

俗讲变文的形式，一般是说唱相间，散韵结合。说白用浅近文言，杂有四六句式，唱词主要是七言诗句。先用散文叙述故事，再用韵文复述故事主要内容，或者描写重要的场面和人物对话。这样说一段，唱一段，直到故事结尾。说唱的比重各不相同。有的以唱为主，如《目连救母变文》《王昭君变文》等；有的以说为主，如《降魔变文》《伍子胥变文》《汉将王陵变》等。俗讲变文实际上是一种说唱结合的长篇叙事文学，如《敦煌变文集》中的《季布骂阵词文》，全用七言诗，四千四百多字，从结尾“莫道词人唱不真”一句看，这是一种用作演唱的长篇叙事诗歌。对于长篇叙事诗不够发达的汉民族，它无疑是一种新的文学形式。演唱佛经故事的变文虽然意在弘扬佛法，但它带来了佛教文学幻想瑰丽奇特、布局宏大壮伟的特色。如《目连变文》描写目连寻母时所见的各种地狱惨景，《降魔变文》描写舍利佛与六师斗法，皆穷极想象，动人心魄：

> 六师闻语，忽然化出宝山。高数由旬，钦岑碧玉，崔嵬白银，顶侵天汉，丛竹芳薪。东西日月，南北参辰。亦有松树参天，藤萝万段，顶上隐士安居，更有诸仙游观，驾鹤乘龙，仙歌缭乱。四众谁不惊嗟，见者成皆称叹。舍利佛虽见此山，心里都无畏难，须臾之顷，忽然化出金刚。其金刚乃作何形状？其金刚乃头圆像天，天圆祇堪为盖；足方万里，大地才足为钻。眉郁翠如青山之两崇，口暇暇犹江海之广阔。手执宝杵，杵上火焰冲天，一拟邪山，登时粉碎。山花萎悴飘零，竹木莫知所在。百僚齐叹希奇，四众一时唱快。

下面接着"故云金刚智杵破邪山处"之后，是一段复述以上情景的唱词。这些充满艺术奇境的描写，对生活在黄土地上的务实民族是具有刺激性的，它给中国文学带来了新鲜的养料，并直接开启了后代《西游记》《封神演义》等神魔小说的先河。

从艺术表现上看，俗讲变文的想象极为丰富。例如，《降魔变文》写舍利佛与劳度叉斗胜一节，六师先后化出宝山、水牛、毒龙等物，舍利佛则变出金刚、狮子、鸟王，一一战胜魔道。又如，在《史记·伍子胥列传》和《吴越春秋》的简单记载的基础上，吸收民间传说改编而成的《伍子胥变文》，就增加了伍子胥逃亡中遇见打纱女及其邀食的故事，并且渲染了伍子胥仓皇出逃的凄凉与内心的悲愤。遇渔父这一情节，《史记》《吴越春秋》中虽有记载，但文字却极为简短，而《伍子胥变文》将其拓展为二千余字，描写相当生动。

由此可见，在虚构方面，变文也有所发展。另外，变文大多首尾完备，线索清晰，情节波澜起伏、设有悬念，体现了作者为吸引听众而精心构思的努力，促进了后世小说的发展。俗讲变文不但是后代弹词宝卷等民间通俗文学的源头，而且影响到我国古代小说戏剧体制的形成和发展。戏曲的唱白结合，话本小说和章回小说中诗词歌赋骈文描写的掺杂，都可以从变文散韵相间、说唱结合的形式中看到脱胎的印记。

第五节　燕乐的兴起与词的初创

一、燕乐的兴起

所谓"燕乐"，是指用于"宴享"的音乐。燕乐的起源可以追溯到北朝。随着少数民族入主中原，可以统称胡乐的边地及境外音乐，陆续传入内地。其中有宫廷乐舞。唐代十部乐，高丽、天竺、安国、康国、龟兹、疏勒、高昌七部，皆有来自外域的源头，是通过异国进献、王室之间通婚，以及战争缴获等渠道输入的。此外，还有伴随贸易等途径传入的西域民间乐舞，以及伴随宗教活动传入的西域佛教乐舞，内容十分丰富。《宋史·乐志》中记载，唐太宗时设十部乐，“一曰燕乐，二曰清商，三曰西凉，四曰天竺，五曰高丽，六曰龟兹，七曰安国，八曰疏勒，九曰高昌，十曰康国，而总谓之燕乐”。除了清商、高丽之外，其他诸乐都来自西域或中亚，所以，隋唐燕乐的主体实是胡乐。与传统的雅乐相比，胡乐节奏明快、旋律婉转，更能引起人们的兴奋之情。早在北朝时期，人们就对西域音乐十分喜爱，“感其声者，莫不奢淫躁竞，举止轻飙，或踊或跃，乍动乍息，跻脚弹指，撼头弄目，情发于中，不能自止”(《通典》卷一百四十二)。

胡乐以音域宽广的琵琶为主要伴奏乐器，能形成反复曲折、变化多端的曲调。它同时配有鼓类与板类节奏乐器，予听众以鲜明的节拍感受。由于西域音乐悦耳新鲜，富有刺激性，给华夏音乐发展带来了强大的推动力。一方面，中原音乐吸收了胡乐成分；另一方面，胡乐在接受华夏的选择过程中，也吸收了汉乐成分，融合渗透，形成了包含中原乐、江南乐、边疆民族乐、外族乐等多种因素，有歌有舞，有新有旧，兼收并蓄，包罗万象的隋唐燕乐。它拥有鲜明的时代风格，适合广大地域和多种场合，特别是以“胡夷里巷之乐”的俗乐姿态，满足了日常娱乐的需要。有乐有曲，一般也就相应地需要与之相配的歌辞。词正是在燕乐的这种需求下产生的。当然，词随燕乐而起，具体过程是复杂的，途径也并不单一。

与音乐相结合是中国诗歌的传统，但各阶段词与乐的性质及其配合方式有所不同。汉魏乐府，一般是先有歌词，后以音乐相配。而唐五代词是先有乐，后有辞。汉魏乐府所配的是清商乐，而词所配的是隋唐新起的燕(宴)乐。沈括《梦溪笔谈》卷五《乐律一》云：

> 自唐天宝十三载，始诏法曲与胡部合奏。自此乐奏

全失古法，以先王之乐为雅乐，前世新声为清乐，合胡部者为宴乐。

沈括指出迄至唐代所出现的三种类型的音乐：雅乐、清乐、宴（燕）乐。雅乐属于周秦古乐系统，与俗乐相对，用于郊庙祭享，跟配合俗乐的词没有多大关系。清乐在汉魏有平调、清调、瑟调，称相和三调，或清商三调（即宫调、商调、角调），行于中原。“晋朝播迁，其音分散”（郭茂倩《乐府诗集》卷四四），清商乐又与江南吴歌、荆楚西声相结合，在相对安定的长江流域得到长足的发展，成为南朝音乐的主体；复又随政治上的南北统一，成为隋唐七部、九部或十部乐中的一部。但实际上南朝所传清商乐，到唐代也渐渐受冷落。这种唐初已被看作“古曲”的南朝旧传清商乐，与词关系也不大。至于广义上可算作清乐系统的南方音乐，虽然始终没有消歇，但它与胡乐、中原音乐不断交融，作为唐代俗乐总称的燕乐，正包含了南方音乐成分。

二、词的初创

词，又叫长短句、小词，唐时称流行的杂曲歌词为“曲子词”，后来简称为词，是一种配合音乐歌唱的诗歌形式，关于其起源，目前文学史研究者并没有形成定论。据崔令钦《教坊记》和《旧唐书·音乐志》记载，初盛唐时期已出现个别词调，如沈俭期的《回波乐》唐玄宗的《好时光》等。但词的兴起或者说受到文人的广泛注意则是中唐以后的事。词有许多调子，每调都有一个特定名称，称为词牌，如《菩萨蛮》《念奴娇》等。不同的词牌，其音乐哀乐不同，音色也不相同。由于词乐已经失传，因此现在只能凭不同词牌的文字形式，诸如各调的句数、字数，以及用韵的位置、字声的平仄，来进行判断。与五、七言诗相比，词最显著的特点就是句子长短不齐。为了配合音乐反复吟唱，一般分为上下两阕，或称上片、下片。也有不分阕的单调和多于两阕的三片、四片的长调，如《瑞龙吟》《莺啼序》等。

配合词调的音乐主要是南北朝以来从西北各民族传入的燕乐，也有一部分是南北朝时期流行的清商乐。《旧唐书·音乐志》记："自开元以来，歌者杂用胡夷、里巷之曲。"所谓胡夷之乐，即是燕乐；里巷之曲，则主要指以清商乐为主的民间音乐。这两种音乐在统一的唐帝国里得以交流与融合，成为新的词乐。随着唐王朝的衰落，这些音乐也渐渐流传到各地，在乐工、歌伎的传唱过程中，音乐上不断被加工和丰富，为词在音乐与情调上的稳定准备了条件。这种新音乐在民间的流行，渐渐被一些下层文人所接受。这些人谙熟诗律，加上词最初本是以整齐的五七言诗来配乐歌唱的，只是在具体歌唱时往往出现词少音多或者词多音少的情况，于是就不得不以虚声等方法去进行处理。久而久之，后人在填词时，把这些虚声的地方也逐一填上实词，于是原来整齐的词句也就变成了长短句了，但基本的格律并没有实质性的变化，或者说在这一变化过程中，原来五、七言词的格律也就渗入到词创作中。这样，词在内容、手法、声律上都有了相应的积累，为其体性与特征做好了准备。我们比较晚唐五代的民间敦煌词与文人词时，就可以很明显地感觉到后者在格律、形式各方面都比前者有了很大的提高。

在敦煌发现的曲子词是现传最早的唐代民间词。这些作品内容十分丰富，有反映国家政治、经济生活的；有抒发对战争频繁、边疆多故情况不满的；还有较多反映青楼女子内心不平的。例如，两首《望江南》"莫攀我""天上月"等就是其中的代表作。还有写商人、渔父、书生等各类人物的作品，还有大量宣说佛、道思想的作品，显然是和尚、道士之流用来宣传其教义的工具。敦煌曲子词的艺术成就很不一致，少数优秀作品想象丰富，比喻贴切，语言通俗生动，生活气息浓厚，但格律还不够严，绝大多数则在艺术上比较粗糙。

中唐前后，由于民间词的广泛流传，一部分比较接近人民的诗人开始了词的创作。张志和、刘长卿、韦应物是较早的创作者。张志和的《渔歌子》五首，描绘水乡风光，在理想化的渔人生活中寄托自己爱自然、慕自由的情趣。韦应物和戴叔伦的两首《调笑令》,是最早的描写边塞景象的文人词。还有白居易、刘禹锡很注意向民间学习,是中唐时期填词较多的作家。他们的词里有些描写爱情的作品,如白居易的《长相思》“汴水流”,刘禹锡的《潇湘神》“斑竹枝”,民间气息浓郁,但他们的两首《忆江南》,通过自然景物的烘托,直接袒露了诗人的襟怀,离民间歌词的情调就远了。

发展到晚唐,才出现一位专心填词的人,即温庭筠。他精通音律,熟悉词调,他的词作在艺术成就上独步于晚唐。另外,可以与温庭筠的词相媲美的就是韦庄的词,下面对二人的创作进行具体分析。

温庭筠(812—866),字飞卿,太原祁(今山西祁县)人,唐初宰相温彦博之裔孙。年少敏悟,长于诗赋,又善音乐,《旧唐书》本传说他“能逐弦吹之音,为侧艳之词”,诗、乐皆擅长,故其词在格律上律精韵胜,流传甚广。因“不修边幅”,“与新进少年狂游狭邪”,为当时士大夫所不齿。虽屡次应考,均未得中,又家道中落,坎坷终身。他生性耿直,疾恶如仇,喜讽刺权贵,多触忌讳,又疏狂不羁,纵酒放浪,多游坊曲妓馆,不合封建士大夫的道德规范,这些让他的仕途更加不顺畅。约在 48 岁时才得以授隋县尉,后为幕府僚吏,任方城尉,官终国子助教,世称“温助教”。所存之词,《花间集》收 66 首,《全唐诗》附词 59 首,近人刘毓盘辑成《金荃词》一卷 76 首。其词绝大多数是以女子为描写对象,她们大致是妓女、宫女、战士妻子、商妇、采莲娃或女冠之类。其所着重描写的,不外是仪容、服饰之美和悲欢离合之情,以浓艳的色彩、华丽的辞藻,构成一种金碧辉煌的富贵气和香泽浓烈的脂粉气。这正是城市繁华,统治阶级享乐生活的鲜明反映。风格以秾丽绵密为主,颇为符合晚唐的时尚和用女音演唱以娱宾遣兴的音乐文学需求,是地地道道的香艳文学和“软性”文学的代表。

温庭筠在描写妇女形象时,往往从容貌、服饰、情态上进行细致描画,笔触柔媚,设色绮丽,散发着浓烈的脂粉气,宋孙光宪《北梦琐言》说:“温词有《金荃集》,盖取其香而软也。”“香而软”是温庭筠词的第一大特色，而最能体现这种特色的，莫过于他的《菩萨蛮》和《更漏子》两组词了。例如，《菩萨蛮》其一：

小山重叠金明灭，鬓云欲度香腮雪。懒起画蛾眉，弄妆梳洗迟。

照花前后镜，花面交相映。新贴绣罗襦，双双金鹧鸪。

这首词抒写的是闺怨之情，是《菩萨蛮》这组词中流传最广的代表作。词写一少妇初醒的容态和梳妆打扮的生活片断，先用明丽的色彩和细腻的笔致勾画出晴日小风里闺中女子醒后娇卧未起的情状，"金明灭""香腮雪"之类词语，使读者通过联想去了解人物身份、优裕生活及美丽容貌；次写弄妆梳洗的神情动作，以"懒"和"迟"形容人物情态，微露出女主人公内心的孤寂和惆怅。结句以鹧鸪成双并对，暗示着主人公对幸福生活的希望和目前孤独无偶的感伤，与上片"懒""迟"相呼应，从而使题旨自见。全词标举精美的名物，选用华丽的辞藻，敷设鲜艳的色彩，点染浓烈的粉香，将居室之富丽，少妇之美艳及情思之慵懒表现得穷极妍态，但着色浓艳而心情黯淡，但失望孤独之感全不明说，只借服饰、动作暗示出来。其他词中，红袖翠翘、金缕绣衫、香腮玉腕之类比比皆是，带有明显的装饰美。王国维《人间词话》说："'画屏金鹧鸪'，飞卿语也，其词品似之。"确实概括了温庭筠词艳丽精工、流金溢彩的形象特点。又如《更漏子》其六：

玉炉香，红蜡泪，偏照画堂秋思。眉翠薄，鬓云残，夜长衾枕寒。

梧桐树，三更雨，不道离情正苦。一叶叶，一声声，空阶滴到明。

这首词也是历代传诵的名篇，借"更漏"夜景，咏妇女相思情事。上阕写长夜秋思，先写漫长秋夜，炉香蜡泪，凄寂无眠，后写主人公长夜不寐、辗转反侧。下阕紧承"夜长"，写梧桐夜雨，纯用白描手法，重在主观抒情，层层深入，语浅情深，凄切感人，但终未说破，故依然含蓄，实开宋人先声。

深隐细密是温庭筠词的第二大特色。他很善于把握感情的每一丝细微波澜，却又不明说出来，只运用一些暗示性的词语，让读者通过联想去体察词中隐含的绵密情思，从而产生“言有尽而意无穷”的艺术效果。这一特色还表现在意象组合和结构安排方面。温庭筠的词注重对客观物象做精细描绘，多用实景实物构成境界，表情达意，且在一首词中往往叙述好几条线和好几层意思，又很少用虚字划清脉络，造成意象的闪动和时空的跳跃，显得深隐曲折，不易理解。如《菩萨蛮》其二：

> 水晶帘里颇黎枕，暖香惹梦鸳鸯锦。江上柳如烟，雁飞残月天。
>
> 藕丝秋色浅，人胜参差剪。双鬓隔香红，玉钗头上风。

这首词写的也是闺中怀人。上阕前两句写居者的处境，标举水晶帘、颇黎枕、暖香、鸳鸯锦等精美名物；后两句写离人的处境，列举江天、柳树、飞雁、残月等凄清之景，由富丽的闺帏到凄寂的江天，由居人到离人，写出两个人物，两种环境，两种心情，两相映衬，别有情趣，女主人公孤独寂寞之情怀从中可见。下阕写闺中人醒后妆成之像，以藕丝、人胜、香红、玉钗等物展现其服色之美，首饰之丽，“人胜”句写其两鬓簪花如画，在和风骀荡之中，摇曳生姿，但女主人公黯然凝伫之态，意在言外。整首词景物明净、色彩和谐、意境缠绵旖旎，只截取女主人公感情生活的几个片断，组成纷至沓来、若断若续的意象，几乎看不见连缀的针线，而其间的环节，全靠读者通过遐想去补充。但从似相反实相成的诸意象中窥探出人物心理状态，这正是温庭筠词高超艺术技巧之所在。正如俞平伯《唐宋词选释》所说：“全篇上下两片大意从薛道衡《人日》诗‘人归落雁后，思发在花前’脱化”，“不特有韶华过隙之感，深闺遥怨亦即于藕断丝连中轻轻逗出。”可见，温庭筠的词虽然题材狭窄,内容贫乏,但表现手法却是非常多样化的,他善于从女子的生活实际出发,取其各个不同的侧面,按照其思想情绪细微变化的特点,配以色调匀称的环境,使情与境相互渗透而达到浑融。上面三首词写的都是女子的离别相思之情,但展现给读者的却是各种不同的画面,或是懒画娥眉,或是无聊倚门,或是终日惆怅,或是通宵不寐,或是凭栏凝望,或是梦魂颠倒,或是对镜伤神,或是泪沾绣衣,等等,各种相思图景又与各种不同的自然景物、服饰陈设,以及容貌、体态、心理活动相结合,组成了一个个动人的画面。

温庭筠的词中也有一些淡远清丽、明快自然的作品,如《梦江南》其二:

梳洗罢,独倚望江楼。过尽千帆皆不是,斜晖脉脉水悠悠。肠断白蘋洲。

这是一首思妇盼归之作,主人公从清晨独自登楼,一直等到傍晚,“千帆”谓过往之船多、倚楼时间之久,同时表明盼待之切,“皆不是”饱含着绝望与忧伤,充分揭示出她失望后的痛苦。结尾实处写景,虚处传神,斜晖脉脉,含情不已;江水悠悠,流恨无穷,景与情浑,刻画了一个满怀深情盼望丈夫归来的思妇形象。全词用素描的手法,避去一切华丽辞藻,写得朴素自然,开朗清新,宛似清淡的水墨画,只轻轻勾画几笔,人物形象生动传神,又含思凄婉,臻于妙境,极得唐人绝句的丰神,可惜这类词不多。

温庭筠另有一类词,风格是秾丽与清新兼而有之。虽然辞藻仍极艳丽,但读之却有新鲜感,最有代表性的如《南歌子》七首,这是一组联章词,七首前后一贯,写一对青年男女从初见相互爱慕而思念,欢会后离别又相思,感情率真鲜明,缠绵而又活脱,秾而不腻、艳而不妖,颇有南朝乐府民歌的余韵。

温庭筠的词极富音乐性,突出表现在用字谨严上。他讲究平仄四声、双声叠韵的运用,多用声音响亮的去声字,如《菩萨蛮》“小山重叠金明灭”,换头处多用去声,再加上“明灭”“鬓云”等双声叠韵,显得既跌宕飞动,又和谐动听。他还多用繁音促节的词调，如《河传》：

湖上，闲望。雨萧萧，烟浦花桥路遥。谢娘翠蛾愁不销，终朝，梦魂迷晚潮。

荡子天涯归棹远，春已晚，莺语空肠断。若耶溪，溪水西，柳堤，不闻郎马嘶。

词中长短参差，换韵频繁，但笔致宽舒，语意连贯。

温庭筠以自己的创作为词坛做出了重大贡献，并对后世产生深远的影响。首先，由于他写出了大量的艺术性颇高的词作，使词真正从巷陌新声转为士大夫雅奏，奠定了词在文坛上的地位，真正开始了文人词的传统。其次，由于他精通音律，故对词调的创新和格律的规范化也有较大贡献。吴梅《词学通论》说："至其所创各体，……虽亦就诗中变化而出，然参差缓急，首首有法度可循，与诗之句调，绝不相类。所谓解其声，故能制其调也。"最后，温庭筠的词在当时就流传极广，他在词作上的独特造诣和成就吸引后代文人争相仿效，而他浓艳香软、深隐细密的词风，直接影响了五代的一批词人，形成一个尊他为鼻祖的花间词派。总之，他上承齐梁，下开花间词的道路，并成为婉约派的奠基人，不但在词史上曾经放射出异彩，而且一直影响到后来清代的常州词派。

韦庄(836—910)，字端己，京兆杜陵(今陕西西安附近)人。僖宗广明元年(880)在长安应举，中和二年(882)始离长安去洛阳，作《秦妇吟》长诗，记述在长安时见闻，流传甚广。59 岁才考取进士，62 岁时奉使入蜀，不久返京，66 岁时再度入蜀，西川节度使王建辟为掌书记。王建称帝，韦庄为宰相，从此终身仕蜀，定居在浣花溪杜甫草堂故址，故其诗集名曰《浣花集》。他的词《全唐诗》收 54 首，其中 48 首载于《花间集》，后刘毓盘辑为《浣花词》一卷共 55 首。

韦庄的词主要也是写女人、相思、离别之类，但风格与温庭筠迥异，与"花间"的基调并不协调。他善于以清新自然的语言、婉约细腻的笔调写离愁别绪，而又能灌注自己的真情实感，清简劲直而不流于浅露，笔直而情曲，辞达而感郁，所以格外感人。陈廷焯《白雨斋词话》曰："韦端己词，似直而行，似达而郁，最为词中胜境。"可见，韦庄的词"深秀""疏淡""清空""直而纡""达而郁"，总的风格还可以用"清简"二字加以概括，这与温庭筠词的"秾丽"恰好形成鲜明的对照。

韦庄词以男女伤春惜别为内容的数量不少，如《浣溪沙》其五：

夜夜相思更漏残，伤心明月凭栏杆。想君思我锦衾寒。

咫尺画堂深似海，忆来惟把旧书看。几时携手入长安？

这首词是别后相思之作，感情深挚，意象鲜明，构思新颖，上阕情景相生，三句两折，意脉连贯，气机流转，极有韵致，其中"伤心"一语乃全篇之"眼"。下阕"咫尺画堂深似海"，既是"相思"所在，又是"伤心"缘由，咫尺天涯，惟有重阅旧日书信回忆美好的过去，"携手入长安"虽不可期，但誓约永在。全词语言秀丽，疏密相间，浓淡相宜，虽刻意求工而能出之以天然，虽华美而无脂粉气，创造出了真切动人的意境。汤显祖对之评价极高，认为："'想君''忆来'二句，皆意中意，言外言也。水中著盐，甘苦自知。"

韦庄的词不事雕饰，多着色清淡，自然秀发，如《菩萨蛮》：

其一

红楼别夜堪惆怅，香灯半卷流苏帐。残月出门时，美人和泪辞。

琵琶金翠羽，弦上黄莺语。劝我早归家，绿窗人似花。

其二

人人尽说江南好，游人只合江南老。春水碧于天，画船听雨眠。

垆边人似月，皓腕凝霜雪。未老莫还乡，还乡须断肠。

其三

如今却忆江南乐，当时年少春衫薄。骑马倚斜桥，满楼红袖招。

翠屏金屈曲，醉入花丛宿。此度见花枝，白头誓不归。

其四

劝君今夜须沉醉，樽前莫话明朝事。珍重主人心，酒深情亦深。

须愁春漏短，莫诉金杯满。遇酒且呵呵，人生能几何！

其五

洛阳城里春光好，洛阳才子他乡老。柳暗魏王堤，此时心转迷。

桃花春水渌，水上鸳鸯浴。凝恨对残晖，忆君君不知。

这组词是词人晚年留蜀的作品，充满了惜别、追怀、悔恨等复杂的沉痛心情，其中虽多与男女情事有关，但亦可能同时兼有故国之思。第一首词写词人回忆自己离开洛阳到江南漫游，与“美人”分别的情景。第二首词纯用白描手法，以朴素自然的语言抒写江南游子春日所见所思，因流连“春水碧如天”的江南风光，又醉心于“皓腕凝霜雪”的江南佳丽，故有“未老莫还乡”之念。前面两用“江南”，后面两用“还乡”，也是接受了民歌的影响。第三首词写词人回忆自己那时正是翩翩少年，浪迹江南，迷恋“花丛”之中，决心老死江南。第四首词写词人作客他乡的苦闷心情，借友人劝酒，故作达语。第五首词写词人回忆洛阳，身在西蜀，还乡已不可能，就是洛阳也去不得，不禁心迷意乱。整组词劲直真切，用笔皆极为率直，而细味之，则深挚感人。像这样在清简中包含着浓厚的感情，正是韦庄词的一大特色。

在韦庄词中，描写怨情之作尚有多首，如《荷叶杯》《谒金门》《小重山》等，词中所反映的生离死别，以及作者对伊人刻骨铭心的深情怀念，都达到足堪断肠的境地，而且哀婉悲凉、缠绵悱恻，大有"剪不断，理还乱"之致。

韦庄词不但善于运用自然清淡的语言、明秀如画的形象去刻画出那种婉约的离愁别怨，而且结构疏朗，往往一首词甚或几首词只叙说一件事或一层意思。如写情人惜别相思的《女冠子》：

其一

四月十七，正是去年今日。别君时。忍泪佯低面，含羞半敛眉。

不知魂已断，空有梦相随。除却天边月，没人知。

其二

昨夜夜半，枕上分明梦见。语多时。依旧桃花面，频低柳叶眉。

半羞还半喜，欲去又依依。觉来知是梦，不胜悲。

第一首词写女忆男，追忆两人月下相别之情；第二首词写男忆女，描绘别后梦中相会之境。词中并没有一味罗列实景实物，"疏可走马"，且多用虚字盘旋，但词意连贯，上下一气，脉络分明，这正是王国维评其词为"骨秀"的原因。

韦庄词最大的特点在于他比温庭筠的词更注重抒发自己的真实感情，而抒情的方式又以明白吐露为主，如《思帝乡》：

春日游，杏花落满头。陌上谁家年少，足风流。

妾拟将身嫁与，一生休。纵被无情弃，不能羞。

这首词用极其浅切的语言塑造了一个天真烂漫、大胆追求爱情的少女，为了选择自己理想的对象，不达目的誓不罢休，即使将来遭到不幸，也决心由自己承担后果，决不痛悔的女性形象。词人用白描的手法，直抒胸臆，表现得率真而决绝，比起其他花间词人描写女性的作品，更似一股清泉，使人耳目为之一新。其誓言的决绝简直可与敦煌曲子词《菩萨蛮》“枕前发尽千般愿”相媲美，清代贺裳称此词是“作决绝语而妙者”（《皱水轩词筌》）。此类作品还有《浣溪沙·夜夜相思更漏残》《谒金门·空相忆》《荷叶杯·记得那年花下》等词，都一气直下，没有晦涩难懂的话，亦无矫揉造作之态，但却蕴含着词人的飘零之感、乱离之苦、思乡之情、离别之思。

在韦庄词中，有不少流露出故君故国怀念之情，如《清平乐》：

春愁南陌，故国音书隔。细雨霏霏梨花白，燕拂画帘金额。

尽日相望王孙，尘满衣上泪痕。谁向桥边吹笛，驻马西望销魂。

这首词明写“春愁”，实抒国恨，“故国”“王孙”所指甚明，长安东灞陵有“销魂桥”，故而结句“驻马西望销魂”中的“销魂”是语带双关，既代指故都长安，又含有作者暗伤情绪，表现了词人不忘故都长安的情状。

可见，韦庄词的题材并非只限于男女艳情一隅，思想内容也并非完全空虚，其表现内容或艺术形式在花间派中都是独领风骚的。

温庭筠的词与韦庄的词的风格虽不同，但同为词史上第一批大量写词，甚至以词名世的作家；在促进词体的成熟、使词逐渐摆脱完全依附于音乐和附庸于诗的地位而成为有独立生命的抒情体方面，具有同等的贡献，故历来温、韦并称。后世许多词人，特别是五代时一批被称为“花间派”的词人都深受其影响。

参考文献

[1]蒋寅.百代之中:中唐的诗歌史意义.北京:北京大学出版社,2013.

[2]蒋寅.大历诗人研究.北京:北京大学出版社,2007.

[3]熊礼汇.中国文学史:隋唐五代文学史.武汉:武汉大学出版社,2009.

[4]李世化.大唐权鉴:李氏王朝家国天下.北京:企业管理出版社,2015.

[5]陈炎.中国审美文化史·唐宋卷.上海:上海古籍出版社,2013.

[6]梁尔涛.初唐弘文馆与文学.郑州:郑州大学出版社,2014.

[7]刘伟.生命美学视域下的唐代文学精神.北京:中国社会科学出版社,2012.

[8]程毅中.唐代小说史.北京:人民文学出版社,2011.

[9]罗立刚.唐宋文学导读.桂林:广西师范大学出版社,2007.

[10]萧荣华.中国散文史话.北京:中国国际广播出版社,2010.

[11]叶哲明.初唐治国特色及中西海洋海交开拓.杭州:浙江大学出版社,2013.

[12]张志强.唐代文学时空研究.杭州:浙江工商大学出版社,2013.

[13]葛晓音.唐诗宋词十五讲(第二版).北京:北京大学出版

社,2003.

[14]赵义山.中国分体文学史·散文卷(第三版).上海:上海古籍出版社,2014.

[15]赵义山.中国分体文学史·诗歌卷(第三版).上海:上海古籍出版社,2014.

[16]赵义山.中国分体文学史·小说卷(第三版).上海:上海古籍出版社,2014.

[17]吴怀东.唐诗流派通论.北京:新华出版社,2004.

[18]冷成金.唐诗宋词研究.北京:中国人民大学出版社,2005.

[19]袁行霈.中国文学史(第二版,第二卷).北京:高等教育出版社,2005.

[20]吴庚舜等.唐代文学史(下).北京:人民文学出版社,1995.

[21]吴功正.唐代美学史.西安:陕西师范大学出版社,1999.

[22]郭英德,过常宝.中国古代文学史(上).北京:中国人民大学出版社,2012.

[23]漆绪邦.盛唐边塞诗评.太原:山西人民出版社,1987.

[24]冷成金.中国古代文学史(二).北京:中国人民大学出版社,2003.

[25]许总.唐宋诗体派论.南昌:江西人民出版社,2008.

[26]史仲文.唐宋诗词史.北京:中国社会出版社,2011.

[27]余恕诚.唐诗风貌.北京:中华书局,2010.

[28]乌廷玉.隋唐史.北京:北京出版社,1984.

[29]李彬.唐代文明与新闻传播.北京:新华出版社,1999.

[30]周绍良.全唐文新编(第3部,第1册).长春:吉林文史出版社,2000.

[31]范文澜.中国通史简编(第二编,第二册).北京:人民出版社,1978.

[32]许逸民.容斋随笔全书类编译注(下).长春:时代文艺出

版社,1993.

[33]罗时进.唐诗演进论.南京:江苏古籍出版社,2002.

[34]韩国磐.隋唐五代史论集.北京:三联书店,1979.

[35]孟宪实.孟宪实讲唐史:从玄武门之变到贞观之治.桂林:广西师范大学出版社,2007.

[36]李军.诗国之辉煌与诗星之璀璨:唐诗研究.西安:三秦出版社,2007.

[37](唐)杜佑撰,王文锦等校点.通典.北京:中华书局,1992.

[38](唐)魏徵等.隋书.北京:中华书局,1973.

[39](唐)吴兢.贞观政要.上海:上海古籍出版社,1978.

[40](北宋)宋祁等.新唐书·地理志(第4册).北京:中华书局,1975.

[41](清)董诰等.全唐文(清嘉庆扬州官刻本).北京:中华书局,1983.

[42][德]马克思、恩格斯著,中央编译局译.马克思恩格斯书信选集(第四卷).北京:人民出版社,1962.

[43][英]韦尔斯著,吴文藻等译.世界史纲——生物和人类的简明史.北京:人民出版社,1982.

[44]陈飞.唐代文学概念的确立与实现.文学遗产,2005(1).

[45]华锡兰.唐代山水田园诗创作繁盛之原因探析.学理论,2010(23).

[46]高人雄.儒、道、释思想与唐代山水田园诗.甘肃社会科学,1995(4).

[47]蔡燕.儒家化的隐逸与任侠:盛唐山水田园诗与边塞诗的文化精神.曲靖师范学院学报,2006(3).

[48]蒋寅.刘长卿与唐诗范式的演变.文学评论,1994(1).